三边集

金志伟 著

中国书籍出版社
China Book Press

图书在版编目（CIP）数据

三边集 / 金志伟著. — 北京：中国书籍出版社，2019.9
ISBN 978-7-5068-7424-3

Ⅰ.①三… Ⅱ.①金… Ⅲ.①散文集－中国－当代 Ⅳ.①I267

中国版本图书馆CIP数据核字(2019)第197362号

三边集

金志伟　著

责任编辑	邹　浩
责任印制	孙马飞　马　芝
封面设计	程　跃
出版发行	中国书籍出版社
地　　址	北京市丰台区三路居路97号（邮编：100073）
电　　话	（010）52257143（总编室）　（010）52257140（发行部）
电子邮箱	eo@chinabp.com.cn
经　　销	全国新华书店
印　　刷	三河市顺兴印务有限公司
开　　本	710毫米×1000毫米　1/16
字　　数	16千字
印　　张	17.25
版　　次	2019年10月第1版　2019年10月第1次印刷
书　　号	ISBN 978-7-5068-7424-3
定　　价	59.00元

版权所有　翻印必究

目　录

自　序

第一辑：路边

　　北行记 …………………………………………… 5
　　我和草原有个约定 ……………………………… 14
　　一梦到西塘 ……………………………………… 21
　　那些山果儿 ……………………………………… 23
　　环碧公园记 ……………………………………… 25
　　小城忆，最忆奎星楼 …………………………… 29
　　果园探幽 ………………………………………… 31
　　奥瑞旗赏秋 ……………………………………… 33
　　收藏时光 ………………………………………… 35
　　竹海探幽 ………………………………………… 37
　　雨中的秋天 ……………………………………… 39
　　印象花戏楼 ……………………………………… 40
　　夏日冷泉 ………………………………………… 42
　　为访幽踪我独来 ………………………………… 44
　　深山茶花红 ……………………………………… 46
　　婺源行 …………………………………………… 50
　　那缕香魂 ………………………………………… 52
　　华清池畔觅香魂 ………………………………… 54
　　诗意瘦西湖 ……………………………………… 56
　　今夜与谁同坐 …………………………………… 58

湖上生明月	60
微雨中的宏村	62
你在这里，我在梦里	64
沿着清清的渠水走	66
心中的篝火	68
潜川是条河	69
故园往事	71
桃花岛主	74
流苏	77
遵义三题	79
小城地理	83
一方水土	92
云南日记	98

第二辑：书边

谁为情种	109
绣枕怨	111
春色无边白门柳	113
爱你就像爱生命	115
上善若水	117
私语张爱玲	119
天公不语对枯棋	120
翻了一半的书	122
读止庵	124
诗意的阅读	126
春天的童话	128
这个冬天	130
掌心的萤火	132
阅读的疼痛	134

再说疼痛 …………………………………… 136

龙飞的守望 …………………………………… 138

"庐江县书法晋省展"序 …………………… 140

"陈雄威网络书法展"序言 ………………… 142

一个画者的圣经 …………………………… 144

"李其平国画作品展"序 …………………… 146

厚实 厚重 厚味 …………………………… 148

想起了拓荒牛 ……………………………… 150

诗意的收获 ………………………………… 152

缅怀与感动 ………………………………… 154

昨天的河流 ………………………………… 156

一座城和它的记忆 ………………………… 157

开在春天的雪花 …………………………… 159

盛世·盛事 ………………………………… 161

初心,无悔的选择 ………………………… 162

那些声音 …………………………………… 163

最美不过夕阳红 …………………………… 164

《桃花岛文集》序言 ……………………… 166

城南偏蓝 …………………………………… 168

群山之巅唱黄山 …………………………… 172

《奉献是首歌》后记 ……………………… 175

暑期读书小记 ……………………………… 177

第三辑:身边

怀念 ………………………………………… 187

绣 …………………………………………… 189

含饴小记(四题) ………………………… 190

斯是陋室 …………………………………… 197

棋中人生	199
感谢生活	200
想起	202
哭前锋	205
印象苏北	209
一个人和他的电影	211
河杨柳和他的村庄	213
走近大师	215
杏园忆往	219
渐行渐远的短语及其他	226
三个汉字	242
阳台与飘窗	253
老娘土	262

自　序

我自1984年开始在《安徽青年报》发表一首小诗至今，已历35载。因懒惰之恶习难除，其间拉拉杂杂只写了百余万数的文字。虽文字粗陋，但蒙数十家报刊不弃，大多见于刊末报缝。

我摆弄文字的35年，可划为两个阶段。1998年前，主要写新诗。98后，在一家省重点中学办公室工作。无丝竹之乱耳，有案牍之劳形。好在还有晚上的时间属于自己。妻曾笑我："卖给学校了。"于是乎，诗情消解于劳碌琐屑之中。但积习难改，每日睡前，总读书至深夜，有时书籍，有时期刊。这样，才确保了没有同文字离得太远。

此段时间，我写的大多是散文和小说。偶尔也应单位和友人之托，尝试写过小品、歌词等曲艺作品。前年某日，为《奉献是首歌》搜集素材，在陶月恩老师的办公室里，我竟看到过去我写的几十篇东西，有小品、小戏和歌词等。我怎么还写了这么多？看来老人家比我仔细，我的那些原稿早已不知丢在何处，有些恐怕早已化为碎片和纸浆。于是，我复印了一部分，笑着对陶老师说："够出一本书的了。"

当然这书不会出。因为意义不大，还因为自己看着脸热。自己都不想看的东西，就不好意思再折磨读者了。

人说百无一用是书生，但古人的告诫不敢忘。读万卷书已是梦想，最多只能以千计。好在庄子老人家在前面说过："吾生也有涯，而知也无涯。以有涯随无涯，殆已！"庄子都如此，我辈还想怎样。只能活出心安，活出理得。虽说读书万卷已不可能，但借助于现代化交通工具行万里路还是不难做到的。在这一点上，我们与古人相比有着很大的优势。古人的万里路，是一步一步用脚丈量出来的；我辈之万里路，是庄子说的"有所待"。因此，与古人相比，多了

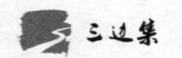

一份轻松与便捷，少了一份逍遥和自在。我辈出行大都是跟团游，走马观景。好在有相机、手机，沿途风光可尽收其中。这些照片不但可资无聊时回味，还是来日写作的依据。这些写在路上的文字，就是：路边。

我读书常囫囵吞枣，不求甚解。所以难以把握书中的"微言大义"。但我平时喜欢买书、读书，也写过一些与书有关的随笔杂思。故曰：书边。

最看重的还是身边。人这一生，说长不长，说短不短。与你相识的人可以百计、千计，但只有那么几个人是注定与你生命息息相关的人。正是这些人，才是最值得珍视和珍惜的。正是他们给了我爱与温暖，这不但是我笔下文字重要的源泉，也是我今生最重要的支撑。

路边，书边，身边，此"三边"之谓也。因古称幽州、并州、凉州为三边，今称陕北的定边、安边、靖边为三边。为防引发歧义，特作小文以说明。

是为序。

第一辑

路边

第一辑　路边

北行记

一

接《小说选刊》第二届全国小说笔会通知，小说《花地》获全国短篇小说三等奖。《小说选刊》邀请我参加颁奖典礼和第二届全国小说笔会。因近期心中郁闷，这是出去散心的良机。于是向单位请了假，并将课程作了安排。晚22时09分，我乘坐的Z74次列车准点从合肥出发。

列车一路呼啸北上。我躺在卧铺上，翻阅自带的《小说月报》长篇小说专号。赵凝的《空婚》讲述一个当代人的情感故事，是一个老套路的东西，没有什么新意。倒是手机里莫名其妙蹦出的信息有点意思，但号码却是陌生的。现将信息全文照抄如下："现在才真的明白，最最宝贵的留在你那里了！人不能两次踏入同一条河流，人生不可能重复第二次精彩！你我的故事是不可复制的，她是极品，也是孤品！灵魂属于这个故事，我的躯壳孤独游荡在北中国苍茫的冬野上……"

发信息的一定是个有故事的人。我用写小说的思维展开着想象，他的故事一定比赵凝的小说精彩且耐读。我从那三个感叹号和一个省略号推断，他是一个重感情且被感情伤得很重的人。恍惚中，列车员走来，告诉我们马上要熄灯了。

我和衣躺下。耳边是车轮碾过铁轨的碰撞声，坚硬而冰冷。把玩着手中的车票，不知怎么，突然想起那句熟稔的歌词："这一张旧船票，能否登上你的客船？"想想这次目的不甚明确的旅行，顿

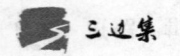

觉心中一片虚空。

一夜无梦。

2011 年 12 月 22 日　　晴

二

早上七时四十分，列车稳稳停靠在北京站。

一下火车，随出站的人流走出车站。站在凛冽的寒风中，我不禁打了一个寒颤。按照笔会组委会交通示意图的指引，我找到地铁2号线的入站口。购票窗口前，排起长长的队。我只好从票贩手中买了票，背着不太沉重的行囊，乘地铁2号线，再转乘13号线和出租车，便来到昆泰嘉禾酒店。

报到后，坐在酒店大堂内休息。耳畔传来熟悉的乡音，一问，是来自肥东的文友。三言两语后，文友变室友，我俩拎着行李住进酒店327房。

老叶名叫叶昌国，在《肥东报》工作，既是记者，又是作家。

23号整天是笔会报到日，下午无事，同老叶结伴去看鸟巢和水立方。

老叶是个热心肠，晚饭时已经打听到安徽这次来了七位。晚饭后，大家在一起畅谈了好久。

2011 年 12 月 23 日　　晴

三

  颁奖大会和笔会开幕式原定于上午十点在酒店二层多功能厅召开。

  早餐后，同老叶在房间边喝茶边闲聊。九点一过，我和老叶就前往多功能厅，想早点去占一个靠前的座位。但到了才知道更有早行人，前面和中间的座位早坐满了，于是乎只能在后面找一个座位坐下来。

  坐定后，感觉很暖和。望着一屋子兴奋的人们，我同老叶调侃道："谁说纯文学没希望，至少在这屋子里，我看到了冬天里的春天。"

  一直等到上午十点半，几位出席会议的"高层"人物还未到，急坏了《小说选刊》的编辑鲁太光，打了一通电话后，他告诉大家，由于八达岭高速发生车祸，领导们的车子堵在路上了，现在领导们已经改乘出租车前来会场。

  大家也不着急，有相互递名片的，有合影留念的，有彼此交换手机号码的，反正也是不亦乐乎。坐在我后面的是位叫祁明杰的老兄，《京九文学》的副主编，是剧作家和小说家。给我们分发了最新一期的杂志。

  快到十一点钟，出席会议的领导们步履稳健地走上主席台，没有一丁点落荒的痕迹。

  《小说选刊》主编杜卫东主持会议，冯敏依次介绍在主席台就座的领导和嘉宾。我坐在后面，看不见台上席卡上的名讳，但听来个个都如雷贯耳，震得我耳鸣半天。

  接着是一如既往的发言，颁奖，合影。

  午饭时，喝的是二锅头。我这个人天生怕烈酒烧喉，于是以果汁代酒。果汁喝到口中，果然比二锅头爽口。只是敬别人酒时，多少有点不那么气壮。也不管对方酒量的大小，只是忙不迭地叫对方"随意，少喝点。"只是敬到给我颁奖的著名评论家汪兆骞老先生时，心情稍稍平整了一些，因为有着一头漂亮白发的汪老先生端的也是一杯果汁，于是，两人相视一笑，碰杯且干了。

　　下午，中国当代文学研究会会长、著名评论家白烨和中国当代文学研究会副会长、著名评论家孟繁华给我们讲课。这两位都是活跃在当今文坛的顶尖评论家。他们能够高屋建瓴、举重若轻地为当代文学把脉，但我最喜欢的还是他们讲的文坛逸事、秘闻趣史，比如当年贾平凹为什么创作并发表《废都》，《白鹿原》为什么修订以后才能获茅盾文学奖，有何内幕？等等。

　　一位朋友曾说："不折腾的爱情算不上爱情"。我想，不折腾的文坛称不得文坛。突然间手机响了，一接感觉声音不对，以为耳朵出现了幻听。心情不由得沉重起来，从云间迅速坠落泥淖。于是又习惯性的胡思乱想起来，似乎有点目通万里、思接千载的意思了。于是就想起了小时候读过的课文，想起了鲁迅先生所说的"长歌当哭""痛定思痛"，想起了朱自清先生曾经无比惦念的江南，想起那些不经折腾的日子……

2011 年 12 月 24 日　　晴

四

　　今天是笔会最忙的一天。

　　上午给我们上课的是刘庆邦和贺绍俊。刘是著名的小说家，其《神木》和《鞋》等小说曾获鲁迅文学奖等国内大奖，饮誉文坛。但我最喜欢的还是他的一些短篇，窃以为他是汪曾祺以后最重要短篇小说作家，是当代短篇小说圣手。贺绍俊曾任《小说选刊》主编，也是著名评论家，现为沈阳师大教授。可能是明星效应吧，刘庆邦一到会场立即被一帮铁杆粉丝包围，镁光灯闪烁。我也拿着我的"傻瓜"，对其也"咔咔"了两下。由于大作家身边围的人太多，更由于我的照相术属于初级阶段中的初级阶段，所拍的几张看上去不够高大威猛，总觉得有点对不起大作家的意思。

下午上课的是著名作家徐小斌和著名评论家石一宁。

晚饭后，觉得有些累。要不是晚上讲课的是雷达，可能真的不去了。看来有时候名气大也挺影响人的，虽然我早过了追星的年龄。

作为好几届茅盾文学奖的评委，雷达对第一届一直到今年第八届的获奖作品甚至入围作品都能够如数家珍。特别是谈到今年的茅奖评选，雷达个人认为莫言、张炜获奖的都不是他们最好的作品。特别是谈到十卷本、四百五十万字的《你在高原》时，雷达也说由于时间关系，这部鸿篇巨著，他也只能是粗略的泛读。

晚上听完课回到房间后，真的有些累了。因是圣诞节，我一边回朋友们的信息，一边同室友老叶有一句没一句地聊着。这时，传来了敲门声，是川河兄在外面喊门。于是乎，开门、泡茶、散烟，袅袅的青烟不但带走了倦意，还点燃了交谈的欲火和辩论的激情。

川河，安徽天长人，上世纪八九十年代的诗人。我八十年代也曾痴迷过诗歌，于是便有了共同感兴趣的话题，说起彼此都熟悉的朋友故人。

仁兄是一个很有激情且口若悬河的人。他这样评价自己：商人中他的诗写得最好，诗人中他的生意做得最棒。

可令诗歌悲哀的是，诗人川河这次获奖的是小说。诗在哪里呢？在川河送给我的打印版小说稿中，我苦苦寻觅，横看竖看，可是除粗粝的愤怒和悲伤的眼泪外，我什么也没找到。

2011 年 12 月 25 日　　晴

五

今天是最为轻松的一天。

上午七点三十分，我们分乘四辆大巴开始了为期一天的游玩，我们几位安徽来的坐在三号车上。

首先参观的是国子监和孔庙。国子监是我国现存唯一的古代"学堂"，是皇帝临雍讲学的场所。其建筑风格独特，为重檐黄琉璃瓦攒尖顶的方形殿宇。孔庙同我在曲阜所见的差不多，给我印象最深的还是那些一抱多粗的千年古柏，有种笑对芸芸众生，抚慰京华烟云的淡定和气度。值得一提的还有竖立在大院两侧的元、明、清三朝进士题名碑，近两百座大碑上，密密麻麻地刻着三朝六百多年间中榜的五万多名进士的姓名、籍贯及考试名次。这就是古代读书人穷首皓经拼搏奋斗的梦想，这就是多少代人孜孜以求的榜上题名。我在一块块石碑里寻找着安徽老乡的名字，这些镌刻在碑上我的前辈乡党的名字，已随着岁月的风化而残淡，但每个名字的后面都有一个或呕心或沥血，或辉煌或凄恻的故事。在这些伫立在光阴、伫立在多少人崇敬目光的古碑前，我突然掂出了时光的重量，同时间相比，人生也好，名利也罢，都是多么的轻淡和空灵。

接着我们来到老北京天桥的广茗阁茶楼。

一进茶楼，戏台两边的对联吸引住我的目光：四大欢喜坐片刻不分你我；八方路通饮一盏各自东西。刚一坐定，表演就开始了。节目都是老天桥面临失传的绝活，有上刀山、吞宝剑、钉穿七窍，也有睡钉床、吞铁球、大枪刺咽喉，更有一位叫大江的牛人，据其自我介绍，曾在江苏电视台和安徽电视台表演过节目，此人表演喝牛奶，喝后竟从眼睛里把牛奶喷出来，看得我心里恶心难受了半天。

表演十分精彩和刺激，叫好声几次险些冲破屋顶。皇城根下老北京人就是懂得生活。既然只能想象着宫墙内的奢华，既然已与孔庙里的那些题名碑无缘，何不用那大碗茶润润底气，大声地为这些零碎的刺激吼一嗓子，来清理清理久积在心中的浊气秽气，或许能使今后的日子稍微清澄一些、明亮一点。

下午我们参观的是大观园。

从大观园回酒店，车子开了一个多小时，终于见识到了北京的堵车。

晚上是联欢。当我乘电梯来到多功能厅，一位女士正在唱《青藏高原》。老叶告诉我，她是中央电视台音乐频道的编导李梅，是新疆来参加笔会的一位仁兄曾经的同事。这李梅的歌声很美，有极强的穿透力，引来了大家的阵阵掌声。唱毕，那位新疆的老兄又是介绍他与李梅当年的往事，又是拉李梅跳舞，蹒跚的脚步踩出了串串醉意，醉酒乎？醉人乎？我想，这位仁兄是真醉了。

有时，人生难得一回醉。有时，人是无法同往事干杯的。

又等了好几首曲子，终于等到我的那首《让我再看你一眼》：

在分离的那一瞬间

让我轻轻说声再见

心中虽有万语千言

也不能表达我的情感

……

一直喜欢郭峰的这首歌，痛快淋漓，甚至有些歇斯底里。但是，这首歌后，我还能听到我期望中的那些吗？恐怕只有天知道了。

丢下话筒，离开了令我十分燥热的热闹，我来到酒店外面。北方的冬夜真的很冷，恰如我此时的心情，寒风中，我打了一个寒颤。

2011年12月26日　　晴

六

今天是笔会的最后一天。

上午九时,《小说选刊》主编、副主编以及编辑们同作者在酒店二楼多功能厅交流、讨论。主编杜卫东先生介绍并解释了《选刊》的办刊宗旨和精神,概括起来就是:现实观照,人文情怀,独特视角,中国气派。我对杜老师的阐释还是十分认同的。我至今还记得刚看到2006年第1期《小说选刊》以组图的形式重磅推出的"生存状态系列"摄影作品时的那种强烈的震撼,特别是登在封面的那幅摄影:一位衣上沾满白色涂料的青年农民工,右手捏着五个包子,嘴里还满满的塞着一个面对镜头憨笑着。就像多年前第一次读到四川美院罗中立的油画《父亲》一样,读着这样具有冲击力的作品,我心底不停涌动着的有感动更有疼痛。

天下没有不散的筵席。午饭后,大家纷纷就此别过。毕竟在一起朝夕相处了五六天,又是为了同一个梦想走到一起来的。分手时,都有一丝依依不舍,甚至有些比较脆弱的女同胞们,还执手相看泪眼起来。是啊,虽说人生何处不相逢,但聚散皆有缘。有多少人能够像志摩先生一样,轻轻地挥手,不带走一片云彩?《再别康桥》这首诗我教了不下十遍,教到后来我才读懂了先生心中的那份酸楚和苦痛,那是一种泪水和血吞时故作潇洒的无奈,是一种已知心中的最爱花落谁家后的失落和感伤!

下午,一位在北京工作的老兄接我们安徽老乡去吃晚饭。这位仁兄豪爽,酒风酒品酒量都属一流。席间仁兄频频举杯,三杯两盏以后,我便觉得头晕眼花,看坐在对面的美女也是一个变一双。看看手机,时间也差不多了,因晚上要坐九点多的火车回合肥。便告辞而出。

送我去北京站的是位姓刘的朋友,他见时间还充裕,便载我从长安街转了一圈,夜晚的长安街华灯齐放,流光溢彩。车经天安门广场时,刘兄放慢了车速,打开了车窗。路边温暖的灯光和北国寒冷的夜风一起流进车内，带走了我胸中的酒气和浊气，人也好像清醒了一点。

上车后，在下铺上躺下不久，火车便开了。离北京、离这次聚会越来越远了，心中不免有些惆怅。于是，一连给友人们发了好几个信息，不仅仅是为风找一个方向，也是为心找一个落脚的地方。

最怕在这种钢铁的坚硬碰撞声中失眠，所以，今夜只愿能枕一个温暖的思念入梦。

2011 年 12 月 27 日　　　晴

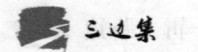

我和草原有个约定

一

大约是两年前，有次几个朋友酒至半酣，纷纷说起自己心中最浪漫的事。其中一位仁兄说他心中最浪漫的事就是同自己最爱的人一起，背靠着背坐在草原上。什么也不说，什么也不做，只倾听彼此心跳的声音，就这样静静地坐在席慕容的诗中，坐进草原那片宁静的月光里……

他的话引起了大家的共鸣。从此，我们便同草原有了一个约定。机会终于来了，2014年8月14日，我在51庐江网上看到了潮水先生的召集帖。帖子的名字叫：品味初秋——51庐江网自驾草原之行即将启程。读完这个召集帖，有一句话深深地打动了我："生活不只是苟且，还有诗和远方……"于是，我在第一时间报名参加。

去草原，时间定在2014年8月19日。

早上六点，大家陆续集中在县政府门前广场。这时，网友"格子立早"走上车子，送给我们一袋苹果和一些户外旅游的必备药品。她虽然这次不能和我们同行，但带来了她的祝福和友情。网站考虑到行程近5000公里，为保证大家尽情领略沿途风光和草原之行的魅力，遂决定包车前往。驾驶员王师傅是巢湖人，一脸的憨厚和亲切的巢湖口音使得大家很快熟络起来。

六点三十分，带着网友们对草原的期待和祝福，车子准时出发。车窗外是洒满阳光的大道，阴霾了几天的心情立刻晴朗起来。中午12点左右，车子驶出安徽境内，大家在服务区用过午餐后继续前行。

下午四点钟,到达济南,下起了大雨,过了济南后,雨过天晴。好客的山东省府为我们洗去一路风尘。

一路北上……

眼前是一望无际的华北平原。右手高铁,左手夕阳。在大家的惊叹声里,我的心中只有夕阳无限好的欣喜,而没有只是近黄昏的忧伤。车上的摄友们纷纷拿起手中的相机,记录下这平原落日的辉煌与美好。

经过近十六个小时的颠簸,收获了一路的风景和欢乐,晚上 10 点,到达我们行程的第一站——天津。

二

今天是草原行的第二天。

凌晨四点,室友仁爱教员就早早起床,带着他的宝贝相机去港口拍日出,同行的还有潮水老师和龙光、牛魔王等人。我因头天睡得太晚,在仁爱教员走后,继续着我的草原美梦。

上午七点钟,拍日出的几位仁兄都回来了,好像都有点满载而归的意思。大家在餐厅用完早餐后,直奔大沽炮台遗址。

大沽口属天津门户,明代开始在此设防,清代在这里修筑炮台,素有"津门之屏"之称。南有虎门,北有大沽。大沽口是近代史上两座重要的海防屏障之一,特别是第二次鸦片战争以后,大沽炮台更有"海门古塞"之誉。如今的大沽口炮台不但是"津门十景"之一,还是天津市爱国主义教育基地。

大沽口炮台如烟的往事,还在心头萦绕不散,我们就上车前往下一站——北戴河。

对于我们这些上世纪六七十年代出生的人来讲,北戴河绝不是个陌生的名字,它多次出现在报纸和广播电视中,带有几分神圣、几分神秘。

第一站是浅水湾海水浴场。走进海边，带着海腥味儿的海风迎面吹来，让我有一种想同大海亲密接触的冲动，于是，我换上泳裤，把自己赤条条地交给大海。

一个多小时后，带着阳光和海水的味道，我们到达第二站——鸽子窝公园。临海的悬崖上有一巨石形似雄鹰独立，高二十余米，名曰"鹰角石"。因过去常有成群的鸽子筑窝于石缝之中，故又叫"鸽子窝"。早就听说鸽子窝公园是欣赏海上日出的绝佳之处，当年，毛泽东主席在此观赏"红日浴海"的绝美奇景，心中油然而起一股诗情，千年往事如大浪淘沙涌在心口不吐不快，于是，沐浴着阵阵海风，一代伟人随口吟咏出那首千古名篇《浪淘沙·北戴河》。

往事越千年。如今，一页风云已经散尽，一抹暮色浮在海面上，像一页发黄的时光，更似一声轻轻的叹息。

踩着夕阳的最后一丝余晖，我们走出鸽子窝公园，脑海中，突然掠过一位诗人的诗句：

我不知道人们在翘望什么
云烟尽处仍是云烟
我不知道还能等来什么
来来去去只是过路

三

今天上午有两个景点：老龙头和山海关。

首先游览的是老龙头景区。这是明万里长城的起点，也是万里长城中唯一的一段海上长城。站在老龙头，听北中国海的阵阵涛声，真有一种心潮逐浪高的激动与豪情。

看完老龙头长城后，我们便来到了有着"天下第一关"之称的山海关。除八达岭外，我想山海关与嘉峪关应该是万里长城上最重要的关隘。甚至可以说它们不仅仅是一个关隘，而是一个民族沉重的记忆和永恒的纪念碑。

拾阶而上，我用脚步丈量着往日的时光……

吃过午饭后，我们便坐车前往梦中的草原。

一路上，妙事不断。下午四点多钟，车窗外出现了西边落日东边雨的奇妙景象，令我们惊叹不已。坐在车前面的潮水老师说："这时如果能出现雨过天晴，晚霞漫天的景象，我们一定要停下来，拍几张好片子"。

神奇的是，潮水老师说完不久，天边突然出现了大家企盼的景象，不但西边的落日无比壮美，天边甚至还画上了一道彩虹。于是，大家纷纷下车，拍了许多绝美的作品。特别是潮水老师拍摄的夕阳下美丽的倩影，更是令全车人艳羡不已。

晚上八点多，我们终于到达今晚目的地——丰宁县城，这里离坝上草原只有六十公里。

明天，明天去草原……

四

今天，是草原行开始以来起得最早的一天。

六点钟，大家便登车前往梦中的草原。从丰宁县城到坝上草原大约有六十公里的车程。一出县城，车窗外的美景就让我们目不暇接。窗外是连绵的群山，这里的山与南方的山不同，既有泰山的巍峨雄伟，又有华山的雄浑壮丽，还有黄山的奇幻秀美。特别是那些绽放着最后辉煌的油菜花，更是令我们大饱眼福，赞不绝口！

于是，大家下车步行，走在初秋的美景里，细嚼着这北国的秋味，感受着渐行渐浓的友情……

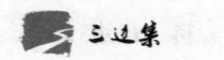

就这样走走停停，两个多小时后，我们终于来到了一直向往的梦中草原——坝上。

到草原是不能不骑马的。骑在马上，欣赏秋日绝美的草原，真是一种莫大的享受。眼前是一片青来一片黄，黄的是莜麦、青的是绿草。草原色彩的丰富还不止这些，黄绿的主色调中，还点缀着星星点点的野花，美不胜收。

在坝上草原的核心景区——大滩镇的二道河村用过午餐后，我们还去了极具满族特色的大汗行宫。

下午两点钟，在当地牧民朋友指引下，我们直奔坝上"躲在深闺人未识"的草场——孤石军马场。孤石军马场是坝上草原的风景绝佳处。这里的草更绿，花更艳，不仅有风吹草低见牛羊的静美，还有军马驰骋草原的壮美。我们走在细雨中，走在一个接一个的惊叹和惊喜中……

晚上吃完美味可口的正宗草原烤羊肉后，好客的牧民点起了篝火，大家围着篝火跳起舞来。雨，越下越大，但篝火却越烧越旺。这是草原带给我们的热情与激情，它会永远留在我们的记忆中，留在我们的生命里，直到燃为灰烬。

晚上大家分两种方式在草原住宿，不懂、潮水、云殇、江南雨等人睡在帐篷里，我和其他人住在蒙古包中。

一夜无梦。

五

昨晚，听了半夜雨打蒙古包的声音，后来只迷糊了一会儿。凌晨四点钟，就听见牛魔王在外面喊："大家快起来，今天天气好。"于是起床。

雨后的草原空气特别干净，深深地吸一口，真有一种通透、明

第一辑　路边

亮的感觉。走在湿漉漉的草地上，店家的小花狗一路陪伴着我们。远远看见对面山上有成群的牛、马，这绝美的景象吸引着我们的脚步。

跨过山脚下小溪般的滦河的源头，我们开始登山。小花狗把我们送到这里，便停下来，很懂事、很深情地望着我们前行。不懂兄赶紧折身回去，拿出手机给小狗拍照。身着大红披风的格格走在最前面，不断有着惊喜和发现。登上山顶，回首来时路，只见昨晚住宿的村落静静地泊在远处，草原像一块绿色的地毯铺进了远方。一条清亮的水流蜿蜒前行，曲线优美，那是滦河的源头。滦河这个头开得真是漂亮！

这时，不懂兄提醒大家朝头顶上看。只见头顶上是碧蓝碧蓝的天，那是一种久违的蓝，蓝得特别纯粹，特别干净。蓝天上，飘着几朵白云，像一汪碧水上盛开的白莲。站在这里，感觉天真得离我们很近，感受到美有时也可以如此洁净、如此高贵。只能远观，不可亵玩。

翻过山头，一大群牛在草地悠闲地吃草。网友格格同牧牛人攀谈起来。

他有古铜般的肤色，脸上的线条也很刚毅，那是草原和岁月的馈赠。他的笑很温暖，同他交谈，我第一次感觉出亲切和温暖也这样有质感，并且触手可及。

伫立山顶，遥看对面山坡上的草地，随着白云的移动，不断变化着色彩，很有层次。阳光在草地上滚动，牵引着我的目光。

流连了近半个小时，我们恋恋不舍地离开了这片草原。走到半山腰，大家回首山顶，那位牧牛的老汉还站在那里，朝我们挥手致意。

说完，我突然觉得下山的脚步是如此沉重。如果可能，我真的希望时间能慢下来，慢下来，并在此地定格。

这时，心头掠过那首《马儿，你慢些走》熟稔的旋律，这首歌，只能属于此刻，这首歌，只能属于草原！

下山了，牧牛的老汉还站在山顶上，他把他的牛群也赶到了山这边。不知是谁喊了一声，让我们再看一眼，看一眼这特别的告别场面。

只一眼，我已泪流满面。

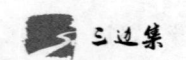

如果说山属于刚强，那么草原只属于柔肠。

终于要离开草原了，因为回程路上还有喇嘛山，还有小坝子上美丽的白桦林。车子发动的瞬间，我的心被重重地扯了一下。

再见了，美丽的坝上草原！

六

在天津武清用完早餐后，车子一路南行。

离家越近，离草原就越远。有时，家和草原只能选择一个。

虽说草原是一个来了便不想离开的地方，但它真的不属于我们，所以，我们注定只是一个过客。但草原毕竟让我们感动过，让我们落泪过。从此，我们的人生也就有了一块葱翠的底色，可以开出任何一朵花来。

不懂说："人回来了，心还留在草原。"

潮水说："明年还来。"

车内流淌着那首著名的《父亲的草原，母亲的河》，略带忧伤的旋律像极了此刻的心情。一条忧伤的小河流进了每个人的心底，让我们干涩、坚硬甚至麻木的心慢慢柔软起来，慢慢苏醒起来，并在心里长出一片草原来。

有人说，旅行在乎的不是目的地，而是一颗享受旅程的心。草原之行结束了，相信过不了多久，有人又会背起相机，开始新的旅程。生命不息，折腾不止！

因为我们的前方有风景，因为我们的人生在路上。

草原行同行者：不懂、潮水、老顽童、仁爱教员、牛魔王、江南雨、巴根草、浩然、乔老爷、青虫青青、云裳、草原格格、漫步相思林、牛铃、金戈。

排名不分先后，一笑。

一梦到西塘

两年前，我在空间发了一个叫《水乡印象》的帖子，是关于周庄和乌镇的。有位朋友看过后对我说："去西塘吧，西塘更美。"

不久，我就收到了朋友从江南寄来的两张西塘的明信片。从此，我不但收藏了一份珍贵的友情，还收藏了一份期盼和念想。

终于来到梦里的西塘。同样的水，不一样的桥。如果不随着一个团队来到这个叫醉园的地方，西塘会少了很多情味，少了一种偶遇的惊喜。

醉园很小，也很精致。它是一阕婉约的宋词，更像是元曲中的小令。此园得名缘自醉经堂，意为沉醉于四书五经。园子很小，只有几百平米，但每个细处细节都处理得独具匠心。马头墙下不仅有硕大芭蕉、数丛翠竹，更有光阴写就的青苔和如瀑的蔷薇。这里处处都有着一种精心，一种典雅，这是一种绣入骨髓的温柔和体贴。最让我欣喜的是与醉园主人王亨先生的邂逅。

王亨虽为八旬老者，但鹤发童颜，精神矍铄。先生是一个版画家。在醉园，我得到一本《王亨王小峥版画作品选》，先生在扉页上为我签名，并认真地盖上印章。同行的李君拿起相机要为我和先生拍张照片留作纪念，先生欣然答应。合影后，先生给我一张名片，告诉我名片上有他的电话号码和邮箱，嘱托我把照片寄给他。

告别先生时，我发现先生身后挂着一幅黄永玉先生为醉园的题字：一梦到西塘。这位无愁河上的浪荡汉子，在西塘，在醉园，许是梦到了他的远在湘西的凤凰。

坐在醉园的石凳上，我沉醉在这份闲适、这份风雅中。王亨先生之于西塘，就像当年的木心之于乌镇。他们不仅是古镇的名片，

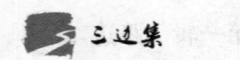

而且本身也是一帧风景。最近一段时间，我在读木心的书。在先生极简、极淡的文字中，可以找寻一种最干净最深邃的精神和思想，可以找寻到一段最透彻的生命和最深邃的人生。冥想时，木格窗中有微风吹来，只见蔷薇的落英缤纷在流水中，突然想到前人的诗句：花自飘零水自流。在这五月的西塘，在这春尽江南的时光，怎能不让人从心底涌动出那缕落花流水春去也的落寞与感伤。

在西塘，在这个叫醉园的地方，我突然有种前世今生的恍惚。其实西塘不属于我，我只是一个过客，是个不太美丽的错误。西塘只能属于那段初恋时光，属于那些在"留香"里喝下午茶的少男少女，属于那位在"半朵幽莲"里细数樱花的女孩，属于早春二月的鹅黄诗篇。

一梦到西塘。

是梦就有醒来的时候。梦醒时分，我走出醉园，继续细数在窄巷里远去的跫音，细数莲花般盛开的桨声灯影，细数烟雨长廊里不老的时光。

那些山果儿

上午，一打开微信就收到了朋友分享的一篇文章《山果》。文章不长，连读两遍后，心情有些疼痛，有些凄然。

读完后，文中那个叫山果的女孩，背着一背篓的核桃坐车到山外面兜售的景象在脑中久久不能拂去，"我"与山果的对话，也在耳畔不时地回响。

于是想起亲身经历的两件事来。

2004年7月，单位组织党员到井冈山学习考察，接受革命传统教育。一天傍晚，参观完黄洋界。在下山路上，遇见一个卖竹碗的小男孩。井冈山盛产毛竹，所以沿途可见很多卖毛竹制品和竹制工艺品的山民。小男孩的竹碗制作得并不精美，但这孩子略带期待的目光还是吸引了我。我好长时间没有见过这样明净、清澈的目光了，这种干净的目光只能是井冈山深处山泉水洗濯的，没一点杂质，没一丝阴翳。

我问孩子上几年级了，他说三年级，并告诉我他卖竹碗是为了挣下学期的学杂费。竹碗不贵，一块钱两个。我买了他剩下的四个竹碗。男孩很兴奋，对我说了声："谢谢。"这时，两个同男孩差不多大的孩子也围在我左右，手里各拎着几个竹碗。男孩对我说："他们是一个村的，等会一道回家。"我明白了男孩话中的意思，把两个孩子剩下的竹碗全买了，孩子们很满意。我目送着他们用欢快的脚步踩亮了洒落在弯弯山路上的点点斜阳，蹦蹦跳跳地把脆亮的笑声播进大山的褶皱里。

还有一次是三年前，在丽江到楚雄的高速公路上。因为前面发生了车祸，我们的车堵了近两个小时。车子瘫痪在路上，首尾相接

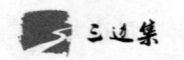

好几公里。住在附近的一些白族妇女和孩子背着竹制的背篓在车流中叫卖商品，我看见有人在买鸡蛋，有人在买方便面和水果。这些叫卖者的手中还拎着开水瓶，那里面的水是泡方便面用的。我从一个孩子那里买了几个煮鸡蛋，他很高兴地为我的茶杯续上水。我很好奇他背背篓的方式，不是肩部承重，而是头部。我问孩子上学了吗，他告诉我上了，现在正是暑假。孩子还告诉我，这段路常堵车，一堵就是好半天，所以这种背篓式的流动商店在此处很流行。说着，车流中有人向他招手，他向我摆摆手，向招手的人走去。

　　我的相册里还有一张这个白族孩子的照片。是张背影，孩子的身材很瘦小，但背上的背篓很大，有种不成比例的沉重。

环碧公园记

　　探春也好，寻春也罢，我想小城的春天是从环碧公园开始的。

　　惊蛰一过，春天就开始醒了。这个季节，我喜欢到环碧公园走一走。岸堤上那若有若无的春色柳色，提示着一些早春的消息。这时候的柳树远远望去有一些绿意，虽说只是些大意，但却积蓄了一个季节的等待。诗人说"草色遥看近却无"，其实柳色也是。"最是一年春好处，绝胜烟柳满皇都。"可能是"柳"与"留"同音的缘故，古人笔下的烟柳，总有一份迷离的情意，总有一种似梦似幻的难舍难分。这多少有点像"烟雨"，大了不行，必须是濛濛细雨，俗称"毛毛雨"的那种。有这样的烟雨做背景，根本不需要那把油纸伞，你就可以把自己走成《雨巷》中的那位"丁香一样"的女子。谁说幸福不是毛毛雨，有时候，幸福就是毛毛细雨，就是毛毛细雨慢慢洇湿心尖尖的那点感受。

　　在环碧公园，春二月的柳色里有一丝鹅黄，有一抹嫩绿，云般雾般的缥缈、飘忽。虽说这时的柳烟是属于天空的，但我喜欢走在这梦境一般的晨雾绿烟中。此时的我内心是欢喜的，小路的长度就是我此刻心情的长度。

　　喜欢在这里散步由来已久。

　　环碧公园曾是庐江的后花园。

　　环碧公园始建于明朝初年，原名环碧园，本为私家园林。最初的主人名叫王晟，其生平事迹已难详考。此园名谓环碧，盖以古护城河水流经园内，园主因势利导，引水在园内环绕，中间人造土墩，曰香花墩，立亭其上，名"瀛州亭"，一年四季碧水潆洄，故名"环碧园"。

清代以后，环碧园历经沧桑，迭有废兴，园内水系亦有所改变。晚清，园地为李鸿章家族占据。直至1934年，县里集资从李氏后人手中赎回，置为公用。1936年，县长王培实募款予以修葺，正式辟为公众游览之园。从此，环碧园开始走进民间。县内著名书法家朱绶手书一联"春秋多佳日，园林无俗情"，陈于园门两边。1956年后，一度更名为庐江公园。上世纪70年代末恢复原名。

过去，位于县城东北角的环碧园有小城最大的水面。水不但是生命和文明的源头，也是小城子民精神的停泊地，更是一座城市的灵性所在。流连在环碧园中，我常想，如果没有环碧园，小城就会少了很多生动，缺了许多妩媚。是水，滋养了小城的前世今生；是水，滋润着岸边的绿草碧树；也正是水生动了这园中无边的碧色。"碧"在这里既是一个形容词，也是一个动词。正是这个"碧"字，把这里明媚明艳的春光春色抬到了文字与色彩的最高处，并与天相接，成为小城一道明亮的风景线。

上世纪70年代，我在念小学时，就常到公园玩。那时候的公园面积虽只有现在的一半大，但却是我和同学们的天堂和乐园。门口，有木结构的奎星楼。相传此楼建于清同治年间，为时任广西巡抚的潘鼎新独资捐建。建成后的奎星楼高约10米，是当年庐江县城的最高建筑。该楼楼高三层，飞檐翘角，很有点"江淮名楼"的绰约风姿。很可惜在我小时候，奎星楼已成危楼。我虽和几位同学偷偷爬上去过，但楼内到处密布着蛛网，于是，登高的兴致也被网去了大半。

更多的时候，我和同学们是去香花墩扳蛐蛐和到大官塘里洗冷水澡。

上中学时，班上同学流行斗蛐蛐。据好斗者说，环碧园和周瑜墓的蛐蛐最厉害。但周瑜墓在城外，荒草萋萋的，阴气太重，一个人不太敢去。所以更多的是去环碧园的香花墩和烈士塔的后面去扳。

环碧公园是由两块水面构成的。水是这里的主题，也是园中最撩人心魄处。"沧浪之水清兮，可以濯吾缨；沧浪之水浊兮，可以濯吾足。"这句诗不仅适合苏州的沧浪亭，同样也适合环碧公园。

一条小路，曲曲弯弯地把水面隔为南北两块。因小路上有拱桥两座，于是，两块水面就有着若即若离的缱绻和勾连。北边的一块水面大些，叫"大官塘"；南边的一块因有香花墩和烈士塔，水面略小些，曰："小官塘"。小官塘面积虽小，但因其间有一道若连若断的长堤和香花墩上的几株姿态各异的松树，于是就有了一种元人小品的韵致。

那时候环碧公园的水面虽然和现在相差不大，但由于同外河相连，是有源头的"活水"。虽然不能说是清澈见底，但水质还是不错的。我就是在大官塘里学会游泳的。一年夏天，我同几个会游泳的同学去大官塘玩。一位同学趁我不备将我推下水。现在想想，真的要感谢那位同学。那天下午，在大官塘喝了好几口水后，我无师自通地学会了游泳。

大小官塘的水质一直到上世纪80年代中期还是很好的。那时节，我同妻子刚刚谈恋爱，有一次还陪她到大官塘洗过衣服。那时，小城很多地方还没通自来水。那天，我陪妻子到公园。大官塘四周是用青石和麻石砌的驳岸，塘边有许多正在浣衣的女子。她们手中的棒槌在石头上敲出好听的节拍。"长安一片月，万户捣衣声。"棒槌敲醒的何止是长安的月光月色，还有千百年间人类追求的安宁安稳。

突然想起一句话：岁月静好，现世安稳。活到五十才明白，现世的安稳才是最难得，也是最重要的。

过了几年，小城家家户户都通了自来水。于是，大官塘边少了浣衣的女子。后来，大小官塘里有人开始养殖珍珠。许是水里融进了太多"珠泪"的缘故，水质也一天天开始变坏。这是因为那粒粒看似珠圆玉润的璀璨都是由伤痛孕育的，那些晶莹的珠链正是由滴滴悲伤的眼泪串成。大小官塘里太多太多的疼痛和叹息慢慢发酵成一种杂质，污染着这片纯粹与洁净。

一声叹息。又何止是一声叹息那么简单。

大官塘的北面有三幢小楼。过去这里曾是县政府招待所，因地理位置优越，也曾盛极一时。

2007年，庐江县政府开始整修环碧园。整修后的公园面积扩大

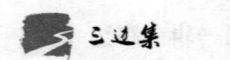

了近一倍。不但增加了很多绿地面积，水面也扩大了一些。随着城市规模的发展扩大，现在的环碧公园已经位于县城的中心地带，占尽了天时地利。它不仅是庐城百姓休闲娱乐之佳处，更是他们休憩身心的家园乐园。一进大门，你就能看见一块巨石上镌刻着孙文光教授的撰写的《环碧公园记》。读完美文，在孙教授的引领下，你会发现这里一年四季美景如画、游人如织。但最美的还是夏天，这里有如茵芳草，这里有杨柳依依，但最让你心旷神怡的还是微风送来的缕缕荷香。公园里有跳广场舞的，也有唱黄梅、唱京戏的，这些带着草色和露珠的舞步与歌咏，是这个季节里最茂盛的草木植物。

漫步园中，让我流连忘返的还是友人陈韶华的笛声。这位藏书万卷、藏笛百支的吹笛人不但是位乐师，还是一位诗人。一年四季，除暴雨暴雪天外，他每天在公园里吹笛二三小时，数年如一日。"拳不离手，曲不离口。"他现在能够不看曲谱一口气吹几十首独奏曲。这是一种坚持，更是一份守望。这位环碧公园守望者，硬是将一曲无形的笛声吹奏成一帧有形的风景。

怪不得茅盾先生说，人是最美的风景。

恍惚中，依稀觉得韶华兄的一管竹笛吹绿的不只是满园的春树芳草，还有游园者的心境。

第一辑　路边

小城忆，最忆奎星楼

前日，辅成兄送我一册签名本的《蛙鼓泥香亦风光》，书虽不厚，但拿在手中，我还是惦出它沉沉的分量。

认识辅成兄近三十年了，那时他在缺口化肥厂，我在矾山中学，相距不远。当时的化肥厂很红火，有几大才子，辅成兄是其中的佼佼者。被文学梦烧得大脑发烫的我，也曾几次慕名拜访过几位仁兄，从此，便有了这长达二十多年的友情。

晚上回家，就着床前灯光，打开还散发着新鲜墨香的辅成兄大作，一篇谈奎星楼的文章引起了我的兴趣，一口气读完后，昨日又仿佛重上心头。

记得小学四年级前，母亲带着我和妹妹住在一所乡村小学里。每过一段日子，母亲总会带着我和妹妹去县城看父亲。出发时总是兴奋的，但十多里的路程让我和妹妹疲惫不堪。一路上，母亲给我不停地鼓劲，特别是翻过七里岗，遥遥地望见奎星楼在那漂亮的飞檐翘角后，我就知道离县城不远了，脚下也仿佛来了精神。

上初中后，我便同父亲住在厂里，那时候不怎么上课，公园是我和同学们去得最多的地方。但是这时的奎星楼已经成了危楼，下面的门被几块门板钉死了，不让人进。无月有风的晚上，几位胆大的同学徘徊在楼下的小竹林中，突然听到奎星楼上传来一些古怪的声音，便踩着一地慌乱的竹叶，逃之夭夭。

于是，奎星楼上有鬼的传言在班上越传越玄，到底有没有鬼大家也争吵得十分认真。好在第二天是个大晴天，有温暖的太阳壮胆，我和几位同学再次来到公园，撬开楼下一块门板后，我们便踩着咯吱咯吱响的楼板登上楼，楼内很脏，上面布满了蛛网，地下甚至还有一些秽物。这时，有位同学突然发现楼上有首诗，诗是用粉笔写在墙上的，字写得相当的遒劲有力。诗为七言四句，很遗憾现在只记得其中的两句了："庐江美女不可交，面若桃花心如刀。"那时候，我和我的同学们都是不谙情事的少年，但这两句诗还是让我们有种懵懂而莫名的兴奋，记得那天下午，大家我操你一下，你打我一拳。口里诵的都是这两句：庐江美女不可交，面若桃花心如刀。现在想想那时的我们真不懂事，不知道这首诗的背后或许有一个凄绝哀怨、泣血带泪的悲情故事，竟然拿仁兄的眼泪来取笑！

不久，便听到奎星楼被拆的消息。从此，世上再无奎星楼！

曾去城东新区，路过新建的奎星楼，朋友邀我上新楼一游，被我拒绝了。到现在我还不明白当时为何拒绝朋友，是怕往日的时光不可复制，还是怕登楼的脚步踩痛了记忆？

恐怕只有天知道了。

第一辑　路边

果园探幽

如果你愿意把汤池看作是一位古典式的美人。那么，金汤湖和果园山水库就是美人顾盼的双眼。

早就听说过果园山水库，听说过这个为县城居民提供饮用水的大水缸。但站在这碧波荡漾、秋水盈盈的水库边，才发觉这里山不甚高，水不甚深。可山有茂林修竹，水有点点帆影，实实在在给这里平添些许韵味，些许风情。

但真正牵住我们目光的还是那飞翔在林间、休憩在水边的白鹭。

稍有点文化的中国人，都会背诵这两句已被世人背俗了的杜诗："两个黄鹂鸣翠柳，一行白鹭上青天"。刚刚开蒙时，我也曾不知其意地背诵这首诗。但当时的我肯定不知道白鹭长成何样，现在这么近地读着成群成群的白鹭，着实让我激动不已。

据水库工作人员介绍，由于果园山一带山静、林幽、水美。早在上世纪 90 年代，就有白鹭在这片水域休憩。一开始，还有人用猎枪捕杀过。第二年，白鹭一来，水库管理处的干部职工便着手保护这些国家级珍稀保护动物，他们向附近村民宣传保护鸟类的重要性，并把果园山林深景幽处用围墙圈起来，为白鹭围了一处安宁的栖息地。从这以后，每年都有大批的白鹭飞来，在此休养生息，并且一年比一年多。每年春夏之交，上万只白鹭在水面、在林间上下翻飞起舞，着实搅活了一方风景。

我们来时已是初秋，大批的白鹭正迁移南去，但仍能见到数千只白鹭在林间嬉戏、觅食。特别是一些生于斯、长于斯的小白鹭，在茂密的林子里试飞，它们稚嫩的双翅，不仅划亮了它们一生中最初的轨迹，也划亮了我们的眼睛。它们不时发出一声惊叹，加深了

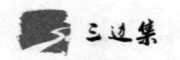

林子的幽静。我的心中突然浮起诗人傅天琳的《雁荡山》来：

雁荡山有几滴雁声

掉进谁的眼睛

谁的眼睛

便飞起来

我没有到过雁荡山，但在果园山中，我的眼睛也飞得很远，因为这里也有几滴鸟声，不仅掉进我的眼睛，并且掉进我的心底，发出悠远的回响。虽然我不是诗人，更缺少女诗人那份柔肠，但在这幽美的果园山，我竟然有了诗人类似的感受：我不会走路了／轻盈盈随时会跌入某一个仙境。

实际上，果园山不但憩有白鹭，这里是鸟儿的天堂，每年冬天，有数万只野鸭和大雁在此过冬。我想，数万双的翅膀，一定会驮起一个更为壮美的场景吧。

站在青山绿水间，伫立良久，山间的风早已吹干了我身上的汗水。不知不觉中，只见夕阳点点碎进满湖碧水，把湖水也染得金黄。真想跳进水中畅快地游一回，但实在不忍打破这水面的幽静，就让这山、这水永远幽静在记忆中吧。

突然，一阵钢铁碰击的声响和悠长的汽笛声打破这山水间的宁静，这幽静的山间何来火车的轰鸣？

"是广州开往合肥的火车，每天下午五点经过这里。"

水库的同志告诉我。顺着他手指的方向，只见列车一路呼啸北去。这是从广州开来的，它多少带来了一些南国潮湿的气息和海洋那蔚蓝的召唤。

那钢铁坚硬、冰冷的碰撞声在耳畔久久不去，那诗意的幽静和平衡到底被破坏了。身边还剩下几滴鹭鸣，正是白鹭归巢之际，夕阳中，白鹭的双翅被涂上一层世俗的金黄。

幽静再次掉进我的眼睛，但是，它还能再次滴进我的心底吗？

奥瑞旗赏秋

来奥瑞旗度假山庄正值九月,一个瓜果飘香的日子。

出肥东县城往东驱车四十分钟,便来到包公镇的岘山。进山后,转几个弯,一座华丽的山庄便呈现在我们面前,这就是我们此行的目的地——奥瑞旗度假山庄。

首先映入眼帘的是山庄古色古香的大门。大门两边书有对联,上联是"山清水秀迎贵客",下联为"庄园华丽纳嘉宾"。此联不但写出了山庄水秀山清的幽美环境,还表达了主人真诚好客的古道热肠,给了我们一种宾至如归的感觉。

走进大门后,我们拾级而上来到山庄的制高点。站在观景平台上,岘山尽收眼底。因是站在高处,来时的山路弯弯曲曲就像一根飘舞的绸带,满山的秋色也就有了层林尽染的意思了。山脚下是种熟透了的黄,在夕阳下有种金色的光芒,那是九月的稻香。由山脚层层渲染过来的缤纷色彩中,有绿的宁静,有黄的沉着,也有红的热烈。秋的色彩如此丰富,就像我们已经步入中年的人生,虽然少了童年的单纯、少年的梦想和青年的冲动,但沉淀下来的是或痛苦或感伤的经历阅历。正因为有了这些经历阅历,我们的人生也因此而更为丰富,我们的生命也因此而更有内涵、更有质感。

在奥瑞旗,让我们惊喜的不仅是田园诗般的自然美景,还有亲自到果园采摘秋天、采集喜悦的户外体验。

热情的主人边走边向我们介绍山庄的特色,奥瑞旗山庄不仅有休闲度假的功能,还有生态养殖等特色。沿途我们见到了一些在山坡、水塘里觅食的鸡鸭,这是山庄用回归自然的方式养殖的家禽。另外,我们还见到了散落在山麓的大小池塘。在九月的阳光下,池塘里秋波粼粼，这是山庄深情的眸子。池塘里养着鱼虾和泥鳅、黄鳝，还有一些龟鳖在晒太阳，悠闲地享受一份慢时光。动物园里，灰天鹅、山鸡们看开屏的孔雀们斗艳争奇，竟有一种事不关己的超然；那些来自皖西的大白鹅在秋日宁静的水面上划亮的何止是一池绿水、一塘秋波，它们划亮的还有游人心中那首早已耳熟能详的唐诗。

不知不觉间，我们便来到晚秋黄梨采摘地。

山坡上到处都是挂满硕果的梨树。有些梨树因为结满果实，已经有点不堪重负。梨子很大，每个梨子都用一个纸袋套着，据说这样长出来的梨子绿色环保，品质优良。在主人的带领下，我们走进梨园，开始采摘这份甜蜜。硕大的黄梨在手，让我真切地体味到这个秋天沉甸甸的质感。

吃着这爽脆甘甜的美妙果实，一丝甜蜜的喜悦滋润心田。我一边品尝这秋日佳果，一边想象来年早春季节这片山坡上千树万树梨花盛开的景象。我和同行的朋友说，待到明年梨花胜雪的季节，我们一定要重逢在这个叫奥瑞旗的山庄，来赴一场春天的约定。

我期待着，期待下一个梨花盛开的季节。

第一辑 路边

收藏时光

  在奥瑞旗，最让我惊叹的是主人的烟标收藏。
  烟标是香烟制品的商标，俗称烟盒、香烟纸，也叫烟壳子，是四大平面印刷收藏品之一。
  上世纪70年代，我在小学读书时，同学之间流行玩烟盒。烟盒的玩法不复杂，就是将香烟纸对折成三角形，几个玩家一人出一张，然后石头、剪刀、布，分出次序，依次用手拍，谁将这些三角形的"撒撒"拍翻身，谁就赢得这枚"撒撒"。再后来，玩法有所改进，不再用石头、剪刀、布的方式排出谁先拍谁后拍的次序了，而是根据玩家拿出的烟纸的价格分出次序，比如一包飞马烟价格两毛九分，比一包东海烟贵一分钱，那拿飞马香烟纸的玩家就先拍。那时候，一场玩下来，右手掌都会红肿好几天。
  我喜欢烟标，也曾经拥有过上百种烟标。但因后来上学、上班，再加上又搬过几次家，小时候玩过的小人书和烟标也都不知去向了。
  但我拥有的烟标同奥瑞旗里的收藏相比，真正是小巫见大巫了。
  这里陈列的烟标展品上万种，是主人四十年的心血收藏。这里的烟标品种繁多，中外都有，其中有很多珍稀品种。这里有不同版次、不同色调的"大铁桥""光明"烟标，还有不同卷烟厂出品的图案迥异的"东海"烟标，特别吸引我眼球的是那些有着鲜明时代特征的烟标，其中一枚"工农兵香烟"，系中国烟草工业公司出品。烟标主体画面一面是毛主席语录：我们的文学艺术都是为人民大众的，首先是为工农兵的，为工农兵而创作，为工农兵所利用的。另一面印的是这样一段文字：工农兵牌香烟商标正在设计，现以简装代替。这枚烟标设色简单，只红白两色。由此可见上市之仓促，因而可以推算此种烟标的"工农兵香烟"上市时间极短，存世量有限。

"文革"烟标一般分三大类，即语录标、题词标和口号标，这枚"工农兵香烟"烟标虽为较为常见的语录标，但因其是临时代替的简装，十分罕见，是藏友眼中的珍品。

著名收藏家马未都曾说，收藏有种触摸历史的魅力。在奥瑞旗，在这些烟标收藏前，我确实触摸到了时光的厚度和温度。

徜徉在烟标的世界里，时光仿佛逆流成河。一张张烟标似一叶叶扁舟，载我回到难忘的少年时光，时光的岸边有疯长的希冀，葳蕤自生光。

竹海探幽

在宋冲水库领略了一番绝美的湖光山色后,我们便朝下一个目的地进发。沿途的景色越来越美,让我们目不暇接。

路旁,有几位老乡正在往货车上装毛竹。我们问他们去祖师洞怎么走,几位老乡热情地为我们指路。顺着老乡手指的方向,只见一条曲曲弯弯的小路隐入竹林深处。告别老乡后,我们继续前行,路旁有个不大的村落,村口一株树龄已达数百年的山楂树吸引了众人的目光,山楂树粗约一人合抱,根深叶茂,上面挂满了黄橙橙的山楂果。曾在山里生活过多年的晚来风老师也十分惊讶,阅历丰富、见多识广的先生在江淮大地上还从未见过如此高大的山楂树。他说:"山楂树不易栽种,生长缓慢。碗口粗已属罕见,这棵树在此已数百年,是山间一景。"听着先生的话,我随手捡起几个掉在地上的山楂果,抬头望着山楂树,数百年的风雨也不曾改变它挺拔站立的姿势。想想人生短暂,难逾百年,嘴里的山楂果也就越发酸涩起来。

越往上走,路越陡峭。两边的竹林也越发幽深幽静了,静得甚至只听见自己的喘息声和脚踏竹叶的沙沙声。我第一次走在这成片的竹林中,直觉得这里就是竹的海,因为有成片的绿色的浪不断涌来。竹海里的风,也带着那种湿湿的体贴与温柔,从发间,从心间掠过。虽说是竹海,但色彩绝不止嫩绿、翠绿、碧绿那单调的几种。路旁的野花、野果时常用她们鲜艳欲滴的色彩招惹我们,特别是挂满红灯笼的柿子树和路上不时碰到的那些欲破土而出的冬笋提醒着我们这是另一个收获的时节。

心头不时掠过一句词:"不是春光,胜似春光。"像一阵和风。

经过近一个小时的跋涉,终于来到了祖师洞。祖师洞由上下两

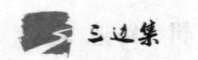

个天然石洞组成，上洞有好几十平米，洞内有一眼泉水，名曰虎刨泉。相传伏虎禅师最早在此修行，并用泉水治好了眼疾。后禅师被杨行密请出祖师洞，这才开始了一代禅师漫漫的求索路。

听着镇里同志的介绍，惊叹之余，我还发现洞顶的石缝间有许多杜鹃，便问同行的墨瀚老师这些杜鹃最早什么时候能开。墨瀚老师是位诗人，他用诗一般的语言向我们描绘了这些杜鹃花开的美景。可以设想，这竹海深处、这万绿丛中，点缀着几抹鲜红的绝美场景，真是怎一个"美"字了得！

在同伴们的惊叹与畅想中，我独自一人先行下山，想细细品味这竹海的幽静。下山的景致与上山不同，因为是俯瞰，脚下的竹林就更有海的意思了。一层一层的竹林，被染上了深深浅浅的绿，真像是碧波万顷。此时此刻，群山皆在脚下，心中怎能不涌起一浪高过一浪的翠绿诗情？

下山比上山好走了许多，于是脚步也轻快了。东坡居士说："宁可食无肉，不可居无竹"。可见古人对竹之偏爱。梅兰竹菊，竹能位居第三，皆因其直而有节。我们当代人早已衣食无忧，餐餐有肉。在我们被红尘中形形色色的诱惑迷乱了心智的时候，在我们的心灵被各种各样的欲望念想堆放得重重叠叠、密不透风的时候，我们何不在这茫茫竹海中徜徉一番，让久已疲惫、无法安放的心肺被清洗得疏朗一些，虚空一些，轻灵一些，洁净一些。

路旁不时有人就地取材用一小截剖开的竹子接来泠泠泉声，这山间的泉水格外清凉，掬一点就能洗去这一路的风尘和疲惫。那些在上山时就给我们指路的老乡还在忙着往车上装运毛竹，我停下来问他们这些毛竹运往哪里，他们告诉我："山外面。"

望着这条通往山外面的乡村公路，我感觉目光一下子被拉得好远、好远。

雨中的秋天

一雨便成秋。

立秋过后，天气还十分闷热，一场秋雨过后，风中便绣着一层润润的凉，真的就秋了。

一位作家曾说过，秋雨带着一股宋词味。的确，它不像夏雨来得突然，去得也快，有一种东边日出西边雨的浪漫和随意。秋雨总是淅淅沥沥，缠缠绵绵的，雨脚不紧不慢，不疏不密，恰似宋词长长短短的韵脚。

记得小时候在老家，每当秋雨时，田野里总有几位老农，手拿铁锹，在田埂上放水。烟雨中，那头上的斗笠和身上的蓑衣都弥漫着一层水汽，远看像一幅墨迹未干的水墨画。偶尔的，还有一份意外的惊喜，几条不大的鱼儿，用水草一穿，拎在手中，心中就有了一份鲜活的喜悦。晚上，小村的炊烟中，便有一股香味飘出，农家的日子便透出一种香甜醇美的诗意。

雨中的秋意，便一天天地浓了。

今年夏天，热的时间特别长，天天躲在空调制造的冷气中，头昏脑涨的。于是十分怀念故乡的槐荫，怀念槐荫下那无忧无虑的童年。岁月的流逝，不仅没有模糊关于故乡关于童年的美好记忆，反而时常让过去的片断，让那些光阴的故事清晰地浮在眼前。只是每每念及那曾经的日子，总为现今的自己远离了故乡，远离了一份诗意而惆怅不已。

窗外，雨还在下着。这是一场盼望已久的秋雨。雨中，邻家女孩又唱起了那熟稔的黄梅调，一种久违的柔情再次袭上心头……

印象花戏楼

第一次到亳州，印象最深的除古井酒的醇美厚味外，就数花戏楼了。

花戏楼位于亳州城北关，涡水南岸，又称"大关帝庙""山陕会馆"。因戏楼遍布戏文，彩绘鲜丽，俗称花戏楼。据导游介绍，亳州的药市历史悠久，在清代就有较大规模。清顺治十三年（公元1656年），山西商人王璧、陕西商人朱孔领发起筹建花戏楼，目的是为了祭祀神灵，但我想更重要的是给自己远离故土四处漂泊的灵魂找一处安放之所、庇护之所。一座花戏楼，数百年间，不知上演了多少人世间的悲欢离合，爱恨情仇。可是，风流总被雨打风吹去，站在花戏楼下，今天的我们心底流淌的只能是无尽的想象与感伤。遥想当年，这里舞榭歌台，高朋满座，风华绝代的青衣们在花戏楼上甩动着水袖，甩出柔情万种，甩出风情万千，水袖里撒落的是那辛酸的眼泪，还是那一场场心碎？

到底是戏如人生，还是人生如戏……

导游的介绍又把我从遐想中牵回，她领我们欣赏钟楼和鼓楼上的砖雕，过去的能工巧匠在这方寸之间雕刻出人物、山水、车马、亭台楼阁、花鸟鱼虫等各种事物，雕工娴熟、布局整齐、美轮美奂，堪称绝品。

惊叹之余，我突然想到这些精美绝伦的砖雕、木雕，怎能经受住数百年风雨的剥蚀，又怎能逃脱上世纪六十年代那场著名的浩劫？依稀还记得那场席卷神州大地"破四旧"运动，多少精美的建筑，多少历史的陈迹，一夜之间在古老的土地上从此销声匿迹！

导游小姐告诉我，在当年的动荡年月，亳州人为了保护这些砖雕，

第一辑 路边

木雕，想尽了办法，他们用泥巴把这些砖雕、木雕糊起来，再在上面写上"毛主席万岁"等口号。听完导游小姐的介绍，我不但为当年亳州人的智慧暗暗叫绝，心中还油然涌起一份敬重！是的，有时尘封也是一种保护。当你的人生遭遇逆境时，当你生命中最美丽最珍贵的东西遭受灭顶之灾时，与其玉石俱焚，不如暂时封存。要相信，它们终有重见天日的那一天！砖雕也好，爱情也罢，人生的际遇大致如此。

夏日冷泉

离开了江仙姑的故乡江冲村，我们还沉浸在那美丽的传说之中。车子在山间公路上颠簸，离那可爱的山村，离那美丽的传说越来越远了。突然，司机在一个很小的村落旁停下了车子，他告诉我们，冷泉到了。

车子外面是四十摄氏度的高温，在这炎热的夏季，冷泉这名字显得特别有诗意。

沿田间小路往上走不远，只见浓翠欲滴的山坡之下，一汪清泉特别清澈地静在那里，像山野秀姑顾盼的眸子，水灵灵的惹人怜爱。冷泉不大，因水温终年保持在摄氏九度左右、夏日特别清凉而得名。冷泉出水量虽不大，但从未干涸过，从冷泉里流出来的一条细细的小溪，四季不断地环小村而过，不知疲倦地滋润着山村人的小康岁月和淳厚古朴的乡风。

在"满山皆屐齿，随时有泉声"的汤池，冷泉也算一个十分幽美的去处。你瞧她盈盈的秋波中，不仅倒映着蓝天白云、青山绿树，还倒映着山村千年的传说和故事。遥想当年，江仙姑在此临池梳妆后，立即变得明眸善睐、艳若山花，她在泉边临风而舞，后乘一缕仙风远去。冷泉满蓄的何止是一汪甘美的泉，更是山村千年造就灵气。怪不得汤池处处灵山秀水，是得天地之灵气的缘故，但冷泉一直是"美在深山人未识"。看，她一声轻轻的叹息，化作涓涓溪流，绕小村一周后，冲下山去。这溪流虽然很瘦，但不失顽强和倔强，终于融进马槽河滚滚的洪流当中，把她的满腔幽怨播撒在山外的土地上。

伫立泉边，望着清澈、清凉的泉水，我忍不住俯下身，用手捧起，洗去脸上的汗珠和尘土。再掬一捧，慢慢地啜一口，心中一派澄澈、透明。一路上的风尘和燥热，此刻消解得无影无踪，精神为之一爽，真可谓"多少人间烦苦事，只消一点便清凉"。我想，这也许正是冷泉的妙处！喝着清冽、甘美的冷泉水，在山风的轻拂下，顿觉一丝凉意，在八月的酷暑中，这真是难得的享受，这种享受是在空调房间里永远也体会不到的。我觉得，我们这些人毕竟在滚滚红尘中陷得太深了，在我们尚能够自拔之时，不妨常到冷泉来，让我们过热的心事、过热的大脑冷却下来，少一些急功近利，多一些淡泊宁静。让泉水多多洗涤灵魂中的渣滓和心中的尘埃，让我们的心灵，让我们的人生更透明一些，更干净一点。

我想，这正是冷泉的意义所在。

为访幽踪我独来

公元 1883 年,一位年仅 14 岁的少年独自一人走在通往闸山的路上,面对满目青山、野径残花,还有独立于夕照中、一如迟暮美人般的半山寺。少年随口吟出一首绝句,名曰《游半山寺》:

野径残花寂历开,

偶将屐齿印苍苔;

争墩往事谁能说,

为访幽踪我独来。

这位少年,便是后来名噪海内,同湖南济阳谭嗣同、江西义宁陈三立、广东丰顺丁惠康并称"清末四公子"的安徽庐江著名诗人吴保初。曾经一度被世人冷落、藏在深山人未识的半山寺,也因这首绝句再次名扬海内,一时间群贤毕至,少长咸集,大家把酒临风,你唱我和,是为盛事。

半山寺,在今庐江县万山镇闸山村,因寺建于闸山山腰处而得名。相传,早在 1482 年,也就是明成化十八年,一位叫丁继仁的读书人在此还建有一亭,曰半山亭。此亭建成后,成为当地一大景观。文人雅士常聚亭中,吟风弄月之余,他们在此呼朋引伴、指点江山,留下不少脍炙人口的诗篇,后人曾辑有《半山亭集》。

过了整整四百年后,少年诗人吴保初来此,曾经像一把巨伞一样为行人撑开一片浓荫的半山亭,早已被雨打风吹去,只亭基尚存,像历史老人难以瞑目的双眸。残存的断砖碎瓦,犹如时光之碎片,载不动太多太多的寂寞和冷清。此地空余半山寺,虽还隐约听得到晨钟暮鼓,可是香客、游人寥寥,昨日的繁华与热闹已不再。但石崖上仍留有一处石刻,那是岁月留下的淡淡痕迹,就像诗人身后淡淡的履痕。抬头望去,"半山亭"三个大字,经四百年风雨剥蚀后仍历历在目。抚摸崖上石刻,仿佛抚摸着一代文人的拳拳之心,那是刻在石崖上的一篇简短文字:"大明成化十八年创始,次年工毕,为屋三间,以读书之所,后之与我同志者,幸念之勿毁此施恕记。"读着以上这段文字,我想,吴保初当年在抚摸这些文字时,一定觉得那四百年的时光比指尖上的皮肤还要薄,他甚至能触摸到历史老人温热的呼吸和前代文人搏动的良知。真乃思接千载,这是一种交流,更是一次对话。少年吴保初肯定还顿悟出人生以外的一些东西,下山后,少年便成为一名诗人。

时光又匆匆走过一百多年,今天,当我们怀揣诗人吴保初的《北山楼集》,踏遍青山,找寻诗人当年的足迹时,站在蓝天白云下,沐浴着徐徐山风,吟哦诗人当年的诗句,突觉字字珠玑,字字沉重。是啊,青山依旧在,几度夕阳红。当年白衣胜雪的英俊少年如今早已作古,那偶尔掠过身边的白云可曾是当年诗人的衣袂飘飘?

下山时,我再次久久凝视半山亭遗址,我想,我们真应该再造一个半山亭,这不是再版历史,而是一次缅怀。比起古人,我们的身心被现代文明折磨得疲惫不堪,我们实在需要歇息、需要休整,特别是我们这批业已步入人生中途的人们。

你好,半山亭。

满贮生命的哲思和诗情……

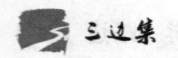

深山茶花红

自古以来,饮品入诗的以酒和茶为最,以酒入诗的当数曹操的"对酒当歌,人生几何"和李太白的"天子呼来不上船,自称臣是酒中仙"最为著名。现代诗人余光中就有一首《寻李白》其中两句一直脍炙人口:

酒入豪肠
七分酿成了月光
余下的三分啸成剑气
绣口一吐就半个盛唐

我不是诗人,因为我常常不胜酒力。但窃以为,酒虽能助诗兴,世传酒诗也甚多,但总摆脱不了一股浊气,也就是总免不了有一股子脑满肠肥的酒肉气、大肠气,相比之下,茶就更大众化一些,更脱俗一些,也更清纯一些。

历朝历代文化人以茶入诗的也很多,唐代诗人陆士修的"素瓷传静夜,芳气满闲轩"就久为流传,另外,清代诗人袁枚在一首《谢南浦太守赠芙蓉汗衫雨前茶叶》的诗中写道:"四银瓶锁碧云英,谷雨旗枪最有名,嫩绿忍将茗碗试,清香先向齿牙生。"看来,袁枚不但诗写得好,而且也是深知品茶三昧。宋代大诗人陆游也写过许多品茶诗,其中有一首《北岩采新茶欣然忘病之未去也》写他对茶得偏爱:"细啜襟灵爽,微吟齿颊香,归时更清绝,竹影踏斜阳"。

由此可以看出,茶比酒更对中国文人的口味,更符合中国文人的脾气。因为茶一人可尽赏,酒至少需要两人对饮,茶比酒更落寞,更接近中国文人的禀性。于是乎,"竹床纸帐清如水,一枕松风听煮茶"便成了古代文人平淡宁静生活的极致,成了古代文人仕途受阻后的

第一辑 路边

一种追求，一种慰藉，一个让疲惫灵魂得以休整、憩息的港湾。

为寻一个旧梦，在采茶季节，我们来到了茶乡汤池。

一下车，便踏上一条宽阔的水泥路，这条路一直通向茶叶市场，正值收购旺季，各地茶商云集在此，叫卖声、砍价声不绝于耳，嘈杂中浸透着一种繁荣，在此感受了一番茶叶市场的火爆之后，主人便用一辆车载着我们去真正的茶乡——果树。

在车内颠簸了二十分钟后，我们便来到了青山如黛、绿水如绸的茶乡。

时令正值清明、谷雨之间，正是"一池春绿蛙催雨"的浓春时节。踏一路春痕，我们走进季节的深处，只见簇簇茶树上，绽放着一片片鹅黄的嫩芽，新鲜得让人心疼，主人告诉我们，这像婴儿小手一样嫩的新茶，摘下来焙制后便是雨前新茶，属茶中极品。

越往上走，山路越陡，只见淡黄浅绿之中，燃烧着一丛丛鲜艳的映山红，在白云深处，这万绿丛中数点红，尤为艳丽夺目。惊叹之余，还隐隐听见有美妙的山歌沿崎岖小路飘下，这是山里的采茶姑娘在唱采茶歌。

"采茶姑娘？走上去看看。"有人建议。

于是，我们忘了登山的疲劳，择路而上，找寻那美妙的歌声。快到山巅时，我们看见有十几位姑娘背着竹制的背篓，双手飞快地采摘着新茶，动作优雅而动人。也许是我们的到来惊扰了她们，她们停止了嬉笑和歌唱，睁着被山间溪泉洗濯得清清亮亮的眼睛望着我们这些山外来客，但手上的活儿没有停，个个低着头飞快地采摘着新茶。

"刚才的采茶歌是谁唱的？"同行的王君问。

"是她。"

姑娘们纷纷指向一位穿红衣服的姑娘说。

"你唱得好听极了，能再唱一遍吗？"

穿红衣服的姑娘腼腆地低下了头，我发觉，两朵红云飞快地染在她的脸颊上，妩媚极了。这时，一位口齿伶俐的姑娘告诉我："她叫茶花，会唱许多歌，唱的可好听了。"

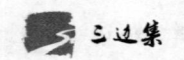

听着姑娘的介绍、茶花低着头说："我唱得不好，这些歌都是我奶奶教的，她老人家唱的才好听呢！"

在我们的一再要求和她的小伙伴们一再催促下，茶花姑娘终于亮开歌喉，唱了起来：

头遍摘茶茶发芽，
满山满沟开兰花；
姐采多来妹采少，
采多采少都回家。

二遍摘茶正当春，
采罢茶来绣手巾；
哥拿手巾擦擦汗，
笑声甜在妹的心。

三遍采茶忙又忙，
唱罢茶歌又插秧；
哥哥妹妹心莫慌，
摘得茶来秧才黄。

…………

歌声原汁原味，清纯可人，真乃天籁之音！

茶花姑娘一唱完，便低着头，迅速融进满山的春色当中。好久好久，我还沉浸在这美妙的歌声里，觉得全身的每个毛孔都注满了音符。

下山后，茶花领我们来到她的家，这是一幢竹木掩映的二层小楼，在村子里，并不十分突出。在茶花家，我们见到了茶花年近八十的奶奶，在我们一再央求下，这位年迈的民间歌手为我们唱了好几首风格相似的采茶歌。老太太用地道的汤池方言为我们唱着这些快要失传的民间歌谣，比起茶花唱的，味道更加纯正，令我们大饱耳福。唱罢，老奶奶还兴味盎然地为我们炒制新茶，茶叶是茶花姑娘新摘的雨前春毫，炒茶的锅灶是斜砌的，与普通的农家锅灶不同。茶花

第一辑 路边

坐在灶下烧水，老奶奶在那口炒茶的斜锅前，手拿竹丝刷把，有力地挥动着，茶叶在锅里上下飞舞，像刚才老奶奶唱的茶歌里蹦蹦跳跳的音符。不一会儿，我们便闻到了茶叶那特有的馨香，接着，老奶奶用文火又焙制了一会，便叫茶花为我们每人沏上一盏新茶。茶叶在沸水的冲泡下，在杯中泅开一片新绿，象渐次开放的春天，轻轻地啜上一口，顿觉齿颊留香，神清气爽。喝着美妙的新茗，望着茶花一家忙碌的身影，我突然感到，她们的生活才是最真实的、最富诗情的。

饱饱地喝了一通新茶后，茶花姑娘又背着竹篓和伙伴们上山摘茶去了。这是采茶的黄金季节，也是一年中最忙碌的季节，茶花们很快地融进那一簇簇茶树当中，融进那一首首茶歌当中，成为茶乡最美的风景。

你好！茶花，

愿你来年开得更美丽。

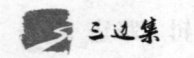

婺源行

在一个叫晓起村的地方吃过午饭后，车子便沿着古镇缓缓前行，望着路边的小桥流水，白墙黑瓦，觉得自己再一次走进了徽州，走近一种熟稔的亲切和感动。

车行半小时后，到了有中国最美乡村之称的江岭。一下车，便有油菜花香扑面而来，令我精神为之一振，旅途的疲惫顿时一扫而光。

第一次领略婺源的美是在一本印制精美的画册中，摄影师镜头下那层层叠叠的油菜花书写春天乡村的灿烂和辉煌。看完那幅摄影家的作品后，我久久地沉浸在那金黄色的灿烂中，难以自拔。后来又从一本书里得知婺源这块土地不但生长着中国最美丽的油菜花，还养育了许多历史名人，其中朱熹的名字更是如雷贯耳。

据《婺源县志》记载，公元1150年的清明，朱熹回故里婺源省墓，祭拜先祖。沐浴着清明和煦的暖阳，走在故乡弯弯曲曲的田间小路上，第一次走近故乡灵山秀水的年仅二十岁的朱熹，一定会被这漫山遍野的油菜花震撼了。

时光的脚步又匆匆地走过千年。2015年的清明时节，一群被城市的钢筋混凝土折磨得十分脆弱和麻木的人们，同样被这漫山遍野的油菜花深深震撼的时候，我们已经揣摩不出当年这个叫朱熹的青年的心事了，站在曾经给过朱熹心灵震撼并濡养过他人生灵感的油菜花前，我们苦苦寻觅当时涌动在青年朱熹心中的那份感动，那份温暖。我们从心底感激这灵山秀水，感激这一片肥沃的土地。因为，这片田野滋养过一个诗人最初的也是最纯的诗情，滋养过一个智者心中最真的也是最美的理想。

走在婺源的花海中，走在铺满花香的乡间小路上，想象着朱熹

第一辑 路边

当年从这条小路上走出去，走进书院那神圣的讲坛，走进一段长长的中华文化史、思想史。"问渠那得清如许，为有源头活水来"。故乡的小路，就像一根脐带不断给他心灵输送着营养，输送了取之不尽的源头活水。正是故乡的山山水水不断滋养着他后五十年的岁月，成为他人生中最重要的背景。

作家韩少功曾说，旅游是对我们人生履历的一种弥补。坐入帝王坐过的轿子，翻上牛仔骑过的骏马，走上大师走过的小桥，戴一戴新娘戴过的花冠，大概能给人们各种想象。但是，在婺源，清新的空气和浓郁的花香不但让我们在滚滚红尘中饱受蹂躏的心肺得到了一次清洗，还让我们走进了春天，回归到自然的怀抱中。怪不得有人说越是自然的就越接近上帝，越是世俗的、平淡的就越生活、越真实，越接近生命的本质和核心。

太阳在西天慢慢地落下，窗外，夕阳里那书写最后辉煌的油菜花，那田塍上暮归的老牛，那山涧里流淌的一弯溪流，一缕雾气都令车内的我们不时地发出声声惊叹。离婺源越来越远了，我们将别无选择地回到那业已厌倦的现实生活中，但好在我们的心灵在这个叫婺源的地方结结实实地被感动了一下、温暖过一回。我真的希望，我们能够把这种温暖、这份感动保存下去，保存到下一个春暖花开的季节。

那缕香魂

在锦溪,有个地方是不能不去的,那就是陈妃水冢。

据史料记载,南宋孝宗皇帝在抗击金兵时曾携一个陈姓宠妃途经这个江南小镇,后来,这位陈妃为保护孝宗皇帝不幸中箭香消玉殒于此,水葬于锦溪五保湖。为纪念这个曾集万千宠爱于一身的女子,孝宗将锦溪更名为陈墓。据导游介绍,几百年来,无论经历怎样的汛期与洪水,甚至于大水淹没全镇,这陈妃墓也从来未被淹没过。任何天灾人祸,也不能潮湿、惊扰这缕香魂,这是上天的庇护,更是爱情的神奇。

是谁在说,别再打扰一个美人的清梦,灾难,请你走开。作家沈从文生前也曾来这里,说锦溪是睡梦中的少女,不知先生的灵感是否来源于此。

水中的墓,只能远远地去凭吊。眼前的湖水,将游人的脚步阻挡。爱只属于一个人,痛也只能在一个人心中终生陪伴。

人的一生会喜欢许多东西,一朵花儿、一件玉佩,甚至一袭华裳、一种美食。但真正爱的只会有一个,也只能有一个。爱不但有排他性,还有惟一性。对于我们这些凡夫俗子来说,那种排山倒海、摧枯拉朽,甚至撕心裂肺、牵肠挂肚、欲死欲活的情感体验一生只能有一次,多了承受不起,甚至心脏也吃不消。

陈妃就是孝宗的惟一,后宫佳丽如云,但君王心中只有你!一个女人香消玉殒了,恰如一朵花的凋零。花落虽无声,但在一个人的心中却烙下永远的伤痕。所以,这个女人死后葬也葬得特别,她静静地长眠在一片湖水中,仿佛长眠在水乡一滴深情的泪珠里。

隔着半湖春水,我凝视着这陈妃水冢,仿佛触摸到一段至死不逾的爱情，仿佛触摸到一段痛入骨髓的思念。实际上，只要真情还在，死亡并不是件孤单可怕的事，七月七日长生殿，会有夜半私语，会有此恨绵绵！我想，这份疼痛，这份思念会在孝宗的余生中，会在那卷发黄的史册中不朽。

在早春二月，在锦溪，这缕香魂，柔软了一颗心。

华清池畔觅香魂

年轻时读白乐天的《长恨歌》，每每读毕，总觉得多情空余，此恨绵绵。后来，又读白朴《唐明皇秋夜梧桐雨》再为这种人世间罕见的凄艳爱情长叹不已。

2013年8月，当我沿着大唐起起伏伏的曲线，轻轻踏着《长恨歌》缠缠绵绵的平仄，又一次来到华清池畔，仿佛一下子就走进那线装的历史，走进那风情月浓的时光。

八月初的西安下着细雨，雨不大，好像蘸满柔情的画笔，轻轻点染着四周的山山水水。于是，丝丝凉意中便有了一种水墨江南的绮丽与风情。欣赏过飞霜殿、宜春殿后，我便来到了栖息过无数诗人们春梦的华清胜境。

据导游介绍，这里的温泉大约发现在3000年前的西周时代。汉代曾在这里建造帝王贵族的行宫别墅。唐代始建富丽堂皇的"华清宫"。"春寒赐浴华清池，温泉水滑洗凝脂"，"华清池"也由此得名。数千年来，华清池不仅洗去了岁月的尘埃，还曾点缀过一个盛世的荣耀与繁华。遥想当年，从这里出浴的杨玉环，霓裳羽衣，移步生莲，暗香浮动，倾国倾城，让怦然心动、惊艳不已的唐明皇从此拥着玉环丰盈的玉体，远离了世俗尘埃，淡泊了江山社稷。

当马嵬坡变成这场爱情的休止符后，人们在为这早夭的爱情唏嘘不已之时，不时有人责备杨玉环红颜祸水，责备这个不爱江山偏爱美人的糊涂君王。但是，正是有了华清池，正是有了被这清澈池水温暖过滋润过的旷世奇爱，曾经狼烟四起的大唐王朝才有了些许妩媚，才有了数点俏丽。窃以为，李隆基是一个真情男人，率真君王，因为作为皇帝，他统治过一个强盛的王朝，作为男人，他怀抱过一

第一辑 路边

个绝世的美人与爱情！

　　手机的彩铃把我从遐想中牵回来了，是那首《倾国倾城》，远在家乡的友人从千里之外发来短信："在华清池吗？不要乐不思蜀啊。是啊，就像一千个读者眼中有一千个哈姆雷特一样，每一个人的心灵最隐秘的地方，不都珍藏着一个只属于自己的杨玉环吗？

　　走在情意深深的小雨中，身边池塘里的睡莲在静静开放，时光荏苒，白云苍狗，一缕香魂，浮在心头……

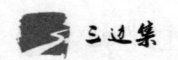

诗意瘦西湖

小时候常听到一句话，扬州出美女。后来背唐诗宋词，每每读到像"烟花三月下扬州""天下三分明月夜，二分无赖是扬州"等有关扬州的诗句，心底便涌起无数绮丽的联想，柔软了一份少年情怀。

在一个草长莺飞、桃红柳绿的烟花三月，我来到了久已神往的古城扬州。在著名的梅花岭和史可法纪念馆感受了一番"数点梅花亡国泪、二分明月故臣心"的人间正气后，我便来到瘦西湖。沿着湖西岸的长堤信步踏春，眼前的美景扑面而来。瘦长瘦长的瘦西湖迂回曲折，迤逦伸展，仿佛一幅天然秀美的国画长卷，更像古代仕女那长长的水袖，泅润了我的思绪，濡湿了我的心情。微风过处，心中一片姹紫嫣红，鹅黄粉绿。这时，水边柳枝柔嫩的长臂，拂过我的脸颊，拂绿了心底那份久违的诗情。于是心中掠过扬州诗人曹剑的诗句：

瘦西湖瘦，瘦得
风一吹就会打一个
美丽的冷颤
……

站在瘦西湖边，我也打了一个冷颤。不是因为三月略带凉意的湖风，而是万千思绪一时挤上心头，纠结在一起，像一时难以解开的线团。

瘦西湖瘦长瘦长的，说他是湖，不如说他是一段河流，一段被岁月裁剪的河流。千百年来，不知流走了多少繁华、多少落寞，也不知流走了几多情色、几多烟花。想当年，晚唐诗人杜牧同他心仪

第一辑　路边

　　的女子在瘦西湖畔揽花赏景，一管竹箫吹得沉鱼落雁、闭花羞月，"十年一觉扬州梦"。如今，诗人不再，玉人难寻。此处空余望春楼，二十四桥能否迎来明月之夜，迎来赏月之人？我想，没有了风花雪月才子佳人，心中的一轮明月和半点诗情也略显残缺，不够完美。
　　时光又匆匆地过了近千年，瘦西湖畔走来了"宦海归来两袖空"的板桥郑燮，这位"扬州八怪"中最具影响力的人物，在官场失意后，来到扬州疗伤。是瘦西湖水帮他洗去了红尘，参透了人生："一笔孤竹写清苦，一笔兰草书悲伤，一笔乱石画凄凉。"是瘦西湖给了他归宿，安放他放荡不羁的魂魄，成就他一身傲骨、一世清名。"难得糊涂"与其说是一种境界，不如说是一种精神。
　　漫步瘦西湖畔，徜徉在烟花三月的美景中，我打捞着旧日时光，打捞出一份画意与诗情。

今夜与谁同坐

上午登庐江文学网，看到了菊花刀先生的《明月清风记得谁》。细细地读了两遍，总觉得有什么东西拉了我一下。记得刀兄多次说过："现在能打动我们的文字真的不多。"兄的话我很有同感，不知是我们眼界高了，还是我们的感觉日渐麻木和粗糙？

但我在这篇文字中流连了，打动我的也许是字里行间那掩不住的苍凉落寞。

于是想起姑苏城内的拙政园，想起拙政园里的与谁同坐轩。

每过两年，我总要去一次苏州，沧浪亭和拙政园都是每次必去的。漫步拙政园内，最喜欢在与谁同坐轩的美人靠上小憩片刻，细细品味从那扇形的窗户里漏进来的春光秋色。东坡居士说："闲倚胡床，庾公楼外峰千朵。与谁同坐？明月清风我。"拙政园内游人太多，且夜间闭园，故难觅东坡词中的那份诗意。我只能将这首《点绛唇》掰碎了在唇齿间细细咀嚼，聊胜于无地自我安慰一番。

很喜欢余秋雨用"突围"两字来概括苏东坡的官场失意。似乎苏之被贬谪，不是因为小人的妒忌和迫害，而是一种主动且自觉的行为。这样说，多少能让苏之形象因少一些悲剧色调而更完美一些。其实，苏是被突围的。从京城到黄州，从黄州到岭南，从岭南到海南。苏东坡这一路向南的脚印里，有"寄蜉蝣于天地"的无奈，也有"哀吾生之须臾"的嗟叹。

一千年前的那声叹息，最终在一缕清风中消散。

其实每个人的心中都有只属于自己的一瓣月色，只不过有的在头顶，有的在心底。位置虽有上下内外之别，但那份温暖，那份圆润是一样的。她总在现实中，在想象里，给我们以安慰的同时，也给心指引着一个方向。

　　丰子恺说:"人散尽,一弯残月如水。"看来,人生的聚散两依依,乃前生注定。知音难觅,知音更难长久。

　　今夜与谁同坐?我暂时还不知道,天边虽有一弯秀月,但离我实在太远太远……

湖上生明月

出城后，车行约半小时我们便来到了金汤湖。一下车，湖风迎面拂来，人便清爽洁净了许多。走在铺满月色的湖堤上，看月亮一寸一寸升起来，心也似乎一下子明亮澄澈起来。

在此工作的百顺兄早早就在等我们。很快的，几位女性友人就在桌上摆放了月饼和石榴。大家坐在桌边，边赏月边聊天。这时，几位爱好摄影的网友已经有些坐不住了，开始用镜头不停地寻找属于自己心中的美景。

月儿越来越高，越来越亮。伫立湖畔，看天上一个月亮，水里一个月亮，突然想起曾经读过的一句诗：朋友就是两个月亮。今晚的金汤湖也是群友毕至，少长咸集。所以，今晚的月亮才特别圆，特别皎洁。

于是想起了远在他乡的朋友，在月光中拨通了朋友的电话。我告诉朋友我正同朋友们在湖畔赏月，这里的月亮很大很圆，像极了此时萦绕在心头的思念。

隔壁那桌有几位善饮之士，正在举杯邀明月，此刻的月光也逸出丝丝醉意。王羲之说："虽无丝竹管弦之盛，一觞一咏，亦足以畅叙幽情。"这真是一个美丽的时刻，不仅是因为月是今夜圆，也不仅仅是月光朦胧了所有的景致，而是此时此刻，每一个人心底都升起了一轮新月，一缕柔情。她是崭新的，更是皎洁的。干净得就像一首写满月光的小夜曲、一阕纤尘不染的梦。

两个小时的时间在不知不觉中很快就过去了，镇上的居民也结伴来湖畔赏月。这时，有人在湖畔点起了孔明灯，微风中，孔明灯在一点一点上升，越来越高，越来越远。所有人的目光都被它牵引，

第一辑　路边

直到它消失在遥远的夜空。曾听人说过，点一盏孔明灯就是点燃一个祈愿、一份希望。相信这湖畔升起的孔明灯和这湖畔升起的月亮一样，会点亮我们的心灵，照亮我们今生的方向。

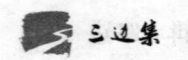

微雨中的宏村

天气说变就变，昨天还是艳阳高照，今天就下起了小雨。

微雨中的宏村有种别样的美，一切都是朦胧的，像一首欲言又止、欲说还休的情诗。雨中的南湖、月沼是潮湿的眸子，顾盼生姿，被雨洗得锃亮的石板小路像一面面镜子，倒映着老街深巷里那千年不变的跫音。

因为雨的缘故，家家户户门前的水渠里水声潺潺，也因为雨的缘故，老屋墙脚处的青苔也鲜绿了许多。

但微雨中的宏村还是灰色调的。虽然已是秋天，但这个季节的宏村是尴尬的。因为南湖夏日里满塘的映日荷花如今只剩下半池残荷，塔川的叶子也还未变红。如果没有雨的润泽，秋天的宏村是旧的。旧其实也不坏，有种陈年的体贴。没有旧，哪来如此有温度的怀旧。但由于有了雨的滋润，这种旧就有了一种光泽，一种光鲜。就像有了点点泪光的眼睛，才能担当起心灵窗户的美誉，因为悲恸哀伤也好，感动激动也罢，人类这丝丝缕缕难以裁剪的情感，都可以在这朵朵泪花中找到自己的归宿。正因为有了这场雨，藏在宏村的这段旧时光就有了一丝生气，一些活力。

幸亏遇到了一个打着红雨伞的女子，我才没有在这无边无际的灰色中沉沦。

月沼边的石板路有着很好的曲线，在镜头里很漂亮。我拿着相机连拍了好几张，但因为缺少一点亮色，始终没有拍到一张满意的。这时，我看见一个打着红雨伞的年轻女子，走进了我的镜头。那朵红伞，像盛开的莲花。伞下的女子，虽只见背影，但也有一种移步生莲的美丽。在这样的灰蒙蒙、雾沉沉的雨天，这把红雨伞，这个伞下的女子，鲜艳了月沼，也鲜艳了这个季节。

我赶紧按下快门，留下这个有些惊艳的瞬间。很快的，那个打红雨伞的女子，走出了我的镜头，走进宏村另一条深深的雨巷中。她姣美的背影在这微雨中，在月沼旁，像极了一首诗：

像梦中飘过，

一枝丁香地，

我身旁飘过这女郎，

她静默地远了、远了，

到了颓圮的篱墙，

走尽这雨巷。

这是戴望舒的诗句，此时此刻在我的心间掠过，潮湿了一段记忆。

于是想起昨天刚读的一首诗：当我们爱着时，当我们分别时，当我们思念时，没有一寸不潮湿，没有一寸不沦陷。

写得真好。人类的情感总是这么的柔情似水，没有水的滋润，所有的情感也会枯干。

下榻的这家客栈，紧靠南湖。客房很大，是一个看得见风景的房间。坐在楼上宽大的阳台上，泡一壶明前的毛峰，在四溢的茶香中阅读近在眼前的秋山秋水，挺好。

你在这里，我在梦里

去年夏天，因为天气热，我在网上浏览时间都很短。有一天午休起来，偶然的发现一个同西藏有关的帖子。一看进去，就无法自拔。整整三个小时，我被这个叫潜川猴王的家伙牵引着，跟着他一道穿行在那个被世人称之为"天路"的川藏线上。一次次的悸动、震撼，让我这个不太结实的心脏结结实实的来了一次洗濯与提升。

从此，我便知道了一种叫户外的运动，记住了这个叫潜川猴王的家伙。

我是一个不大喜欢活动的人，更懒于运动。近年来，除上课外，大部分时间都是躲在家里看些自己喜欢的书。久而久之，惰性越来越大，大脑似乎也退化得很快。很多朋友劝我多参加一些户外活动，但一想到腿脚无力，恐拖大伙后腿，便一直迟疑着。

好多年了，我已经习惯了这样不好不坏地活着。

2015年春天，我在户外网上看到了一个召集帖：石潭、新安江画廊一日游。十年前的一个暑假，我曾在屯溪参加全省高中语文新教材培训。每天晚饭后，都会同三两同事沿着著名的新安江漫步。但是，在屯溪城外静静流淌的新安江，并没有给我一种"奇山异水，天下独绝"的印象。后来问当地的同行才知道，新安江最美处是流经歙县的那一段。现在我还记得那位热情的同行的话："知道黄公望的《富春山居图》吧，到新安江去走走，你就能够走进这幅画卷中。"

于是，到新安江去走走，就这样自然而然的成了一个梦想。

机会终于就在眼前，我立即跟帖并报名参加。

到了才知道新安江的美是我这支秃笔无法描述的，只觉得比想象的更美。坐在游船上看，新安江就是一幅缓缓展开的画卷。虽然船犁开的是绿如蓝的春水，虽然两岸有草的翠、树的绿，有菜花的黄和桃花的红；但因为有烟雨，因为有两岸的白墙黛瓦，新安江这幅流动的青绿山水，底子仍是水墨的。

两岸的风景不但引爆了大家的尖叫，更点燃了人们心中的激情、诗情。船顶层的观景台上，巢湖虎狼户外协会的小朋友们在音乐声中跳起了热情四射的街舞。一时间伴唱声、喝彩声此起彼伏，新安江变成一条欢腾快乐的河流。

我虽然没能融入这欢乐的人群中，但心还是受到了强烈的撼动。第一次如此近距离地感受新安江的柔情与美丽；第一次如此近距离地感受户外人的狂野与热情；第一次如此近距离地感受户外运动的召唤和魅力；干旱、麻木的心灵渐渐地开始湿润、柔软。

身未动，心已远。

突然想起顾长卫拍的一个叫《情归同里》的短片。短片最后有一行文字曾深深地打动过我，让我落泪。那句话就是："某年、某月、某日，你在这里，我在同里。"

《情归同里》是顾长卫写给同里的情书，顾不仅是一个导演，还是一个诗人，一个情人。

其实，我们人生邂逅的每一处风景，每一次感动，不都是前世的等待和今生的艳遇吗？

此时此刻，在我挥手告别新安江的不舍中，我的心底也涌起两行诗：

你在这里，我在画里；

你在这里，我在梦里。

沿着清清的渠水走

去年 11 月，接县委宣传部电话，要我下午参加一个会议。到了会场我才知道县里要编一本当年建设舒庐干渠的故事集。我欣然答应参加该书的创作，并给部里的同志推荐了几位本土的作者。

我从小是在干渠边长大的，我母亲工作的小学校离干渠不到百米。平时，我常常陪小伙伴们在芳草鲜美的渠埂下放牛。一到干渠放水时，我还瞒着母亲同比我大一些的伙伴一道去干渠里游泳，运气好的时候还能在放水的涵道下面捉几条小鱼，那是一种意外的喜悦。

上世纪 90 年代，县里要组织两个创作节目参加在蚌埠举行的省首届水利艺术节。我和前锋兄参与了节目的创作，接受任务后，水利局的同志陪我们到干渠体验生活，去的人有前锋兄、陶老师和我。回来后不久，我写了个小品《家园》，前锋兄写了一首歌词，名字叫做《沿着清清的渠水走》。歌词写得特别好、特别美，后由陶老师谱了曲，记得是柯俊演唱的。再后来，听说小品《家园》在艺术节上获了个二等奖。那时的我带两个班课外加办公室里的内外杂务，一天忙到晚，忙得不亦乐乎，忙得宠辱皆忘，不但没有时间去蚌埠，也很快将此事丢之脑后。

为了让大家对干渠有个感性印象，宣传部组织我们沿着干渠走一走，感受感受。因为坐在车上，更因为去的那天雾太大，能见度差，我们只是匆匆地沿干渠浏览了一遍。虽然只是大意，但凭着过去对干渠的印象，特别是在车子上干渠管理段同志的介绍，让我对干渠的昨天和今天有了进一步的了解，特别是干渠的同志说，这条修建于四十八年前的干渠在 2013 年还在抗旱中发挥了巨大的作用，让我们感叹不已。

离干渠建设时间已隔半个世纪，部里的同志做了大量的前期准备工作，大海捞针般找到了一些仍健在的当年舒庐干渠建设者，并让我们分组对他们进行采访。我这个组采访的对象是高正川老先生。上午，我按照部里同志给的号码给高老打了电话，告诉老人家下午三点我们去拜访他。当我们准时到老人家所在的越城花园小区时，他已经在楼下等候多时了。

在高老家坐定后，我们说明了来意。高老夫妻俩充满深情地回忆起往事，老先生笑着告诉我，当年他们都年轻，都在舒庐干渠建设工程指挥部工作，是干渠这根红线，把他俩牵在一起，成了两口子，并相互搀扶着走过了这风风雨雨几十年。

让我们惊叹的是高老从书房里捧来一袋当年的材料，其中有好多 1966 年、1968 年的《工地简报》，也有各种宣传材料，有铅印的，也有钢板刻写，甚至还有当年手写的。纸张已经发脆发黄，但岁月的温度通过指尖还能触摸得到。特别珍贵的是，高老还保存着当时北京给舒庐干渠建设工程指挥部的贺信和当年《新安徽报》对舒庐干渠建设的系列报道。高老告诉我们，他工作几十年换了好几个单位，也搬了好几回家。好多东西都不在了，但这些材料一直保存得很完好，因为它是青春岁月的纪念，是份不舍的缅怀和念想。

晚上，在灯下阅读从高老家带回来的材料，越看越激动，越看越感动。那真是个火红的年代，是个激情燃烧的岁月，人人都有一种纯净的思想，都有公而忘私的清洁的精神。

我突然有种表达的冲动。于是，我打开电脑，第一次用一种近乎礼赞的圣洁的心情，写下了一行字：风雨中的雕像。

心中的篝火

夕阳在湖面上写下最后一笔辉煌后,夜色终于降临了。湖面上弥漫起一层淡淡的薄雾,对面的姥山也渐渐消失在茫茫的夜色里。

篝火点起来了,熊熊燃烧的火苗驱赶着越来越浓的夜色。

篝火中的晚会高潮迭起,精彩不断。虽然湖风不断送来阵阵浅浅的凉意,但当我们手拉着手围着篝火在音乐的陪伴下跳起欢快的舞步时,一种久违的温暖与感动还是慢慢从心底漾起,我也仿佛回到了上世纪 80 年代,回到了那激情燃烧的青春岁月。那的确是一个属于梦想、属于浪漫的季节,燃烧的篝火不仅暗淡了新安江畔的点点渔火,也曾辉映着腾格里湛蓝夜空里的粒粒晨星。我的那些诗人朋友曾在篝火旁大声朗诵他们最初的也是最后的激情。是不断燃烧的篝火给他们青春的血液加热,让那份狂热与激情不至于迅速冷却,尽管这最终也是一场无望的坚守和一次绝望的守候!虽然当年的我并不赞同马丽华站在雪域高原上的那声"我们是最后的浪漫主义者"的呐喊,但是面对越来越物质、越来越物欲的当代生活,我还是不能不怀念和祭奠那渐渐远逝的浪漫与诗情。

其实每个人一生中都有一段关于篝火关于燃烧的记忆,只是我们有意无意地选择了失忆。感谢这场晚会中的篝火,点亮我本来就燃点不高的关于青春关于往日的记忆……

灿烂的烟火一次又一次在人们的赞美和惊叹声中点亮着湖畔的夜空,这璀璨的烟火就像生命中那段最美的梦境,辉煌且短暂。我觉得有时我们生命的价值和意义就在这一次次燃烧或绽放中。只要心中的篝火不熄,生命的浪漫与激情就会常存!

第一辑　路边

潜川是条河
——电视片解说词

潜川是条河。

这条河里有一座城市的记忆。

作为一个地名，庐江最早见于《山海经》一书："庐江出三天子都，入江彭泽西。"庐江原本是条河的名字，它从远古走来，源远流长，汹涌澎湃。

中国古代的哲人老子曾说过："上善若水""水善利万物而不争"，这是自然赋予水的功德。江河之所以始终以最弯曲的形象出现，是因为它试图在最大的幅度上惠及大地。潜川，这条流淌在所有庐江人记忆中的河流，就这样奔涌向前，生生不息，哺育着这块土地上最早的文明和最初的辉煌。

文翁朝我们走来，他是西汉时著名贤吏，也是一位教育家。汉景帝时，文翁任蜀郡太守，任职期间，不仅注重教育，同时关注农业水利。

时光又匆匆了三百多年，潜川河畔走出一代名将周瑜。周瑜不但是一代名将，还精通音律，文武双全，人称周郎。如果说"曲有误，周郎顾"，柔媚的是一段乐坛佳话；那么，苏东坡站在赤壁之上遥想当年公瑾："雄姿英发，羽扇纶巾，谈笑间，强虏灰飞烟灭。"何尝不是在文学史上，涂抹了一层豪迈的英雄侠气。

周瑜的背影还未远去，潜川河畔又走来了不贪利禄的孝子毛义，走来了道教丹鼎派鼻祖左慈，走来了数学家王蕃和南唐状元伍乔……

滚滚长江东逝水，浪花淘尽英雄。经过时光长河一千多年的淘洗，厚重史册的页面渐渐泛黄，那是光阴的色泽。古老的潜川大地终于又在十七世纪为故乡的志书贡献了一批纵横捭阖、金戈铁马的铁血

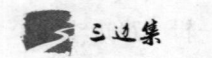

英豪。他们是：

刘秉璋，淮军名将，曾任四川总督，史称"皖北人才，晚清儒将"。

吴赞诚，曾治理台湾，参与创建水师学堂。一生勤事忘身，鞠躬尽瘁。

吴长庆，淮军名将，曾帮朝鲜平定叛乱，吴武壮公，国门之外铸辉煌。

潘鼎新，淮军名将，广西巡抚，镇南关大捷，一战成名，凯歌声里国威扬。

丁汝昌，海军提督，生为人杰，死是冤魂，志士英魂，浩气长存。

历史长河将永远镌刻着这些不朽的姓名。

一位诗人曾说过，如果记忆里缺少一条河，那记忆也将是干枯的。今天，当我们漫步在一座新城，漫步在杨柳依依的河边，心中是否拂过那历史的云烟，是否亮过那秦汉的明月，是否闻过远古的箫声鼓乐……

在我的左手是一座叫庐江名人馆的建筑，那里面有我的偶像，我的骄傲和记忆，那是这座城市珍藏的前尘往事；我的右手是一个崭新的校园，那里面有我的向往，我的希冀和梦想，那是这座城市憧憬的明天故事。

我在这座城市的东边，这里是一个山南水北的胜地。在我的北方，有"江北九华"美誉的冶父山，在我的东方，是有着"绿色长廊"之称的夹山，向南，还有波光粼粼的黄陂湖。在这里，可观著名的"冶父晴岚"，可闻古刹的晨钟暮鼓，还可远眺黄陂湖的点点帆影……湖光山色，美不胜收。我在这座城市的东边，在这条美丽的河边，沐浴着这座城市最明媚的春光，呼吸着这座城市最洁净的空气，守望着你的家园，你的梦境；守望我的等待，我最美的祝愿。

故园往事

晚饭后，总要与妻子外出散步，这不仅仅是遵循古人"饭后百步走"的古训，而是一种放松放牧心灵的方式。

去的最多的还是正在建设中的岗湾老街，因为那里有我的故园，深巷老街的每一处皱褶纹理里都定格着我们今生最初最美的那一部分记忆。

妻子家是岗湾的老住户，已经住了好几代了。我家搬到岗湾要晚一些，是从我父辈那一代开始的。记得小时候最热闹的是夏天的傍晚，大人们下班后，第一件事是去白家老井挑一担井水回来，再用井水将门前的青石板路面泼一遍降温。然后会将竹床搬出来，竹床上一般都摆着三两碗菜，一家人坐在竹床两边共进晚餐。那时候物质条件虽然简陋，但一点也不影响幸福指数。我们这些孩子们端着碗在各家各户的竹床间挤来挤去，这样端着碗乱跑的原因，一是孩子好动好热闹的天性，二是能顺带品尝到别人家菜碗偶尔一现的新鲜菜肴。大人们总是笑话我们："隔锅饭香些嘛。"其实那些坐在竹床前喝酒的大人们也同我们一样，闻见人家菜碗里炒花生、炒黄豆的香味，也会端着酒杯过来，顺手拿几粒花生或黄豆，边嚼边评点这家主妇的手艺，有时就简单的评价一个字：香。那种舒服和开心伴着酒香逸出，成为那个夏天最重要的表情。当然，也有意外的时候，那就是某家的孩子把碗摔碎了，碗掉在青石板上的声音虽然清脆，但更清脆的一定是摔碎了碗的那个孩子的母亲的呵斥声。这时候，打圆场的大人们便去劝那位盛怒的母亲："你看，碗底都摔四瓣了，好事好事，破个小财躲一灾。"听到这些劝慰话，那位盛怒的母亲脸色开始多云转晴，揪孩子耳朵的手也松开了，那个闯祸的孩子会立即逃之夭夭，小街上又重现温馨和谐的安定局面。

饭后，大人们都各忙各的去了。这时一些性急的星星也开始在黑蓝的天幕上眨眼，这时的我也总像跟屁虫一样跟在高年级同学的后面，亦步亦趋，形影相随。有一天，春哥他们很诡秘地在商量密谋着什么，我一直悄悄地跟着他们来到河边。只见他们将裤衩脱下来顶在头上踩水过河，这些在河边长大的孩子水性都很好。星光下，他们个个都像一条黑泥鳅，只有屁股那一截是白的，看上去十分滑稽。

我也跟着他们过了河，与西门湾一河之隔的是蔬菜队的菜地。到了菜地，春哥对我说，你不要到香瓜地了，那边有人看瓜，还有狗，到时就跑不掉了。你就就近偷两根菜瓜吧，在地里手不要乱摸，有菜瓜蛇。你只要拎一根瓜藤，哪头重哪头就有瓜。

我按照春哥说的，很顺利的偷到了一根菜瓜。几年后，我也上中学了，在一本叫《汉语成语小词典》的书里，读到一个叫"顺藤摸瓜"的成语，想起那个有星无月的夜里春哥对我说的话，不禁从心里佩服春哥的聪明。

虽然偷来的瓜吃起来会格外的香甜，但这种偷瓜的行为是高风险的。一天晚上，春哥和几个同学去偷瓜被狗咬了。那时有没有狂犬疫苗我不知道，但春哥没有打疫苗是真的，记得春哥跑回家后，腿上还有血眼，他奶奶用淘米水给他清洗伤口。前天，在热闹的中心城的步行街，我还遇见牵着孙子散步的春哥。我们站在街边说着故园往事，兴致盎然。我突然觉得，一过中年以后，往事就越来越醇浓，越来越有筋道了，这其实都是岁月的馈赠。春哥去年退休，岗湾老街拆迁后在中心城分到了三套房子，儿子女儿各一套，他们老两口住一套。退休后的春哥精神头很足，看来没打狂犬疫苗对他也没有什么影响。

同春哥分手后，我同妻子继续沿着西河散步。在我的左手边是灯火辉煌、人头攒动的中心城步行街，在我右手边，是正在建设中的岗湾老街和一些高层住宅楼。楼房天天在长高，就像我居住的小城每年春天都在拔节一样。我和妻子不停地用眼睛、用心在目测与丈量着那些发生在岗湾，镌刻在我们生命中的往事的位置。盐仓巷里飘过的油纸伞，青石板与麻石条上独轮车留下的岁月的印迹，每年农历五月赛龙舟时西河一浪高过一浪的呐喊，那些汛期里星散在河畔的渔罾像莲花次第开放，詹家塘畔春风用手拂动的杨柳依依，杨家山头的斑茅在六月的白花像极了《诗经》里的"蒹葭苍苍"……这些往事的碎片，因为有了杨三益、何华堂这些保存下来的古迹而能够被准确定位，最后被串成一串珠链。

今夜有很好的月光，但四周的灯光太亮，月亮也就离我们很远。这多少让我想起童年时的夏日夜晚，躺在竹床上。母亲一边用蒲扇为我驱赶蚊虫，一边给我们讲故事。那时候，母爱与星空都仿佛触手可及，但我始终都不曾将其搂入怀中。现在这些往事都遥远进我的记忆中，像天边的星星，时常闪亮在我的生命里。

走在往事中，耳畔不时回响着一首歌："到不了的都叫作远方，回不去的名字叫家乡。"方文山的这首歌初听时没有什么太多的感觉，此时突然涌上心头，多少有些触景生情的疼痛。我这一生，童年的游戏，中年的经历，晚年的回忆，都深植在这些叫做"金港银湾"的老街深巷中，深植在这片阑珊的夜色里。

故园不在了，昔日的街道巷陌已随时光逝去；岗湾还在，在一代人的记忆中。

桃花岛主

马糟河在这里打了个结，于是，就有了桃花岛。

桃花岛不是岛。马糟河流经郭河广寒时，仿佛格外的眷顾，格外的恋恋不舍，在这里曲曲弯弯的盘旋、缠绵，于是，就拥抱成这个类似于半岛的地貌。作家祝勇说："江河之所以始终以最弯曲的形象出现，是因为它试图在最大的幅度上惠及大地。"其实，弯曲是河流是深情的身影，也是它最绵长的心事。

正是马糟河这个柔美的心结、情结，才有了美丽的桃花岛。

相传更早的时候，这里曾是巢湖南岸的白鱼滩，后来成为"陷巢州、涨庐州"的一个细节；也有人说这里曾经是著名的滨湖跑马场，因为此处至今还存有荷叶地和白马坟。不管是什么，今天我们在这里都能遇见一种斗转星移、沧海桑田的错觉。

这是一个神奇的地方，也是一个生成传奇的地方。

2016年早春，一个桃花盛开的时节。我们一群人来到了桃花岛，接待我们的是桃花岛主朱启祥先生。

朱先生年近六十，但神采奕奕，气度不凡。寒暄一番后，在我们的要求下，他带我们去看他的收藏，桃花岛民俗博物馆里有上万件藏品。流连其中，我们目不暇接，时常有一种美不胜收的惊喜。

说起收藏那些年、那些事，朱先生更是兴趣盎然。

朱先生小时候家境贫寒，十多岁就辍学学木匠，走南闯北。他不但做过木匠，还做过窑工、瓦工。上世纪60年代，他在江南烧窑。那是一个疯狂的年代，全国各地都在"破四旧、立新风"，远离尘嚣的皖南山区腹地也不能例外。这里山环水绕，奇绝天下，自古钟灵毓秀，人杰地灵。祁山的程家曾出过"父子三进士""一门四进士"，

第一辑　路边

十分了得。祁山著名的人文景观、造型别致、建筑精美有很多传说故事的父子状元楼被强行拆毁了。各种砖雕、木雕也被毁于一旦。朱先生所在的窑厂堆满了从状元楼拆下的牌匾、廊柱，更多的是一些明清硬木家具。

收藏家马未都曾说过："每个人活在世间，说起来都是极偶然的事。"收藏对于每个个体生命来说，更是一件极偶然的事了。如果朱先生此时不在祁门，如果不正好赶上"扫四旧"，一个从未接触过收藏的人，一定会同这些宝贝擦肩而过的，如果那样，朱先生的人生可能就是另外一种样子了。

也许是当时朱先生突然慧眼大开，也许是这些木器上面的雕花在朱先生心底的某一处悄然开放，也许就是明代家具简约而不简单的做工与造型让曾经也入过鲁班门下的朱先生怦然心动。朱先生想把它们保护下来，不忍心让老祖宗留下的宝贝就这样化为窑火。

虽说在那个年代这种大逆不道的行为连想想都属于无法无天的，但初生之犊就是有种不怕虎倔犟劲。因为，血总是热的，何况奔涌在胸腔和血管里的是如此年轻气盛的青春之血。

天无绝人之路，朱先生想起了平时和自己关系不错的大队基干民兵。三杯两盏过后，朱先生向他敞开心扉，说起了自己想保护这些牌匾和家具的想法。也许是酒精起了作用，这位民兵答应帮忙。第二天夜里，窑厂里只有这位民兵和朱先生值班，两人偷偷地将这些宝贝运至这位民兵家中，用荒草盖起来，等待机会再将它们带出山外。

机会终于来了。朱先生买了一车杂木料，将这些宝贝放在中间，四周堆满杂木。车到检查站时，工作人员要打开杂木检查。朱先生忙向工作人员承认里面有他母亲的一副寿材料，并将手表从腕上褪下，放在他手里，这才顺利地逃过了检查。

这些硬木家具，特别是那一对紫檀座椅现在已成了桃花岛民俗博物馆的镇馆之宝。

曾经沧海的朱先生说起往事时波澜不惊，但我从中听出了收藏背后的曲折和艰辛。桃花岛民俗博物馆的收藏除这些家具外，最多

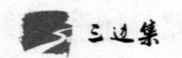

也最具特色的是一些农具，犁、耙、石磨、石碓和水车，这些农耕时代我们赖以为生的工具，不仅帮我们耕耘出蛙鸣和稻香，还为我们播种过"面朝大海，春暖花开"的诗意守望。

参观完民俗博物馆，我们无不惊叹惊奇。《庐江文艺》主编苏昉先生兴致勃勃地跟几位作者交流观感，并同大家说，如果有灵感，大家回去可以写一些有关桃花岛的诗文。同我坐在一起的女作家一朵怜幽说："我对这些木质家具很感兴趣，我回去就写一篇，名字都有了，就叫《木质沉香》。"

木质沉香。多好的名字，有时光和纹理质地，更有岁月沉积的况味。其实，收藏就是收藏历史，收藏一阕旧时光。

饭后，我同朱先生漫步院中。院中有一刚建的亭子，有一点古意。朱先生告诉我，亭子是新建的，还没取名，问我能否给取一个。我看了看亭子及四周的环境，告诉他，如果在亭子下面的水池里养几尾鱼，可叫"观鱼亭"，并顺口同他说起"莫道昆明池水浅，观鱼胜过富春江"的故事。他笑了笑，不置可否。我又说，也可叫"后乐亭"，因为收藏乃先苦后乐，人生也同理。并闲聊说"后天下之乐而乐"一直是古代文人志士的理想和追求。

听我一席话，朱先生笑了笑说，收藏无止境啊，其实也是忧乐参半。他还告诉我，等他老了，他要将这些宝贝交给政府，交给国家。

是啊，优秀的收藏注定是属于历史，属于这块土地的。有时候，我们的人生会被很多东西所牵累，有时是物质，有时是名利，有时是爱情。不管是什么，这种负累都让我们的人生难以轻松、轻灵。其实，人生的真谛就是《红楼梦》中的那句"赤条条来去无牵挂"，这话是直白了些，但话糙理不糙。不记得在哪本书里读过这样一句话，不管你生前拥有多少财富，但死时双手能够攥住的只能是手上的十个指甲。原话记不清了，大意还是对的。我很赞同朱先生的想法，生不带来，死不带走；来自社会，还之社会。这是一种格局，也是一种风度，更是一种境界。夕阳里，朱先生的身影突然高大起来，有了一道光环。

桃花岛主，侠之大者。

流苏

流苏又叫四月雪。

人间四月芳菲尽。季节到了这份上，已经浓得化不开了。这时节，不但杏花、梨花凋了；桃花、李花也谢得差不多了。春风送来的，春风又带走了。古人说得好，流水落花春去也。伤春也好，伤怀也罢，该来的总会来，该走的也挽留不住。

好在还有流苏。不需要到遥远的山寺去遍访那些迟开的桃花了，校园里的流苏正一树繁花，盛开着这个季节最后的眷念与伤逝。

好大一棵树，好盛的一树花。树大了，不敢说就成了精，成了仙，但至少能成为一桢风景，一方风水。校园里的百年老树，已经不仅仅只是一株树了。它是生长在众树之外的树。十年树木，百年树人。流苏的生长，蕴藏着无尽的生命能量和诗性流传。这里曾是盛极一时的庐江师范学校，铁打的校园，流水的学生。一代代学子在流苏树下苦读、成长，盛开的流苏花，洁白得近于圣洁的流苏花，成为他们青春的最重要的见证和背景。

有一种白叫流苏白。她只属于四月，属于那段青春日记。

没有一种树能让人如此想入非非。流苏，最早是装在车马、楼台、帐幕等上面的穗状饰物。后来，这种穗状饰物从舞台、帐幕走向女子的头饰、衣饰。这种用五彩羽毛或丝线制成的穗子，开始或华丽、或飘逸生动地在贵族女子鬓边、裙边。在盛唐女子中流行的步摇，是其中一种。《释名》中解释：步摇，上有垂珠，步则摇动也。

从流苏到步摇，从步摇到流苏髻，我们可以看到一个名词是怎样慢慢地生动成一个动词的。这是一个风姿绰约的词；也是一个风华绝代的词；更是一个活色生香的词。正是有了这类词，汉语才能给我们无尽的诗意与想象,才能成为人世间最古老、最有生机和活力的语言。每当读到这类词,总会让我们想起那些衣袂飘飘的古装女子:"月华如水浸瑶阶,环佩声声犹梦怀。"这样的女子只能属于《诗经》《楚辞》,属于《古诗十九首》。流苏花开的时节,每每走到树下,我都会想起张爱玲的《倾城之恋》,想起了那位名叫白流苏的美丽女子。

白流苏,三个如此美好的音节,一张嘴,就能满口噙香。恐怕只有张爱玲才能想出这样倾国倾城的名字。我不喜欢小说里的白流苏,不喜欢这类情场上的"赌徒"。但陈数在电视剧里的白流苏真的让我有种审美的"惊艳"。一顾倾人城,再顾倾人国。南国的佳人,也是能绝世而独立的。

记不清在哪本书里读过这样一段话:流苏十字形的花瓣朵朵向上,像《诗经》里简单优美的四言诗,开得蓬蓬勃勃,自有一番清明直烈,丝毫不见丝飘络垂的妇人姿态。这阴柔娇媚的花名反倒让人误会了它。

不知为何人们把这树叫做流苏。形似乎?神似乎?

曾经在树下久久伫立细品过这满树繁花。花虽不大,但确是朵朵向上的。那是对阳光的追逐,那是对蓝天的向往。在这一点上,她倒是同校园、同校园里这些蓬勃的青春如出一辙,至少,她们向上的轨迹是一致的。

又想起"树木"和"树人"来。树,在这里是一个动词,一个朝气蓬勃、积极进取、天天向上的词。

离开庐江师范近三十年了,常常陪友人来校园看四月里的流苏树。满树的花儿,灿烂像樱花,但比樱花开得更长久。

四月雪。这名字就是一首诗。

以前天天看并不觉得流苏的美,美都是在距离中产生的。美最怕司空见惯,美最怕熟视无睹。现在,记忆中常有一棵流苏树,常有一树繁花在回望中盛开。

第一辑 路边

遵义三题

雨水路

雨水路在汇川区。

我是第一次到遵义，过去只在书上见到过这个地名。上中学时，历史老师告诉我，中国革命在这里改变其走向，茫茫征途上的工农红军在遵义城终于迎来了第一缕曙光。自此以后，遵义这两个字在我心中就不再是一个普通的名词。它同井冈山、延安一样是革命的圣地，在我们这一代人的心中有着一种神圣、圣洁的光芒。

从南京飞遵义将近三个小时。飞机下降时，坐在舷窗边的我看到的是起起伏伏、连绵不绝的山。满眼的绿也扑面而来，墨绿、碧绿、浅绿、嫩绿，正是春夏之交的时节，满眼的绿浓得化不开。

飞机的翅膀仿佛擦着山头掠过，终于落地了。

坐上出租车，我将遵义文友们发的地址告诉了师傅：汇川区雨水路。同时，我也打开手机导航。

一个小时不到的时间，就到了笔会报到地点。

住下后才知道，雨水路不宽，是条单行道。

单行道的雨水路，为心指引着一个方向。今天，来自全国十六个省市四十多位散文作家汇聚在这里。像雨水路上的雨滴汇入凤凰山下的湘江河一样，从全国各地奔向这里，奔向心中的圣地。

有坐飞机来的，有坐高铁来的，也有坐汽车来的。

所乘的交通工具虽然不同，但都一样的风尘仆仆，都一样的心携目标和向往。在这目标的引领下，我们以文学的名义集结在这里，集结在这条名叫"雨水"的路上。

这注定是条潮湿的路，因为我们心存感动。

雨水路在汇川区。我不知道这是一种巧合，还是一个譬喻，一个象征。

红军山

在遵义，有一座山叫红军山。

沿着台阶，我拾级而上，长长的台阶不断抬升我的目光。脚步是凝重的，因为，我迈向的是一段历史，一段血与火写就的史诗。

台阶的尽头是一座纪念碑，碑上镌刻着邓小平同志手书的"红军烈士永垂不朽"八个金色大字。纪念碑造型别致，给人的感觉很壮观恢弘。碑的顶端塑的是5米高的锤子镰刀，上面镶着鱼鳞状的金片，在阳光的照耀下熠熠发光。碑的前面层层叠叠摆放着不同形状、不同颜色的花，这些花寄托了这座英雄的城市和人民对红军烈士的热爱和缅怀。碑的四周还有一个巨大的环形浮雕，直径20米，高2.7米，由四个5米高的红军头像托着。浮雕外面镶嵌着28颗闪亮的星星，环形浮雕的里面刻有红军攻打遵义及四渡赤水的故事。

纪念碑的后面，是邓萍烈士墓。墓的左边，还有一座红军坟。我们来时，正是四月，圆形的坟头上芳草萋萋。一座铜像吸引了我的目光，铜像塑的是一位年轻的红军卫生员在给一个孩子喂药的情景。铜像边上竖着一块碑。碑上不仅记录了在那烽火连天的岁月里军民之间鱼水情深的温暖往事，还告诉我们红军坟里埋的是一个名叫龙思泉烈士的遗骸。这位参加过百色起义的烈士牺牲时才18岁。这座铜像是中国人民解放军第三军医大学塑的，这也是后来者对先辈的致敬和礼赞。

青山有幸埋忠骨，这座山因此得名红军山。

怀着一种崇敬的心情，参加遵义笔会的全体作家在红军山合影留念。我相信，回去后，这些作家的心中和笔下从此就多了一份神圣、一份庄严。

回到车上，不怎么喜欢玩微信的我在朋友圈里发了一组红军山的照片。并写了两句话：有一座山叫红军山，有一种红叫遵义红。瞻仰、景仰、信仰。

是的，瞻仰，景仰，信仰。这三个表示一种凝望姿态和崇敬心态的词，在那一刻，一齐涌向我的心头。

赤水河

赤水汤汤。

还未到习水土城，就先看到了你——赤水河。

稍有点历史知识的人都知道四渡赤水的故事。当年，长途跋涉的工农红军在这块红色的土地上浴血奋战，最终取得了四渡赤水的胜利。

走在土城的石板路上，一路倾听着光阴深处的跫音。在毛泽东、朱德等人的故居，我仿佛触摸到一段斑驳的旧时光。在导游的讲解中，我听到了当年青杠坡的枪炮声、厮杀声在血管里奔腾咆哮的回响。

在街头，我见到了一位95岁的老人，并与老人合影。这位当今中国最后一位"袍哥"告诉我，他在土城见过朱德和耿飚。老人还告诉我，他的二哥是参加红军走的，一走就再也没有回来过。

述说往事，老人刻满岁月风霜的脸上一直波澜不惊着，但我的心中却有一条赤水河在汹涌。

在老人的讲述中，我仿佛看见一位少年走进岁月深处，只留给我们一个渐行渐远的背影。那背影很年轻，年轻且瘦弱。这年轻的背影一直定格在一份苍老的思念里，定格在老人一生的等待中，至今也不曾褪色。

耳畔回荡的是《红军阿哥你慢慢走》那熟稔的旋律。突然想起前天早晨在湘江河畔漫步时看到的"遵道行义,自强不息"八个字。我想这里的"道"与"义",就是我们常说的"初心",就是人间正道,世上正义。

赤水河,一条红色的河。

小城地理

柳树埂

柳树埂在小城的西北角，是个闹中有静的地方。

埂，在汉语中有三个义项。一是指田间稍稍高起的小路，一是指地势高起的长条地方，还有一个义项是用泥土筑起的堤防。柳树埂，顾名思义就是长满柳树的河堤。河不大，但曲曲弯弯，顾盼有情，还有一个很诗意的名字：绣溪。能给一条小河取这样的名字，不仅仅只是妙手偶得。我时常猜想，当年为这条小河命名的人，一定是位诗人。灵感乍现之时，诗人的眼前浮现的一定是位绝色绣娘，在为小城绣着一条绿色的丝巾。

上世纪70年代，小城年轻男女们的自由恋爱多在"地下"进行。环碧公园和柳树埂是热恋情侣常去的地方。当时，如果有人说，某男某女晚上到柳树埂去了，那就表明这两人确立了恋爱关系。

过去的"庐江八景"有一景就名曰：绣溪春涨。可以想象在这万物复苏的季节，涨潮的何止是一溪春水，一定还有小城正值妙龄的少男少女的春心春情。这时节到柳树埂来恋爱是来对了地方，这里有杨柳依依，这里有脉脉春水。"盈盈一水间，脉脉不得语。"多么美的意境，多么好的暗示，爱情在这里根本不需要表白。姑娘只要同意和你在柳树埂上走一趟，你的爱情就十拿九稳了。

柳树埂的西面是一大片湿地。湿地里有一眼望不到边的芦苇，春夏时节绿波荡漾的，很美。但最美的还是秋天，蒹葭苍苍，白露为霜。白色芦花在秋风中摇曳多姿，春天种下的所有想象，此时都瓜熟蒂落了，心中怎能不涌起"所谓伊人，在水一方"的凄美想象。

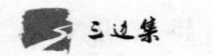

芦苇不仅是溪畔一景，还有很多作用。每到秋天，人们便相约去割芦苇。用芦苇编成的芦席，有很多用途。芦席不但可以做鸡圈、鸭圈，甚至还可以盖房子。过去乡间建房子，常用芦席做草屋顶的垫底，芦席还可做室内的隔墙，用途很广。

芦苇的生命力很顽强。大约是1973年，有个脑膜炎即将流行的传言几乎在一夜间就传遍了小城的大街小巷。随后，又有一个消息接踵而至，说芦苇根是寒凉性的，煎水喝一周，可预防、治疗脑膜炎。小城人见到风就是雨的性格为小道消息的快速传播提供了可能。两年后小城又传说红茶菌有奇妙的保健作用。于是，家家户户的罐头瓶、玻璃杯等玻璃器皿里都沉浮着艳红如三月樱花般的絮状物质，有些诱惑，更有些暧昧。用小城话说，这叫一窝蜂，或曰一哄而上。

小城人这次一窝蜂行动，对柳树埂湿地的破坏是空前的。大家带着形形色色的工具去湿地挖芦苇根，老老少少齐上阵。人们兴奋不已，不停地大呼小叫，景象十分壮观，很有一种热火朝天的喧哗与躁动。几天后，湿地等于被翻了一遍似的，狼藉一片。但是，到了第二年春天，湿地又一片葱绿。清晨，走在柳树埂上，你甚至能听见芦苇脆弱的拔节声。

那年，脑膜炎的确没有在小城流行，小城人大都相信这是喝了芦苇根水的结果。我只记得母亲煎的芦根水里放有冰糖，甜里有丝淡淡的涩。

让这片湿地最后消失的还是后来的小城扩建。河流改道了，绣溪被填平了，湿地上现在有一个叫"绣溪新村"的小区。现在，柳树埂、绣溪作为地名已经成为历史了。不知道后人从史籍中读到这些名词时，是否还有一种诗意的想象和向往。

捧橄桥

小城东门有两座桥：东门小桥和东门大桥。

东门小桥原是横架在护城河上的吊桥。后来，城墙和城门楼子都由实物演变成了地名,只有护城河还在滋养着这块土地,桥也由原来的木桥变成了一座石桥。

　　过了东门小桥再往东走二百米,才是东门大桥。在我小时候,出了东门大桥就是城外了。那时候,县城的人口比现在少多了,生活节奏也没有现在这么快。人们的生活虽然清苦,但有着一份满足和从容。夏天的傍晚和冬日的午后,我和小伙伴们常常聚在一起听一些老人们谈古今。这些"古今"中既有薛仁贵征东征西、杨志卖刀这样的经典故事,更多的是庐江这块厚土上土生土长的今古传奇。老人们说得最多的除周瑜、吴老师和王大韶外,就是捧檄桥了。传说也好,传奇也罢。这些小城人千百年来口口相传的故事,不仅仅是夏日的清风、冬天的暖阳,还是滋养一代又一代小城子民精神的钙质和维他命。

　　捧檄桥就是东门大桥。

　　捧檄桥是庐城境内最古老的一座桥。汉代以前,这里就有一座桥,但是那时桥的名字还叫"临仙桥"。临仙者,仙临也。何位仙人曾光临此地,已不可考。但是,临仙桥易名为捧檄桥,却同一个叫毛义的人有关。

　　毛义,字少节,东汉末年庐江人。毛义自幼丧父,家境贫寒,同母亲相依为命。小小年纪的毛义尝尽人间的酸甜苦辣,为了生计,他帮人放牧,以奉养其母。母病时,他不仅在榻前伺候汤药,还曾割股为母疗疾。遂以孝行称著乡里,被举为贤良。朝廷得知,送檄文封赏他为安阳县令。为了安慰母亲,毛义迎至"临仙桥"喜接檄文。然时隔不久,毛义母亲病逝。朝廷派人专车前来看望,岂知毛义却跪拜于"临仙桥"上,将原赏封安阳县令的檄文双手捧还,"躬履逊让",不愿为官。葬母后,毛义隐居山野,终生不仕。范晔的《后汉书》中载有其事。"百善孝为先",毛义重孝并且不贪图利禄功名,被世人称道。后人便改"临仙桥"为"捧檄桥",并刻碑石以记之。

　　明宣德九年(1434年),时任庐江知县的马骥在重修此桥时,工匠们曾在桥下掘得碑石一块。碑上刻有"临仙桥"三字,自此,世人才知捧檄桥之原名。

　　清光绪三年(1877年),淮军将领、曾任广东水师提督的吴长庆回乡捐巨资重修此桥。重修后的捧檄桥为五孔青石桥。桥身高大雄伟，造型古朴。该桥长46米，宽6.7米，中孔跨度6.3米，桥面两侧饰有石雕栏杆。新桥竣工后，人们在桥头立了一块刻有"捧檄桥"三个大字的石碑，碑的两侧还镌刻着"捧出真心归大隐，檄来强喜慰慈亲"的楹联。由此可见，崇高会引发崇敬，崇敬能激活缅怀。

同姓氏一样，地名带着一方水土与生俱来的胎记。地名的演变中不但藏有一个地域温热的生命密码，还伴随着一种精神的传递与继承，薪火相传，生生不息。

上世纪80年代，319省道扩建时，为保护捧檄桥，县里决定在捧檄桥上游东100米处新建一座公路桥。"捧檄桥"由此专为人行桥而得以保存下来。

1987年，庐江县人民政府公布捧檄桥为"县级重点文物保护单位"。2017年，为了不忘先贤、激励后人，庐江县政府在修建城东景观带时，新建了一座捧檄亭。亭上有匾额一方，"捧檄亭"三个大字系本土书法家王升所写，字写得苍劲秀美，同亭外美景相映成趣。亭内有庐江籍词赋家何智勇撰写的《捧檄桥碑记》，该记不但记述了毛义为母病割股疗疾，且不贪利禄、于捧檄桥上捧还赏封檄文的历史故事，还记录了庐江县委、县政府保护捧檄桥、重修捧檄亭的经过。

重修捧檄亭，乃盛世盛事。

从此，捧檄亭与捧檄桥一样成为小城一处重要的人文景观，来此参观者络绎不绝。人们在碑前阅读圣贤故事，同时，还感受着古代贤者的人格高度。

桥是河的注脚，也是岁月的记忆。西方的哲人说，人不能两次踏入同一条河流；中国的圣人说，逝者如斯夫，不舍昼夜。由此可见，时光和岁月也是一条河，一条源远流长、生生不息的历史长河。

桥还是一种沟通和联结，但捧檄桥联结的不仅仅是此岸和彼岸，它是今人和古代贤者的对话，是今人对古代贤者的膜拜和致敬。

第一辑 路边

越城街

　　在我小时候，西门吊桥已经被钢筋水泥的"文革桥"取代了。
　　但吊桥北边越城街一带还是很热闹的。先是有一个"小猪行"，四乡八镇的人都来这里买卖猪崽。那年头，对于一个农家来说，一头猪就是一座银行，一头小猪就是一年的指望。小猪行里整天都能听到小猪们或恐惧或兴奋的嘶喊声和哼哼声。后来，小猪行迁走了。这里又变成了菜市场，整天也是人声鼎沸的。
　　但最热闹的还是早上。小城的菜市场大都是"露水市"。一日之计在于晨，附近的菜农赶完早市后，还要赶回去开始一天的生计。
　　除菜市场外，这里早点店的生意也十分火爆。
　　早点店里有豆浆、油条，但最有名的还是大饼和米饺。
　　米饺又叫"大弯腰"，这是从形的角度来命名的。好吃不过饺子。这里的米饺不同于北方的饺子，饺子的皮是用米粉做的。对于庐江人来说，不管走得多远，这饺子里都有往事的味道、家乡的味道。
　　我也常在早点铺里吃饺子。上世纪九十年代，我在离县城五公里远的泉水师范上班，早出晚归。来回上班都是骑自行车，早餐很少在家吃，都是在早点摊上解决。因为我也喜欢吃饺子，就好这一口。
　　时间从容的话，我会要一碗稀饭、三个饺子。稀饭和米饺是绝配。米饺可以放在稀饭里泡着吃，一个字：香。时间紧的话，我就买五个饺子放在自行车的篮子里，边骑边吃。
　　早点铺里，天天都能见到有几个老人两个点心就三两烧酒。旁若无人地慢慢吃，慢慢品。仿佛他们品的不是米饺和烧酒，而是一份自在和从容。那时节，我常常想，等我哪天退休了，不需要这样风雨无阻地来回骑自行车了，我就天天来这里，三个饺子、一杯绿茶。也慢慢地吃，从容地品。我酒量不大，只好是茶，不是酒了。其实，茶也好，酒也罢，只要有那份滋味在，就行。
　　有天没事，我散步到早点铺，要了三个饺子、一碗稀饭。稀饭烫，心急吃不了热窝粥。何况那天我不急，我就边等边和几位喝酒的老人闲聊。我问一位老人："这早上酒，喝了一天头不都晕乎乎的吗？"老人咪了一小口酒后说："不喝才晕乎乎的。不多，就三两，多了也不行。"老人那天兴致很高，打开话匣子后老人告诉我，他像我这个年龄时也不喝酒。那时候，西门吊桥边上有两家茶楼。他每天早上是坐在茶楼上就着一壶兰花茶吃大饺子。

那天早上，趁着酒兴，老人和我说了许多陈年往事。

很早以前，庐江城最繁华的地方是位于城外的西门湾和岗上，俗称"金岗银湾"。西门吊桥就是连接城内与"金岗银湾"的通道。城内最热闹的地方要数中路桥和越城街。那时候的越城街还叫"月城街"。当年的月城街是沿城墙而建成的。护城河流经柳树埂后，打了一个半月形的弯儿。后来修筑城墙时便依河的走向而建，修了一段弧形的城墙，叫月城。于是，城墙下的这条街也就被叫成了月城街。

当年，小城的墨客骚人喜欢到西门桥头的茶楼上雅集。这里不仅茶好，风月也佳。"会稽风月好，却绕剡溪回。"这里没有剡溪，却有一条绣溪。每到雨季，春水上涨，急湍的河水从柳树埂那边流来。转弯处，河畔的柳丝被春水冲得失去了往日的柔情曼意，一团团鹅黄嫩绿随波逐流。春潮带雨，也带来了诗情与画意。吊桥上的茶楼是最佳观景点。"瞧，绣溪春涨！"这是灵感乍现，更是神来之笔。于是，"绣溪春涨"不胫而走。后来，成为著名的"庐江八景"中的一景。

突然想到一句诗：

你在桥上看风景，

看风景的人在楼上看你。

桥上的风景是美的。它不仅承载着来来往往的人生，还联结着此岸和彼岸。一座桥一下子就可以把我们渡回从前。

我沿着越城街走着。街两边，菜农的菜篮子里满盛着晨露与晨曦。我不知道，月城街是何时变成"越城街"的。虽说读音相同，但一字之差，何止是差之千里啊。"月城街"，多么诗意的名字。我不知道是先没有月城街的，还是先没有"绣溪春涨"这一美景的。

不可复制的何止是风景，还有赏景的心致心情。风景的失去还不是最可怕的，最可怕的是我们丢失了一份诗意，一份闲情。

月城街早已胜迹难寻。又过了几年，越城街也不复存在了。在原越城街那一块，有一个文昌路菜市场。菜市场边上，也有一个早点铺。早点铺里，有三五个喝早酒的老人。看来，不管小城的格局如何变化，就着两个大饺子喝早酒的习惯还是生生不息的。闲谈中，我发现他们喝的不是当年我见到的散酒。他们告诉我，酒厂关门了，过去的那种散酒买不到了，现在他们喝的是一种叫"老村长"的酒。

我买了两个米饺，不敢要稀饭。医生告诉我，稀饭升血糖快，不能再吃了，必须戒了。这些年，戒掉的何止是稀饭呢？但隔三岔五的还是有点怀念米饺。其实现在的米饺也做不到原先的水平了，现在的饺子皮太硬了。过去的米饺酥得筷子一碰皮子就会一层一层往下掉，那是揉面的功夫。好多老味道、老手艺渐渐地都失传了。手艺手艺，手还在，"艺"已经看不见了。

"找不到过去的老味道了。"我跟妻子说。妻子说那是当然的，那时候，没东西吃，饺子是稀罕东西。现在的日子好了，口味也吃刁了，饺子当然也就稀松平常了。

妻子的话有些道理。上回孩子们回庐江，我去买了饺子回来。他们告诉我："油炸食品，少吃。"还是孙子给面子，一连吃了两个后对我竖起大拇指，说："好吃。"

我笑了。对妻子说："还是有人喜欢吃。"

从城墙上到下河湾

从西门吊桥往北是越城街，往南就是城墙上。

同热闹的越城街不同，城墙上要冷清的多。在我小时候，城墙已没了。但站在河边看，还能看到石砌的驳岸。紧靠河边零零星星的住着几户人家，房子是临时搭盖的。房顶上盖的不是瓦，是黑乎乎的油毛毡子。

沿着城墙往南走，有个李家塘。李家塘水面不小，有三四十亩，塘边上有很多芦苇。那时候护城河和李家塘的水还是很好的，夏天可以洗冷水澡。李家塘边上有很多青石板，附近的居民都在塘里洗菜汰衣服。阳光下，鱼儿的身上闪着银光，在水里游来游去，有些眼疾手快的姑娘在塘边淘米时还能用淘米篮子抓到小鱼。

过了李家塘就是下河湾了。护城河在越城到城墙上这一截是由北向南流的，在李家塘这里拐了一个弯折而向东。这个弯拐得很漂亮，弯出了一处杨柳依依、鸡犬之声相闻的墟里风光。"暧暧远人村，依依墟里烟。"被护城河围进城内的这一小块田园，是圈在小城里的村庄。上世纪70年代，这里还是蔬菜队的地盘。这里春天有梨花、杏花、桃花，有大片的油菜花，夏天的李家塘里还有荷花。但最吸引我们的是长在地里的菜瓜和香瓜。我和小伙伴们曾在此实地演习过"顺藤摸瓜"。偷瓜必须是在月黑风高的夜里，因双眼一抹黑，看不见地里的瓜。有经验的孩子王告诉我，不要在瓜田里乱摸，防止蛇咬。最好的办法是抓起一根瓜藤在手中掂量一下，哪头重哪头就有瓜。后来的实践证明，这种方法确实行之有效。

下河湾的尽头是丁家池子。当年小城内四角都有水塘。东北角有环碧公园，内有大、小官塘，水面最大；西北角有庐江中学堂，校园里有一口水塘；西南有李家塘；东南有丁家池子。这丁家池子面积虽不大，但很深。在我读小学的时候，有三个比我高两届的女生在池边玩耍，不幸都掉到池子里淹死了。这事在小城轰动很大，好多家长都告诫子女不能到丁家池子边去玩水。

后来才听说这三个女生中有一位是我同学的姐姐。当时，她们中有一位不幸掉到水里。另外两位去救那位落水的女生，也相继落入池中，溺水而亡。

小城人都说丁家池子里的水太深了。

小城不大，但城内怎么有这么多的水塘。小时候，夏天纳凉时曾听一位老人说，小城里的池塘，一是防围城。小城储有这么多的水，遇到敌人围城时，只要粮食够吃，围个一两年都不是问题。但主要还是防火。早年的房子大多是草房，瓦屋少。草房最怕火。过去，城里有打更的，每隔一个时辰都会敲着梆子，喊着"小心火烛"，但火灾还是很多。人们都知道"水火无情"的道理，"防火防盗"，防火放在了前面。这是因为一场火灾会让积攒了几辈子的家当，顷刻化为灰烬。

我曾目睹过小城的一次火灾。1979年，西门湾老盐仓大火。那天，我刚好放假在家，也拎着水桶参与救火。当我第二次拎水到现场时，火已经熊熊燃烧起来了，一阵阵热浪像一堵墙一样把人们阻挡在"火墙"外面。

老盐仓的房子墙有两层，外面是砖砌的墙，但里面的天花板、地板和墙都是木结构的。这样的房子最怕火灾，所以房子与房子之间砌有高高的风火墙。据说风火墙的作用是防止被火烧急了的瓦片乱飞而"殃及邻居"。但是，在特大火灾面前，这样的风火墙也会束手无策。那次大火中，有很多瓦片被烧成酱油干子大小，在天上乱飞，有的甚至飞过小河，落到河对岸的菜地里。有人说，这些在天上翻飞的黑蝴蝶，就是那些被烧急了的小瓦。但我心中一直心存疑惑：这些瓦不都是在窑火里烧出来的吗？按说它们是不惧怕火的。

可能是丁家池子水很深的缘故，庐江县消防队最早就驻扎在这里。小城人都说，消防队在这里，取水方便。

我的一个表叔家住在消防队里面。小时候，我常到表叔家玩。消防队有一幢两层小楼。楼上不但有楼梯，从二楼到一楼还有一个滑杆。平时战士们走楼梯，一旦有火灾发生，战士们就从滑杆上往下滑。快。

我和两个表弟常常在滑杆上往下滑，乐此不疲。

又过了好多年，下河湾的小河变成了街道，丁家池子也干了。消防队迁到了城外。丁家池子上开始长出了小城的地标性建筑：庐江工业品贸易中心。这个工业品贸易中心就是后来的安德利百货有限公司。

当然，这些都是后话了。

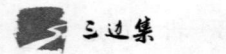

一方水土

一

庐江城四面环山，有锅底地之称。

上中学时，语文老师要求大家背诵欧阳修的《醉翁亭记》。同学们在背诵时，常常故意将"环滁皆山也"错读成"环庐皆山也"。喜欢掉书袋的语文老师不但不批评这种斗胆篡改名家名作的胡作非为，还喜欢从庐江城这种"环庐皆山也"的独特的地形地貌谈起，一直到推演出"一方水土养一方人"的结论为止。

这两年，许是年龄大了的缘故，同学间的聚会渐渐多了起来。大家在一起常常回忆语文老师在讲台上口若悬河滔滔不绝的场景，兴奋之余又多了一种物是人非的唏嘘和感慨。

语文老师还常常自豪地向我们讲述汉代庐江城的繁华，甚至还津津乐道庐江府小吏焦仲卿与刘兰芝的爱情故事。"孔雀东南飞，五里一徘徊。"老师用古音吟唱古诗时摇头晃脑、旁若无人的模样时常浮现在我眼前，那模样有点迂腐，也有点可爱。

其实，汉代的庐江同现在的庐江已经不是一个概念了，但庐江人都愿意模糊这个概念。这不，马槽河畔一处长满泡柳的河滩，被考证是孔雀东南飞的发生地，几经打造，成为一处名闻遐迩的景点。

2012年，庐江县文物局的工作人员在柯坦镇城池村田野调查时发现一处保存完好的古城遗址。该遗址占地约一平方公里，专家推算，应是两千多年前汉庐江郡郡治所在地。该古城遗址在今庐江城西南方，直线距离不过五公里。

由此可见，两千多年来，庐江这块土地上无大的地壳运动和地质灾难。虽然说斗转星移，虽然有沧海桑田，但这方水土却一直没有大的惊险，这才使这片土地上的子民能够繁衍千年，生生不息。

2003年，我在古城开封游清明上河园。陪我游玩的友人告诉我，张择端笔下的汴京城如今已在我们脚下十米处，一千年来的烟尘淹没了一段繁华。友人的话让我感觉出历史和时光的脆弱与荒诞，走在后人建造的仿古街巷中，我的脚步有些恍惚和飘浮，直到在一家商场买到一幅汴绣的《清明上河图》后才恢复了常态。

二

庐城地形的锅底地特点，使得本地方言在发音上也同地形特征相对应，而自成一体。这是值得语言学家研究的语音孤岛现象。

庐江的方言很有意思，以庐城为中心，东南西北四处皆有岗地。坊间有首歌谣流传甚广：庐江四转都是岗，岗内声音一个腔，岗外声音不一样。

庐城向东是裴岗，裴岗以东的人说的是杨柳、白湖话，同无为话同属一个语音系统；向西有长岗，说的是金牛、汤池话，和舒城话相似；向南叫亚岗，说的是泥河、乐桥话，同枞阳、桐城话接近；向北是铺岗，说盛桥、白山话，与巢县、肥西话属于一脉。只有庐城话语音独特，保留了不少古汉语里的入声字。由此可见，庐城话不但根深蒂固，还源远流长。

一个地方的语音同一方水土关系密切。特别是多山地区，山阴山阳的人语音上有很大差异，因为山是阻隔。中国北方多平原，地势平坦辽阔，人与人之间语言交流无障碍，故广袤的北方大地皆属于同一方言区。南方多山，且道路险而崎岖。"蜀道难，难于上青天"的现象随处可见，人与人之间的沟通与交流被千山万壑无情阻断，

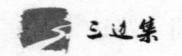

故一县之间，甚至一乡之间语言不通甚为常见。

上世纪80年代，我一中学同学在北大读书。寒假期间，这位同学拎一双卡录音机在城东菜市场录了一些带有晨曦和露水的问候声、砍价声，回到京城，放给北大语言研究所的老师们听。老师告诉我同学，这些市井人声里，保留了很多楚音楚韵。

三

锅底地有锅底地的好处。

好处之一就是锅底聚水、聚财。大家都知道水往低处流的道理，所以说，锅底就是一个天然的聚宝盆。哲人说，上善若水，水利万物而不争。我的乡亲们说，水是聚财之物，当年岗湾水码头停泊着许多运粮、运盐的大船，也曾盛极一时。

好处之二是锅底地都是易攻难守之地。既然易攻难守，应是不祥之地。其实不然。当年日本人从巢湖打到盛家桥后，本已兵临城下，但小鬼子鬼精鬼精的，发现庐城是个锅底地，怕被中国军队将其瓮中捉鳖，于是，绕城而走。只在盛家桥架了一个炮楼，虽然整日对庐城虎视眈眈，但终不敢越雷池半步。这样，抗战期间，庐城一直没有受到日本侵略者的蹂躏。

这些事都是小时候夏日纳凉时，听喜欢谈古今的老人们说的。那时候，夏天不像现在这么热。小城的人们晚饭后，喜欢把竹床摆在街边巷口乘凉。躺在竹床上不但可以听一些传说故事，还可以细数天上的点点繁星。

锅底地惟一的不好就是怕淹。几次大水给小城人留下刻骨铭心的记忆：1954年和1969年，小城除岗上等几处高地外，其余的街道皆成为河道，好事之人在街上撑船划摇盆。最近的一次记忆停泊在2016年夏天，7月1日这一天，很多街道和小区都上了水。有人在小区里可以捉到几斤重的鲫鱼、鲤鱼，原因是城边的好几家养鱼塘都已水漫金山。

四

小城的东郊有个周瑜墓。印象中是掩映在萋萋荒草、斑茅中的一座孤坟。墓冢很大，很荒凉。坟前好像有块石碑，无言地诉说着一阕荒芜和凄凉。

上初中时，我曾到此扳过蛐蛐。小城人捉蛐蛐不说"捉"，也不说"逮"和"抓"，而用一个更为形象的"扳"。这是因为小城的蛐蛐多躲在青石板的下面或老城墙的缝隙里，要抓一个蛐蛐，往往要扳动好几块青石板或老城砖。所以，小城人说的扳蛐蛐，从语言运用的角度来分析，不但准确鲜明，还十分的形象生动。

在小城玩家的心目中，周瑜墓的蛐蛐，战斗力强，有大将风度。有年暑假，我在周瑜墓扳了一盆"蜈蚣籽"。此虫身形矫健，敢下口，曾在同学间"打遍天下无敌手"。后遇同学哥哥的一只"棺材头"，两只虫子在盆中大战三个回合，后因我的"蜈蚣籽"身子不如"棺材头"长大，几个回合过后，"蜈蚣籽"渐渐体力不支而无心恋战，沿着盆边且战且退，被穷追不舍的"棺材头"一口咬掉一只大腿，败北而归。

改革开放后，政府重修了周瑜墓园。周瑜墓园占地约15亩，除原有的古迹周瑜墓冢、胭脂井外，还新建了牌坊和享堂。有一次，我陪几个外地的朋友来此拜谒周瑜墓。在胭脂井边，听导游说起周瑜死后，小乔在此守墓十四载的感人故事。此后，每每我在课堂上讲授苏东坡《念奴娇》中"遥想公谨当年，小乔初嫁了"的词句时，脑海中涌现的不仅有"雄姿英发，羽扇纶巾"的周郎，还有这位一袭素衣、"惟有泪千行"的未亡人。

今年夏天很热,有一天晚饭后我同妻子沿苏家河散步到洗脚塘。站在新修的道路边,我俩仔细辨别往事的方位。妻子说,她十多岁时同小伙伴们来刘家桥洗衣服,常见气象站旁边的小丘上有块刻有"小乔墓"的石碑。妻子的话也唤醒了我的记忆,这碑的位置应在气象站的西边,旁边还有一个小村子。随着小城一天天长大,我们的记忆也越发的不牢靠,因为随着老城的拆迁改造,好多往事已找不到坐标了。

五

近代中国百年史,淮军占有重要的一页。

淮军属于安徽的子弟兵,准确地说是发迹于皖中的地方武装。过去带兵讲究"打虎亲兄弟,上阵父子兵。"太平天国一乱十多年,各地纷纷组建"团练"武装。因此,淮军能够在曾国藩"自剪羽翼"、裁减湘军后得以异军突起,在近代中国占有一席之地。

庐江出了很多淮军将领,其中刘秉璋、丁汝昌、潘鼎新、吴长庆等最为著名。我手头有一本三联书店出版的曹聚仁先生的《中国近百年史话》,只有五万多字的一本薄薄的小册子。书虽不厚,但在史料之外,作者征引了很多感性的文学材料,称得上是"大家小书"。此书深入浅出,挥洒自如,读来很有味道。一直喜欢曹聚仁先生的书,包括这本不厚的《中国近百年史话》。

在此书的第十二章开头有这样一段话:

"一部中华民国的历史,前半截可以说是北洋派的历史,后半截才是黄埔系的历史。北洋派的重心人物,无疑地该是那位洹上的袁世凯。"

这位曹聚仁称之为"洹上的袁世凯",原是淮军将领吴长庆的手下。早年,袁投奔于吴,吴长庆对其有提携之恩。吴长庆系安徽庐江沙湖山人。因其生前做过晚清提督，统兵一方，累建军功，死后清廷诏建专祠，谥"武壮"，乡人习惯称之为"吴老帅"。

这座武壮公祠在小城东街，曾遭破坏，后被当作县邮政局的营业用房和职工住宅。我有一中学同学家住在里面，过去在他家玩时，这位同学曾告诉过我，这里是吴老帅的家。那时我们都不大懂事，都没觉得吴老帅家有什么特别之处。只有院中铺在地上的几块石板，虽已破损严重，但依稀能辨认出当年镂刻其上的精美图案表明它的出身不凡外，其余实在看不出它有什么地方能够与众不同。

2010年以后，县里重修了武壮公祠。修缮后的武壮公祠为三进五开间，有马头墙和青砖小瓦。我曾陪外地的朋友来看过，祠内陈列的文物不多，总体感觉新了些，感觉不到时光和岁月的陈旧气息。

吴氏一脉在中国近现代史上可谓星汉灿烂。吴长庆次子、诗人吴保初与陈三立、谭嗣同、丁惠康赞同维新，时人称为"清末四公子"。吴保初女儿吴弱男是中国国民党第一位女党员，同时也是中国妇女运动先驱者之一，同章士钊、李大钊都有交往。

2010年，庐江中学开始筹建城东新校区。学校聘请工程院院士、同济大学教授戴复东夫妇为新校进行规划设计。当年我在学校办公室工作，戴院士夫妇第一次来学校时，我参与了接待工作。两天的接触，两位老人给我留下了深刻的印象。通过交谈我才知道戴复东院士是著名爱国将领戴安澜将军之子，他的夫人吴庐生也是建筑大师，是吴老帅的重孙女。

云南日记

今年这个暑假对于我来说实在有些长，这有两个原因，一是从办公室调至工会，闲的；二是今年带毕业班，高考结束后，只能等待下一届学生的到来。教师就这样，一届又一届，一到两位数，回头一看，真的就老了。记得有一首歌曾这样叹过：守巢的总是你。不知这首名叫《长大后我就成了你》的歌，对我们这些教书匠来说，是赞美还是怜悯，反正我每每听来，心里总有些不太是滋味。

好在还有三年一次的长长的假期，好在还有云南。

乘坐的航班应该是在上午十一点二十分起飞，但十一点半还未登机。所有的人都在等待，并且从容而淡定。我真的佩服国人的忍性，这对一些人或事来说，不知是司空见惯还是麻木和怂恿。

飞机终于在十二点前飞了，舷窗外是厚厚的云层，出发前曾在网上查过云南的天气，以阴雨天为主，所以此刻的心情同舷窗外的云有得一拼，两字：沉重。

虽然飞行中颠簸得厉害，但飞机还稳稳地停在了昆明长水机场，时间是下午两点零五分。

一下飞机，感觉昆明的天气并不像预报中的那么糟，从云彩中偶现的阳光，比平原上的更为炽热、更为明亮，涂在手臂上有种火辣辣的感觉。

入住酒店后，时间尚早。因为整个下午都是自由活动时间，于是简单的洗漱后，便想上街走走。

走过两个街口，便进入大观路。路旁有条河，岸柳成行。树下，有三三两两的垂钓者，看了半天，也未见钓上鱼来，看来这几位钓的也不是鱼，而是一份闲适与惬意。

第一辑 路边

于是继续前行，见公交站牌上有"大观楼"的站名，并且只有两站路，决定步行前往。

进大观楼大门后，沿小路走五十米左右，就闻见缕缕荷香，受这若隐若现的花香的牵挂，我见到了一大片水面，水面上的荷花别样鲜艳，我第一次见到一种黄绿色的荷花，有些惊艳。

昆明的天黑得比较晚，晚8点半了，天还亮着。在外面的小店要了份米线，吃完再步行回宾馆。

房间的电视只是个摆设，放不了几个台，于是不看。从行李箱里找出这次随身带的两本书，一本是德波顿的《旅行的艺术》，另一本是韩少功的《完美的假定》，两本都是适宜旅途阅读的小册子。看了几页，有些困倦，于是关灯，也不管古人那些什么关于读书、行路的教诲了。有点生床，辗转反侧的。黑暗中，只见相机充电器的指示灯不停地闪烁着，像夜的眼，有些诡异。于是翻过身，睡觉。

6月26日　星期三　阴转多云

早上7点，坐旅游车前往大理古城。

出昆明城后，车子进入杭瑞高速。导游小黄激情洋溢地介绍这条路，原来，杭瑞高速是在滇缅公路的基础上修建而成的。稍有点近现代史知识的人都知道，滇缅公路是与苏伊士运河齐名的伟大工程，这是一条诞生于抗日烽火中的国际通道，也是一条滇西各族人民用血肉筑成的生命线。迄今为止，还没有哪条公路像滇缅公路这样与一个国家、一个民族的命运联系得如此紧密，还没有哪条公路能像滇缅公路这样久久地留在人们的记忆里。

在导游煽情的介绍中，我将目光延伸到窗外，外面是翠绿的群山，浓得化不开。七十年前，父亲也才20岁，作为一名远征军战士，"弃我昔时笔，著我战时衿"，离开校园，离开家乡。也许，当年父亲就是经过这条公路，远赴缅甸作战的。一寸山河一寸血，十万青年十万军。虽然那一页铁血史已经翻过去了，今天的我，重新行走在

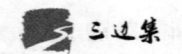

父辈曾经浴血奋战的土地上，虽然当年的足迹已模糊，虽然历史的烟云早已散去，但还有一种混杂着崇敬、感动等诸多原料的情感堵塞在心口，且久久不愿离去。

下午两点，到达大理古城。

早年曾在电影《五朵金花》中看到过苍山、洱海、蝴蝶泉，后来又在小说《天龙八部》中读过金庸笔下的大理。2005年冬天，在长春电影制片厂的摄影棚内，当我看到当年拍摄电影《五朵金花》的布景时，才知那些令年少的我如醉如痴的美景竟然是美工师们做出来的。

都说大理是一个浪漫的天堂，漫步其间，你会感觉到发自内心的轻松和惬意。可能是游人太多的缘故，在大理，我并没有找到那种古朴宁静的诗意，这里更多的是商铺，是酒吧，是各种音响里流淌出来的那些业已变形的声音，清澈的山歌在哪里？清亮的泉声在哪里？一些古建筑都还健在，但大理，已经丢失了一座古城的精魂。沿着流淌在"洋人街"中间的小溪，我逆流而上，想寻找当年大理国的源头，但导游叫停了我。又要上车了，下一站是西湖。

离开大理了，车窗外的苍山、洱海，车窗外的崇圣寺三塔依次远去……

车行一个半小时后，到达大理西湖湿地公园。

呼吸着湖畔湿漉漉的空气，我登上了一条小船。坐在船上，穿行在绿墙般的水草丛中，仿佛穿行在一幅水墨画里。此刻，大理带给我的失望和沮丧已荡然无存。雨下起来，是那种细密的雨丝，游客手中的雨伞依次睡莲般绽放，黄昏的湖面也开始氤氲出一种诗情与画意。

从船上下来，去品尝白族著名的"三道茶"。一苦、二甜、三回味，我们总喜欢用茶、用棋或用其他什么物件来隐喻人生，把自己整得好象一个智者。其实，人生怎么可能像一杯茶、一盘棋那样简单，那样条理清晰？个体的生命总是这样的不可捉摸，充满了不确定性，也充满了悬念，给我们这些芸芸众生以无穷的念想。也许这就是生命的本质，难以把握却又充满魅力。

6月27日　星期四　阴转小雨

第一辑　路边

　　北有平遥，南有丽江。我在2011年7月去过平遥古城，所以就很神往丽江。

　　今年5月，文学网上有个问卷式的互动帖，其中有一问好像是如果外出旅游，你最想去的地方是哪里。当时我的回答是：丽江。此跟帖一出现，立即招来一位年轻朋友的质疑，说一个老男人为何要去丽江这地方，似乎丽江是个是非之地。其实，不管多老，每个人心中都有一个属于自己的丽江，这个真的同年龄关系不大。

　　昨天从大理到丽江，车行三个小时，入住酒店已经很晚了，所以，今天起得不算早。上午，先要乘车去玉龙雪山，因天气不太好，云层厚，导游阿富在车上告诉大家，雪山可能看不到，但素有小九寨沟之称的白水河、蓝月谷还是值得一游的。

　　导游阿富是我认识的第一个纳西族人。他的汉语带着浓重的丽江口音，他用得最多的一个动词是"干"：干饭、干酒、干烟、干螺旋藻。他很豪爽，最喜欢的事是干酒。他在古城有两间房子，一个福建人天天找他干酒，就用很低的价格把他的房子干去了。

　　乘景区电瓶车我们先到蓝月谷，据说蓝月谷的水平时湛蓝湛蓝的，美得就像有人把一块干净的蓝天放在这里。但是，我们的运气不够好，昨天刚下了一场大雨，上游含丰富矿物质的水流下来，不但改变了这里水的颜色，还让这里的水看起来十分的暧昧和浑浊。也许有心情的原因，再加上昨天下午在西湖湿地淋了雨，身体开始有点不舒服。

　　从蓝月谷出来，我在等景区电瓶车准备去看张艺谋的"印象丽江"。我再一次面朝雪山的方向祈祷，同心中的雪山作别。这时，奇迹发生了，天边的云在快速移动，厚重的云彩里亮出一小块特别干净的蔚蓝，在这一小块蔚蓝的衬托下，我看到了，看到了玉龙雪山！

　　多么圣洁、多么庄严的山！

　　我赶紧取出相机，记录下这惊鸿一瞥的美妙时刻，雪山只露出两分钟，便躲进浓重的云雾中。

　　前些日子，读了范稳的《雪山下的村庄》。在这本书里，范稳写道："每一个村庄都有自己的神山，就像每一个藏族人都有自己的保护神一样。藏族人活得比我们更明白的地方是，他们都知道自己的保护神是谁，住在哪里。这让每一个村庄都显得静谧、安详，每一个藏族人都活得明白、有力量。"感谢上帝，这次能看到心中圣洁的雪山，是幸运，也是机缘。

张艺谋的"印象丽江"从前听说过，是一位从丽江回来的友人向我描述的。坐在这世界上海拔最高的实景演出场地，我的头突然疼起来。演出很原生态，也很震撼。演员都是当地的少数民族，是道道地地的农民、牧民。在那雄浑、高亢的歌唱声的冲击下，我的高原反应愈加强烈，头痛欲裂。

勉强坚持到演出结束，一出来，我就将胃里的食物吐出来，吐得十分彻底。下一个景点是玉水寨，我车都未下，此刻只想赶快回宾馆，把疼得似乎要裂开的脑袋交给枕头。

下午两点半，终于回到宾馆。大家都去吃午饭去了，我只想赶紧睡着，可是，疼痛让我难以入睡。此刻真的怀念那双曾为这疼痛按摩过的手，只有它能坚决、温柔地抚去我的疼痛。

晚上八点多，我挣扎着起床，双脚就像踩在云朵之上。在宾馆门口，见到一位团友，我问他古城的方向，他劝我不要去了，说他刚回来，很失望，因为古城已经变成一个酒吧、一个商场。

我望着古城的方向，那里的天空有一抹夕阳。也许真的老了，高原和丽江，今天同时用这种强硬的方式拒绝了我。我突然感到一阵酸楚、一阵迷茫。

怪不得冯唐说，活着活着就老了。第一次看到这个有点古怪书名时，我笑了，因为冯唐这小子比我整整小九岁。但今天，我笑不出来，不仅仅是因为脑袋还在顽强地痛着，而是我觉得，年华的老去可能就是一夜间的事，有时只缘于一部电影、一本书，甚至于一句话！

6月28日　星期五　多云

第一辑 路边

车缓缓地离开丽江城。昨天晚上，在宾馆旁边的药店买了一些药，吃下后，下半夜睡得还算安稳。

再见了，丽江。

车子出城不久，感觉车子一直下坡。乘车半小时左右，就来到有"丽江第一景"美誉的观音峡景区。这是一个以山水、峡谷、森林、湖泊等自然景观为基础，以茶马古街，纳西村落、民俗、宗教风情等人文景观为一体的风景区。漫漫雄关，悠悠古道，这里可谓是茶马古道滇藏线上一个重要险关要塞。徐霞客当年由此进入丽江，并把邱塘关形容为"丽郡锁钥"。因为进入这道"丽郡锁钥"，才能真正走进丽江，走进这片梦境。

漫步在茶马古道上，仿佛听到遥远的山间铃响马帮来，仿佛嗅到路边的野花香。那些被渐次清晰的马蹄声敲响的记忆，在幽深的山谷，甚或在更为幽深的心灵深处回响。有时，所谓的历史只是一条小径，它能让我们拨开云雾，窥见来路的方向。

中午，在洱海旁的一家路边饭馆用餐。饭后上车，导游说还有五小时可到昆明，一车人昏昏欲睡。下午三时多，车突然停了，司机下车，回来后告诉大家，前面发生了车祸，要大家稍安勿躁、耐心等待。

坐在车里有些闷热，于是下车。高速路右边有一块高地，我爬上去后，才发现被堵的车流有好几公里长，前不见头，后不见尾。

有一些白族妇女和孩子背着竹制的背篓在车流中叫卖商品，我看见有人在买鸡蛋，有人在买方便面和水果。这些叫卖者的手中还拎着开水瓶，那里面的水是泡方便面用的。

一直等了一小时四十五分钟，车子才慢慢开动。导游说，晚饭在楚雄吃，吃当地有名的野生菌火锅。

6 月 29 日　星期六　多云

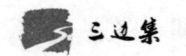

今天行程的安排比较轻松，主要是进两个购物店，外加石林。

昆明的天气比丽江好些，再加上海拔的原因，高原反应被轻轻摘去，眼前又是一片澄净透明。

车上，导游给大家恶补玉石、翡翠的基础知识。我因常去瓦全铺子闲逛，耳濡目染，多少比一般人懂一点。

泰宫是个翡翠的世界，特别是二楼，琳琅满目，珠光宝气。漫步其间，真有一种应接不暇之感。玉文化在中国是源远流长的，"投以我桃李，报之以琼瑶"。古人很早就把美玉当作回赠他人的礼物，甚至当作爱情信物。

正遐想间，来自六安的兰女士叫我，让我帮她长眼看一个手镯。她选的手镯绿不错，但水头不够好。又连挑了七八个，终于挑到一个满意的。戴上后，玉臂添彩，人也似乎立即珠圆玉润了许多。早些年，读第一版的《穆斯林的葬礼》，前面有篇冰心先生的序言，在这篇序里，冰心说作者霍达出身于玉石世家，从小含英咀华，所以做人、作文皆能够冰清玉润。

从泰宫出来，下一站是七彩云南。

作为一个旅游大省，云南的旅游业发育得很好，特别是旅游产品、旅游商品的开发。连原先名不见经传的普洱茶，其势头已超铁观音，甚至直追碧螺春和龙井。

七彩云南与其说是旅游商城，不如说是风景名胜。这里不但有民族特色的建筑，还有孔雀园和正在盛开的鲜花。

曾经喝过友人从云南带回的普洱茶。第一次喝感觉味道很特别，它的香气不浓，但进口之后，在舌面上的回味久长，有种温厚、淳美的质感，这是其他茶所不具备的。我所喝的茶中，只有湖南的安化黑茶味道与其近似，但安化黑茶没有普洱长久地留在舌尖上的那份体贴与温暖。

买了好几块生熟茶饼，有几公斤重，拎在手上沉甸甸的。普洱是种独特的茶，没有保质期，存放得越久越好。我很喜欢普洱的这一特点，有点类似人间真情，越久越厚重，越久越美丽。

石林是今天的最后一站，也是云南之行的最后一站。

第一辑　路边

　　石林的美是说不出的。在一些绝美的景物、人物面前，我们才会感觉到人类语言的苍白和局促，什么鬼斧神工，什么天生丽质，都是语言的肾亏和脑供血不足！

　　美就一个字！在石林，我真正感觉到了大美如斯，妙不可言。

　　我要把这美好的感觉带回去。

　　明天就回家！

6月30日　星期日　多云转晴天

第二辑

书边

谁为情种

　　临近寒假了才敢开读岳南先生的鸿篇巨制《南渡北归》,说《南渡北归》是鸿篇巨制原因有二:一是该书是近年来首部全景再现中国最后一批大师群体命运剧烈变迁的史诗般的巨著;另一原因该书是砖头厚的三部曲,正文120万字,另有注释近50万字,还有500多幅珍贵图片。我这人读书有个毛病,读不下去的,看两页就丢一边了。感兴趣的,恨不能一口气读完,是绝对不带大喘气的,否则寝食难安。所以读这样的大部头,非有一定量的完整时间不可。

　　写上世纪二三十年代学界文坛的大师群像,有一些名字是绕不过去的。所以,岳南先生的书里不但有独具个性傅斯年、李济、胡适、闻一多;也有学界大鳄陈寅恪、蒋梦麟、梅贻琦、冯友兰;更有一代情种徐志摩、梁思成、林徽因、金岳霖的情感大戏。

　　徐志摩也好,金岳霖也罢,都是被世人说俗了的风流故事。前两年读梁思成之子梁从诫写的几本书,得知一生未娶的金岳霖晚年同梁从诫一家生活在一起,梁家的子女们一直以"金爸"称之,直到90高龄驾鹤寻心中女神而去。我想,我们老金家这位前辈的一生也算圆满了。

　　前些日子,在一朋友的空间读到一篇文章,名字好像叫《女子当如林徽因,情人当若金岳霖》。文中,作者将金岳霖大大地赞美了一番,认为金这种一生一世不变的爱,是有正能量的,也是值得追捧的。在所有叙写这页情感的文字中,我特别喜欢李娟那两句评价金、林这段旷世奇情的话:"有多少爱埋藏在心里,不想让任何人知道,只要她知道。想着她,心头的那朵花开了。"

　　想着她,心头的那朵花开了。多么美的花儿!不是桃花,不是杏花,只能是历经风雪开不败的梅花。张枣说:"只要想起一生中后悔的事，梅花便落满了南山"。真爱一定无悔，真爱注定无悔。因为就爱而言，似乎至今也没听说过有什么后悔药。

于是情不自禁地想起另一个人，另一些事。

从清华园到西南联大，一直是金的朋友和同事的吴宓教授也曾倾毕生之情追求一个叫毛彦文的女人。1918年，刚从哈佛学成归来的吴宓在相亲时邂逅了一位风华绝代的女子毛彦文。此时吴正青春年少，许是体内荷尔蒙作祟，初见毛美人的吴宓竟有种贾府中宝哥哥第一次见林妹妹时的惊艳与冲动。

人生若只如初见。这一次的怦然心动，注定了吴一生心跳的方向。从此之后，吴不但为毛写情诗，写日记，还为毛与发妻陈心一离婚，甚至在课堂之上逢课必讲他与毛那些不能不说的故事。吴追毛追得是满城风雨，追得是路人皆知。陈寅恪、金岳霖都劝过他。特别是吴在1931年的《大公报》上发表了组诗《反少年维特之烦恼》，其中有："吴宓苦爱毛彦文，三洲人士共惊闻"句。一时间，花边新闻铺天盖地，姹紫嫣红开遍。金岳霖受众人之托去劝吴消停消停，金一见吴，便恨铁不成钢地劝他："我们天天早晨上厕所，可是，我们并不为此宣传。"金的不恰当的类比，亵渎了吴心目中的女神。于是，吴勃然大怒，拍案而起曰："你休在此胡言乱语，我的爱情不是上厕所，厕所更不是毛彦文。"险此与金绝交。

吴宓的朋友顾毓琇曾说："千古多情吴雨僧"，赞美乎？埋怨乎？嘲讽乎？似乎都不是，又似乎兼而有之。

有一点补充一下，毛与林徽因一样都是绝代名媛，且都极富才情。但不同的是，毛还是一位社会活动家，妖娆而健美。1999年毛仙逝于台北，终年102岁。死前出版《往事》一书，该书对吴宓提之甚少，情网恢恢，为何独漏掉了吴宓？留给后人的，何止是半声叹息！

开辟鸿蒙，谁为情种？

这仿佛是句天问，答案怎么可能就风月情浓这么简单。

好在一切都已过去，好在往事已随烟散尽。在这冬去春来的夜晚，我们为何还要苦苦追问？

吴宓的学生诗人穆旦曾说过："我冷眼向过去稍稍回顾，只见它曲折灌溉的悲喜，都消失在一片亘古的荒漠。"

绣枕怨

从前读文学史，总觉得凌叔华这个名字是惊鸿一瞥的。这也许有她同冰心、庐隐齐名的缘故，但更重要的可能还因为她是陈西滢的夫人。

后来，一次偶然的机会，我得到了一本虹影的《k》。这部小说曾让凌叔华的女儿陈小滢与作者虹影打了一场沸沸扬扬的官司，让娱乐界为此也热闹了好一阵子。在《k》中虹影用她的如花妙笔，细腻地再现了上世纪三十年代发生在国立武汉大学的那段著名的婚外情。虽说凌叔华与诗人朱利安·贝尔的婚外情是段公案，但我觉得，事过六十年后再让它沉渣泛起还是有失厚道的。于是明白了一个理儿，小说就是小说，不能或有意或无心的把它整成传记或历史。

一直在找这本《绣枕》。直到 2011 年岁末，才在南京的一家书店里找到。这本被列入"现代小说经典丛书"的小说集，由江苏文艺出版社出版发行。此书装帧古朴而典雅，墨绿色的封面沉着而宁静，似乎散发着岁月的沉香。《绣枕》内收作者小说38篇，含有《绣枕》《花之寺》《倪云林》等著名篇什。凌氏小说风格柔静温婉，篇幅不长，结构纤巧。文字清秀俊逸而又朴实无华，既哀婉又浪漫地写出了那个时代女性的困境与挣扎，是一首首绝美的闺怨诗。

是啊，绣枕本无言，但一针一线里，有绵绵情丝，有不绝爱恋。它是旧式女性的一个绮丽的春梦，曾在手中，更在心上。小小绣枕，被绣入了太多的痴情与相思，一如女性在爱情中的体贴与温柔。怪不得暗恋过凌叔华的"一代情种"徐志摩曾评价她的小说有着"最怡静最耐寻味的幽雅"，散发着一种七弦琴的余韵，一种素兰在黄昏人静时微透的清芬……

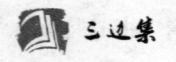

虽然过了胡思乱想的年龄，但我在阅读中曾经不由自主的这样胡思乱想过，如果当年"民国三才女"中的凌叔华和林徽因两人中真的有一位嫁给了徐志摩，那么，现代文学史是不是少了一段悲情故事，而多了一阕佳话？

好在历史无法重演，好在人生无从假设。于是，诗人徐志摩同一个个他爱的或爱他的女人擦肩而过，把自己定格在那首《再别康桥》里，最终也没能带走半片云彩！

生命就是如此诡异，爱情亦然。

春色无边白门柳

说真的，如果不是要买徐兴业先生的《金瓯缺》，如果它们不是同属于长江文艺出版社推出的"茅盾文学奖"长篇历史小说书系，我可能会再一次失去购买和阅读《白门柳》这部小说的机会。

那天在书店，本来只想买一套《金瓯缺》，但是看到了这套《白门柳》同《金瓯缺》在书架上比肩而立，被放在一起的还有《张居正》《李自成》和《少年天子》。于是便从架上拿了一本，随手翻翻后便不忍放下。想想自茅奖设立以来，获奖的历史小说仅有这五部，而我只缺两种，于是就凑齐了它们。

《白门柳》曾获第四届茅盾文学奖，这部一百多万字的小说，分"夕阳芳草""秋露危城""鸡鸣风雨"三卷。作者刘斯奋用了16年的时间潜心创作这部小说，恐怕也算字字看来都是心血了。小说以明末清初社会大变革大动荡为背景，写出了一代知识分子在历史风云变幻中的恐慌、迷惘与挣扎，是一部明清易代之际文化精英们的血泪史、心灵史，是一曲时代悲歌，更是一卷末世的"清明上河图"。

同孔尚任写《桃花扇》一样，作者刘斯奋也是"借离合之情，写兴亡之感"。《白门柳》虽然没有我期待中的那种全景似的宏大叙事，但其中钱谦益与柳如是、冒襄与董小宛等江南名士与秦淮名妓的爱情纠葛尤其委婉动人。晚明的历史历来被文人墨客所关注，从孔尚任到陈寅恪，都从那泛黄的史册中，寻找到一种想象与诗意，寻找出一种婉约且迷离的韵脚。我们很难想象，如果少了那朵鲜血桃花，少了那株依依杨柳，一部晚明史，不知会缺了多少春色艳情，不知会遗落多少的风流韵致。

好在嫩绿粉红是文学最重要的原色，好在柔情侠骨是秦淮女子最率真的本色。于是，就有了风致天然的《戊寅草》，就有了那杜鹃啼血《影梅庵忆语》；就有了令人销魂蚀骨的妩媚风情，就有了让人荡气回荡的剑胆琴心……

曾在一旧书摊上淘得一套也是三卷本的《柳如是别传》，这部书是国学大师陈寅恪在生命的最后十年写成的皇皇巨著。当时先生已双眼失明，这部书的写作过程曲折而艰辛，先由先生口述，后再经助手黄萱女士笔录成书。这部大师用"十年辛苦"写成的鸿篇巨著，不但是"以诗证史"的典范之作，也是先生一生的心血结晶。试想，当年先生在口述这些秦淮河上的风花雪月时，心中何曾不是一片柳绿桃红。虽然先生只能想象和联想，但心灵触摸的何尝不是最撩人的春色？

也曾徜徉于游人于织的秦淮河畔，也曾想寻觅当年复社才子们的模糊足印。虽然秦淮河里桨声灯影依旧，但已不见琵琶声碎的画舫，也难见红袖添香的绝世佳人，更没有了空谷幽兰、淤泥菡萏。心中几多失落，不知与谁说！灯火阑珊处，微风醒酒时，一丝柳枝拂面，不禁想起那首："不见长条见短枝，上缘幽恨减芳时。年来几度丝千尺，引得丝长易别离。"

怪了，又是柳如是，只能是柳如是。酒已醒了大半，眼前的灯红柳绿纷纷退潮，似乎心中已有一抹春色，已是一片通透澄明。

爱你就像爱生命

这是一本奇特的书。

首先,吸引我的是它独具匠心的装帧,它的封皮被设计成一封书信的样子,作者的合影也被设计成一枚邮票,让人爱不释手。其次吸引我的是它充满诗意的书名:《爱你就像爱生命》。

书店里,这本书静静地躺在一个角落里,封皮上已有些淡淡的灰尘,甚至还有一些污痕,但营业员小姐告诉我,仅此一本,我只能别无选择地买下这册"孤本"。

这是一本王小波、李银河的书信集,在这个人们活得越来越浮躁、越来越物质的时代,在杜甫曾说的抵万金的"家书"即将要退潮的一个典故的时候,能够读到这些令人回肠荡气而又愁肠百结的情书,能够读到这种至情至性的文字,既是一种幸运,也是一种安慰。

子夜时分,打开这本印刷精美的书,坐进淡淡的书香里,白天的喧闹和浮华渐次退去,只有这时,我才拥有一片温暖的灯光,拥有了一方宁静、闲适的天地。

在这本不厚的书里,不仅每一页,甚至所有的字里行间都沸腾着一种炽热的爱。我是从《我的精神家园》这本书开始阅读并逐渐喜欢王小波的。之后,又读过他的《青铜时代》等小说。读这本书前,我只知道他是一个特立独行的思想者,一个先锋小说家。读完这本书后,我才知道,他还是一个行吟诗人,一位浪漫的骑士。因为他的一生充满诗意的光华,他短暂的生命就是一首诗。

王小波说:"人就像一本书,你要挑一本好看的书来看。"李银河还说:"我觉得我生命中最大的收获和幸运就是,我挑了小波这本书来看。"多么坦诚、真挚的情感,这才是真真正正的夫唱妇随。真情，只有真情才能让人唏嘘不已。读这本书，最令我感动的是作者之间的爱情，对于我们饱受摧残和污染业已麻木的心灵来说，只有这份真情，才是滋养我们灵魂的一泓清泉、一片绿阴、一阵掠过透明天空嘹亮的鸽哨。

虽然我们都渴望永恒，但美丽的东西总是短暂的，如同他们的爱情，随着小波的过早谢世而凋零；就像这本书，只有二百三十页、十万字，一口气就能读完。

所以，在2004年清明后的某一天，当李银河在为王小波扫完墓后，对着那块无言的墓碑，发出如此感慨和质问："人生真是一件残酷的事，既然生命是如此的脆弱和短暂，上帝为什么要让它存在？既然再美好的花朵也会枯萎，再美好的爱情也会湮灭，上帝为什么要让它存在？"

一位哲人曾说过："读一本好书，就是同无数高尚的人谈话。"

这的确是一本好书。

读它你就能走近两颗高贵的心灵，走近他们短暂但却永恒的爱情，读它你就会铭记这句"爱你就像爱生命"，你不仅会收获到"中国当代文坛最美的收获"，还会收获你下半场精彩的人生。

上善若水

近年来，不知是眼光更挑剔，还是什么别的原因，很少见到能让我一口气读完的长篇小说，很多小说还未读到一半就放下了。但这本曹文轩的《天瓢》，我却在一星期内连读两遍后，仍爱不释手。

在中国当代小说家中，曹文轩是比较独特的一个，这位北京大学教授、博士生导师教学之余笔耕不辍，著有长篇小说《草房子》《红瓦》《细米》等，其中，《草房子》是中国当代长篇小说的精品，被选入大学教材。

《天瓢》写的是两个男人之间的爱恨情仇。在雨水充沛的油麻地镇，杜元潮、邱子东与采芹是童年的伙伴。是一场太阳雨，让两小无猜的杜元潮和采芹情窦初开。但这刚刚萌芽的美丽情感，却在邱子东幼小的心灵里涂上了一层厚厚的积雨云。于是，爱不仅淋湿了友情，还引爆了仇恨。在未来几十年的漫漫岁月中，两个男人之间的明争暗斗、爱恨纠缠从没有停止过，直到装有杜元潮尸体的黑漆棺材在一场大水中漂向远方，直到那黑漆棺盖上起起落落的鸽群，像莲花般优美的盛开，邱子东也倒在了雨中……

读到这里，我才发觉两人的仇恨原本是缘于爱，缘于童年的梦境。江南奇雨，终于洗净了世间的污浊与仇恨，洗净了天和地，洗净了我们的眼睛和心灵。

在这部小说里，作者把欲望和灵魂浸泡在雨中，把几个时代的沧桑变迁，用十几场不同意蕴的雨串起来，写的是水波荡漾，元气淋漓，美轮美奂。作者不但描绘出雨中的生命之美，雨中的人性之美，还写出了雨中的自然精微，雨中的男女情爱，雨中的天道恢弘。雨是小说的时空背景，也是命运转折的契机。无论是香蒲雨、狗牙雨、枫雨,还是梨花雨、胭脂雨、梧桐雨,雨在作者的笔下是诗意的比附,更是主题的象征。说作者是小说家,不如说他是一位诗人。《天瓢》不但是一部浸润着古典浪漫主义艺术芳香的唯美小说,更是一部赞美和表现大善若水,赞美和表现人类童年时代特有的纯净与美好的诗。怪不得作家王蒙评价这部小说时说:"作品有一种迷人的气息,有一种如诗如画的体贴,有一种从生命的粗暴艰难中透露出来的细腻的美丽。"

读完小说,掩卷遐思,细细品味这部小说带给我的审美愉悦和阅读享受,我在体味这份诗意的同时,还看到了宽容,看到了植根于爱的嫉恨,看到了人性在卑微中依然表现出来的灿烂和尊严。

突然想到了电视剧《天龙八部》,想起了片尾曲中的那句追问:"难道爱比恨更难宽恕?"

我再一次陷于雨的迷蒙中,眼前一片潮湿,直到香烟灼疼了手指。

私语张爱玲

最早比较系统的接触张爱玲的作品,是一九九二年安徽文艺出版社出版的四卷本的《张爱玲文集》。

那时候,读书界掀起了一场"张爱玲热",对于我们这些读惯了"鲁郭茅巴老曹"的人来说,张爱玲的文字的确让我们窥见了现代文学中另一片风景。

再后来,读了这本《私语张爱玲》,让我对这位特立卓行、与众不同的女作家有了较为全面地了解。

这是一本关于张爱玲生平和创作的书,全书分为两大部分。第一部分收入与张爱玲有过直接或间接交往的海内外各界人士,包括她的老师、同事、朋友、研究者乃至初恋情人关于她的生活和创作的回忆,这些回忆文字提供了许多重要的不为人知的第一手史料,其参考价值是不容忽视的。第二部分是郑树森教授和编者陈子善先生挖掘张爱玲生平和创作新史料的汇编,这些新史料的陆续发现,填补了张爱玲创作史上的若干空白。

本书收集的文章共有三十多篇,但我比较喜欢林以亮辑的《张爱玲语录》,其中的妙言隽语,读来令人低回不已。现随手抄录几段,与各位"看官"共享:

"'人性'是最有趣的书,一生一世看不完。"

"一个知己就好像一面镜子,反映出我们天性中最优美的部分来。"

…………

不能再抄下去的,一来手酸,二来仿佛看见天国中的张爱玲正在华丽的转身,又在说着什么珠圆玉润的话来,笑话我们这些芸芸众生。

天公不语对枯棋

第一次到北京，怀揣着一本《北京市交通图》，因为人生地不熟，我只能按照交通图的指引，"按图索骥"地对一些自小神往的地方，走马观花了一番，来去匆匆，着实留下了不少遗憾。

和第一次不同，第二次去北京，我带了本姜鸣先生的《被调整的目光》，在姜先生的校正下，我在京城大大小小的胡同里穿行徜徉，目光聚焦在一些不太为人知的历史遗迹上，这些地方比颐和园、故宫更接近于历史的真实，一块墓碑，一座四合院，都沐浴过历史的云烟。走在那里，我仿佛听见时光剥落的声音，触摸到京华历史的脉搏。

今天，再读姜鸣先生这本《天公不语对枯棋》，心中竟有一种失而复得的喜悦。打开书，浏览目录，我发现这本散发着新鲜油墨香的新书中的大多数篇什和《被调整的目光》相同，只是增加了一些图片，有些文章后面添有作者后写的附记。

姜鸣先生毕业于复旦大学历史系，现为中国银河证券公司上海总部党委书记、上海证券业同业公会副会长。作为一个史学、文学票友，他经常利用出差的机会漫游京城，寻找烹煮文字的灵感和素材。在恭王府花园，他踏访恭亲王奕䜣的人生轨迹；在金鱼胡同的贤良寺，他找寻"秋风宝剑"中的那滴孤臣泪；在两代帝师翁同龢的故居，"失鹤零丁"的悲情人生让他一声长叹青衫湿；作者的足迹甚至留在了八大胡同和宁寿宫，凝望赛金花与珍妃的背影，找寻那空有一缕残香的风情和渐行渐远的绝代风华。作者将晚清的一些历史人物还原于当时复杂纷纭的历史舞台，置放在晚清历史长河中，以全新的笔触，对他们的生长环境、独特经历、复杂心态、人格力量、智慧经验、功过是非、历史影响等进行观照与思考。在这本书里，作者并不单纯地叙述一些显赫的历史个体，而是以他们为载体，复原历史的第一现场，对晚清历史进行方方面面的描写与反思。可以说，《天公不语对枯棋》这本书，熔历史的厚重，文学的灵动，哲学的思考为一炉。收录进这本书的近二十篇文章，并非单纯的风花雪月的游记，而是作者对于发生在京华之地的历史旧事和历史人物的追索，反映出作者在对历史的叩问与思索中形成的一些新鲜片断，是雅俗共赏的文化历史散文。正如书评家小宝所说的那样："姜鸣笔下的胜迹，'胜'在人事而非风物，使作者流连不去的，是在北京扬名养名，曾经风华绝代的历史亡灵。"

顾亭林曾说，行万里路，读万卷书。我真的羡慕古代读书人拥有的那份悠闲与从容，手不释卷，红袖添香，踏遍青山，一边吟哦咏诵，一边感叹千古兴亡多少事。可是，如今的我们，鲜有这份雅趣，更谈不上在历史的丛林中悠闲地漫步。

我从书中抬起头来，昏花的双眼望着窗外的无垠星空，这些星星，是否曾经给古人以启迪与遐思，我不得而知，因为天公不语，像智者的缄默。散落在天幕上的点点繁星像一局残棋，千古无解。

翻了一半的书

前些日子搬了一次家，一千多册藏书成了负担，虽没有余光中先生所说的"书灾"之忧，但也忙了数日，才把它们一一安放在书橱里。

坐进书桌温暖的灯光里，随手从书橱里拿出一本书，正是这本李洁非先生的《翻了一半的书》，还未翻到一半，一行文字便跳进眼帘：

"痴生三十余年，自幼喜欢阅读。假使说连如厕和上学途中手里都要捧一本书，便有理由称'手不释卷'的话，窃以为自己是可以这样恭维自己一番的。因为喜欢阅读，从小坐着的时候总比站着多，躺着的时候又比坐着多；哪种姿势省劲，可以忘却身体重量和减轻由此分散开去的精力，就取哪种姿势。"

多年前，刚读此书时，读到这里，就有一种忍俊不禁的感觉。大概阅读者的脾气和习惯是相同的，不拘形式，信手翻阅，把读书当作休息，当成一种放牧心灵的方式，怎么舒服怎么来。想当年囫囵吞枣地读林语堂先生的《生活的艺术》，读到后来只觉得林氏生活的艺术就是：能躺着就不坐着，能坐时就不站着，这恐怕也算是一张一弛的文武之道吧。

曾经荣获过第一届"冯牧文学奖"的青年批评家李洁非先生1982年毕业于复旦大学中文系，1987年开始在中国社会科学院文学研究所工作，先后出版了《告别古典主义》《小说学引论》《当代小说文体史论》等专著。同时，还出版了小说集《循环游戏》，随笔集《袖手旁观》《豆腐滋味》等，其作品先后获得"《青年文学》创作奖""《上海文学》理论奖""田汉戏剧奖"和"北京杂文奖"。

李洁非先生的确是写文章的好手。他最初走的是学术研究之途，他的文学评论立论新颖，有真知灼见，语言行云流水，妙趣天成。

记得当年的那篇《一个急需正义感的文坛》对于文坛，无疑是振聋发聩之音。这种对正义的呼唤，确实有一种化脓解瘀、清心醒脑的作用。这本《翻了一半的书》是作者的随笔集，分《穿越古老星空》《心灵沙龙》《两性话题》《艺文美刺录》四辑，收集了李洁非先生1992年至1997年间随笔六十三篇。集中的文章绝大多数是作者的读书心得，像《计东尺牍读感》《文未必如其人》《读〈中国新文学的源流〉手记》等，写得不但见解独到、纵横自如，且能举重若轻，功力可见；还有像《书之烦恼》《"读"人不倦》《再谈人的难读》等篇什，由读书到读人，能察人所未察，识人所未识，道人所未道；另有《谈棋录》《书道闲趣》等文，是"外求有道，内求趣美"之作，读者能从先生悠闲态度和自由潇洒的文风中感受作者的那份从容与风趣，感受一位学者的人间情怀。可以说，集中文章虽然是先生兴之所至之作，但妙思隽语俯首可拾，可见先生思想之鲜活。先生笔下优美的文字和鲜活的思想，穿越古老的星空，在读者的心中构建起一个心灵的沙龙。

读李洁非的文章，最好的时间是子夜时分，因为这是同心灵对话的最佳时段。读时，只需一星暖色的灯光即可，但一杯清茶是必不可少的。这样，茶香、书香就会围绕在你的身边，缠绕着你的心灵，久久不散。

李洁非说："阅读的目的，不在知识，而在人生。"对于我们这些人到中年的人来说，人生正是一本翻了一半的书，虽然已没有太多的悬念、太多的奢望，但好书为伴，不失为滋补我们日渐枯萎的心灵的良方。这时的阅读，也应该是一本翻了一半的书，应该少一些沉重与功利，多一份轻松与悠闲；中年的阅读，还应该是"好读书而不求甚解"，不需苦求"腹有诗书气自华"，因为这时该来的终究要来，要走的也挽留不住；中年的阅读，更应该是穿透岁月尘埃的邂逅与流连，应该是心灵的碰撞、灵魂的抵达。因为，这时的我们虽然没有了"读书破万卷"的豪情，但剩下的"三更有梦书作枕"的闲适仍能慰藉余生。

读止庵

有一次同一喜欢读书的朋友闲谈,他说他最近在读止庵的书,要我没事时也找来读读。止庵的东西读得不多,只曾在《文汇读书周报》上读过他的文章,感觉文字很从容,也很老到。但印象不太深,只有一篇记得名字,好像叫《关于枕边书》。

2014年4月,我在翻阅《文化月刊》时,读到一篇很有趣的文章,名叫《猜想三岛由纪夫和太宰治——止庵与史航对话录》,是有图有文字的那种。我是个以貌取人的人,我知道这很不对,但一直没有办法改正。从照片上看,止庵很儒雅,是一个书卷气很浓的人。对话中,他谈到了三岛由纪夫和太宰治,还谈了也是自杀的川端康成与海明威。语言不多,但有真知灼见,能够一语中的。一读之后,我就喜欢上这个人了。这是没有办法的事,我这人就这毛病。

于是,上当当网找他的书。不但买了《比竹小品》《樗下随笔》,还买了《旦暮帖》《沽酌集》和《相忘书》,还有《惜别》和《远书》,共七种。甚至还爱屋及乌地买了他推荐的一套重庆出版社的《太宰治作品珍藏集》,也是五本。

书很快就到了,于是开读,一个多月读完了。读得较潦草,读完后两本书印象最深。一是《惜别》,刚读时不太习惯,止庵用的是那种类似普鲁斯特《追忆似水年华》的语速来追忆他母亲,"仿佛重走了一遍她的这段岁月",缓慢且凝重。这种阅读,其实在考验一个人的耐心。但当我在这平静、缓慢的叙述中,品味着作者经历涓滴沉淀、凝练而成的生死体悟时,我才读懂了这文字中的温情、温厚和温暖,我才真正读懂了止庵说的那句:不是传奇的东西也有价值。

另一本是《远书》。是止庵与友人的通信集。书的封面上印有一段话有点意思,现抄录在此:"本书收录作者致友人书信二百余通,涉及阅读、写作、编书、治学,偶亦臧否人物,议论世事。或通情愫,或叙事实,或谈学理,有真性情,具真见识。虽信手写来,却是上等文字。"

读完《远书》后,我感觉这段文字还是中肯和到位的。我此时想说的是现在能静下心来写信的人真的已经不多了,甚至有时我们连手机短信也懒得写了。我有一诗人朋友,同一心仪女子在苦恋十年。据他自己说两人写了数千条短信,其精彩程度超过了他年轻时在《诗刊》上发表的诗作。这位妹妹我只见过一面,但我可以保证,她确是人世间少见的尤物。她应该是诗人灵感的源泉,亦是他此生全部幸福和痛苦的根源。他曾说要将这些短信结集出版,作为他一生心血与热爱的见证。我朋友曾在酒后推断,此短信一旦结集出版,其影响不但会超过朱湘的《那些不舍的爱与孤独》,还会超过郁达夫的《致映霞》和鲁迅、许广平的《两地书》。

后来,听说我朋友的爱情已于一年前无疾而终。书想来还未出版,因为凭我俩的交情,如果出了,他会送我一本的。

这一点,我还蛮有信心的。

所以,我还在期待,期待早日能读到这样一本书。

诗意的阅读

闲来无事才读书，所以，我读得很杂。绝大多数情况是遇到什么读什么，能读出滋味的就一口气读下去，读不出滋味的就随手扔一边。

读这本《傅山的世界》是很偶然的。一个朋友知道我曾经喜欢过书法，就送给我这本书，但很惭愧现在我已经拿不来毛笔了。只记得黄永玉曾说过的一件事，李可染有一次问齐白石怎样运笔，白石老人想了半天才告诉他："拿住了，别掉下来。"此事看起来简单，他真要让笔不掉下来还是需要功力的。

傅山过去我只听说，但不了解，是此书漂亮的装帧和书中的190幅插图吸引了我，谁知一翻开就未放下，还真读出了滋味，读出了诗意。

这是一本被学术界评为"迄今为止研究单个艺术家的最优秀的著作之一"。大家知道，17世纪是中国书法史由帖学转进为碑学的关键时期，而傅山是其中的代表性人物。不同于以往治书法史的学者，本书作者并不孤立地探讨傅山的书法，而是将之置于整个时代的文化架构中，在试图勾勒傅山的生活经验之际，作者不仅对中国书法史的这个转折，也对17世纪的中国文化世界，提供了全能的观照。作者白谦慎现任教于美国波士顿大学艺术史系，并于2004年获该校终身教授职位。

读这本书，让我想起范文澜，他用诗一样的语言写《中国通史》。还让我想起李泽厚，他也是用诗一样的语言写《中国美学史》。同样的白谦慎写傅山，写书法史，用的也是诗一样的语言。

"傅山不仅是17世纪最有反叛性的书法家，也是最不循规蹈矩的画宗之一。……画面上，一座寺庙似的建筑坐落于悬在两山之间的石桥上，藏匿于一个如洞室般的拱形石梁下，石梁倒挂着鹰嘴般的山岩，险峻的山水将寒碜的建筑包围，陡峭的山峰插入云际。在画面的深处，一条河流忽焉跃入我们的视线之中，先是隐入石壁之后，然后又轰然地穿过石桥倾泻而下。"

不知是这画中本来就是诗，反正读这样的文字时，我仿佛听到了河水的轰鸣声，恍惚中，感觉到画中飞流直下的河水溅湿了书桌上的一片灯光……

荷尔德林曾说过："人，诗意的栖居在大地上。"我想，这种诗意的阅读也算是诗意的栖居之一种吧。

春天的童话

今年春节,妻子娘家的小侄女来我家小住。她读小学三年级,很喜欢看些课外书。于是,我带她到晓云书屋,答应送几本书给她。

书店里,她拒绝了我推荐的《朱自清散文》《假如给我三天光明》《草房子》等书,自己选了两本绘本类的读物,付款时我一边感叹现在的孩子跟我们就是有代沟,另一方面感觉读图时代真的就像这个春天一样不可抗拒地大踏步地前来了。

晚上回到家,小侄女电视都不看,就捧起书认真地读起来。看她爱不释手、埋头苦读的可爱模样,我想起那遥远的读书时代。记得我小学三年级的时候,一次母亲带我去新华书店,给我买了两本书:一本《高玉宝》,一本《海岛女民兵》。这是我拥有的最早的文学读物。那些苦难的故事,那些阶级斗争的情节,是我最初的人生启蒙。那是个文学缺失的年代,越无书可读,就越如饥似渴。上初中时,手抄本流行起来,我竟然手抄了《第二次握手》《一双绣花鞋》等小说。

小侄女悦耳的读书声打断了我的思绪:"你是否用心聆听花开的声音?如果你用心感受到了这一切,即使没有那面镜子,你也会看到我,还有这充满芬芳的一切。"放下手中那本砖头似的《古拉格群岛》,我循着这稚嫩的花开一般的读书声走到小侄女的身后,拿起了这本装帧精美的《阿狸·梦之城堡》,读着扉页上的那句:"献给依然相信童话的人们。"心间像有和风掠过,像有清泉洗过。这简单清澈但体贴温暖的句子,一下子抓住了我,打动了我。

我还相信童话吗?我不知道。我的童年没有童话,因为那是个童话缺席的时代。

匆匆翻了一遍这本《阿狸·梦之城堡》,用时不到二十分钟。

接着又读第二遍,这次时间近两小时。慢慢地读着每一幅画、每一句话。品味、咀嚼里面的诗情诗意,仿佛一束柔光掠过心头。正如书中所说的那样,原来,黑暗中一直有温暖的灯光,在我的心底。

由于笔力有限,我无法用语言再现那一幅幅抒情且温情的画面,我只能摘录那些在这个还很寒冷的季节里这些让我心动、让我温暖的句子:

遗忘你,是世界上最难的事情。

时间停止是因为时针爱上了分针,再也不想分开,就如同,我爱上你。

人生就好像一颗种子,不管你是否准备好,总是要发芽的。

我相信某一次淋浴,会冲刷掉我所有的哀伤。

我相信我们故去的亲人,会变成星星,为我们守望。

我相信妈妈的唠叨是世界上最美好的温暖。……

不知你相信与否,反正我是真的相信了。相信了这个世界有春天,有未来,也有童话。是这些美丽的童话让我们坚硬、麻木和苍老的心,重新苏醒过来,重新变得柔软嫩绿起来。

这个早春,有一本童话。

这个冬天

这个冬天，有点冷。蜷缩在沙发边，捧着一本莫言，突然觉得手有些冷。

这个冬天，只读莫言。虽然女儿在当当网上为我买了几十本书，但也只匆匆翻了李菁的那本《记忆的容颜》和柴静的《用我一辈子去忘记》，便开始关心莫言。以前喜欢过他的《透明的红萝卜》，也喜欢过他的《红高粱》系列，但不知是从《欢乐》还是从《丰乳肥臀》开始，突然间败了胃口，败了阅读他作品的兴致。就像自从《废都》后好长时间远离贾氏作品一样。

但是，真读进去后，你就会发现，这位仁兄的获奖还是有道理的，《檀香刑》也好，《生死疲劳》也罢。莫言是中国最具想象力最能忽悠最能胡侃海吹的作家，也是最有才情最有张力最能把语言随意挥霍的作家。

这个冬天，从他厚厚的十多部书中，从那无数的字里行间中，我终于读懂了那双著名的小眼睛里的智慧和狡黠。

这个冬天，有点冷。一个人在家时候，懒得做饭。好在楼下卖快餐和鸡汤面的老板已熟知我的口味，尽管这样我还是愿意反刍过去的时光和味道。虽然血压血脂有些高，我还是怀念那碗热腾腾的蛋炒饭，怀念那似乎已一去不复返的往日的滋味……

往日已不可谏，来日犹可追乎？

这个冬天，朋友，你是不是同我一样也觉得有些老，是不是也眼前的事情记不住，过去的事情忘不了？躲在小楼里，看窗外万家灯火，看外面已与我关系不大的热闹，想想即将远逝的2012，心里总有一些疼痛与不舍。

从前的每个冬天,总会想起那句著名的谎言:"冬天来了,春天还会远吗?"但在这个冬天,突然明白雪莱就是一个大忽悠!因为该来的不一定会来,但该走的一定会溜掉。

这个冬天,真的,有些冷。

三边集

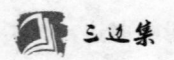

掌心的萤火

星期天无事，在网上看了徐静蕾的《杜拉拉升职记》，整部电影印象不深，只是其中一个镜头触动了心中尘封已久的记忆。拉拉和王伟在海边，三两点飘动的萤火让两个相爱的心渐渐走近，王伟手捧一粒萤火给拉拉看，星星的爱火终于在两人心中点燃。

电影看完了好久，那粒萤火还在眼前和心中萦绕。记得小时候，夏天都是在乡间度过的，那时候的天气似乎不像现在这样炎热。在乡间，夏天是最浪漫最放肆的季节，夏日的乡村是孩子们的天堂。白天，可以躲在树荫下听蝉鸣，也可以躺在荷叶下偷袭夕阳中美丽的红蜻蜓。夜晚更是热闹，不是挤在被汗水和岁月浸得发红发亮的竹床上听奶奶的故事，数天上的星星，就是呼朋引伴在田野里俯拾散落在麦芒和瓜蔓上的快乐和笑声。有时也用一个废弃的蓝墨水瓶装上十几粒萤火虫，就着点点萤火，翻着不知被翻了多少遍的连环画中的惊奇。现在想想，那时萤火虫的光虽然微弱，但那些带着青草味、泥土味的光明，好像早年乡间岁月一样，曾经那么温暖地照亮我们最初的脚印、最初的人生，成了岁月抹不去的胎记。怪不得爱人现在还能时常嗅出我身上的青草味，并说"好闻"，每每这时候，那些乡间滋味，童年滋味便从心中最柔软的地方发出，带着些许湿润，些许温馨……

前些日子，重读韩少功先生的《山南水北》，眼睛和心灵再一次受到震撼。《山南水北》是真正意义上的原生态写作，打开书页，扑面而来的是久违的蛙叫、蝉鸣，是浓郁的泥土气息，是高贵的天籁之音。在书中韩先生写《马桥词典》的英译者拉芙尔女士在八溪峒小住几日，有一天，她挠着腿上的一串红斑对韩先生说："你们这里的生态环境真不错，居然还有蚊子。"

"居然还有蚊子"，是啊，随着城市化扩张步伐的加快，一些美丽的人生景致不得不退守进我们的记忆中，退守进那些光阴的故事。都市的高楼大厦不但挡住了来自原野、来自心灵的和风，还屏蔽了所有关于星空和月光的记忆。人们躲在由玻璃和混凝土构筑的牢笼里，空调制造出来的冷风再也吹不走心头的浮躁和郁闷，只有偶尔读到《山南水北》中这些干净、纯粹文字的时候，我们才能再次拥有一双从城市喧嚣中解脱出来的耳朵，一颗从红尘俗世中解放出来的心灵。

又一次想起那首《最浪漫的事》，我想，人生中最浪漫的事，就是把一生中最珍贵的东西放在掌心，像手捧一粒萤火，然后，同自己最爱的人一道在光明和温暖中慢慢变老，变老……

阅读的疼痛

这是一本让我疼痛的书，每次翻阅它，都像是撕开一道伤口。

它是友情的见证，是对两位早逝天才的怀念和哀悼。1989年3月和5月，海子、骆一禾相继辞世。两年后，他们的诗友周俊、孙维等人披沙拣金，整理俩人的遗作，并自费出版了这本作品集。

这本《海子、骆一禾作品集》是我见到的最早面世的海子、骆一禾的作品选集，虽然后来海子、骆一禾的作品被一再出版，大多比这本装帧漂亮，印制精美，但我还是最喜欢这本书。

海子，原名查海生，1964年5月出生于安徽省怀宁县。1979年，15岁的海子考入北京大学法律系，1989年3月26日，这位25岁的天才诗人在山海关和龙家营之间的一段慢车道上卧轨自杀。骆一禾，1961年2月生于北京，和海子同年考入北京大学中文系。1989年5月14日在海子死后不到五十天的时间里，因夜以继日整理海子的遗稿，加上长期用脑过度和先天性脑血管畸形而出现大面积脑出血，在天坛医院昏迷了18天之后，于5月31日去世，时年28岁。

两位天才诗星的相继陨落，给当时的诗坛带来了震惊和疼痛。人们纷纷撰文表达自己的哀悼和怀念。苇岸的《海子死了》、西川的《怀念》、陈东东的《丧失了歌唱与倾听——悼海子、骆一禾》等文章，至今读来，这些文字还能洞穿我们的记忆，让我们亦已麻木的心灵猝然一恸。

这本《海子、骆一禾作品集》，虽然只收集了两位诗人生前作品的一小部分，但遴选的都是他们代表性的作品。尤为可贵的是，集中还选有海子的小说和散文，收集了骆一禾的诗论以及与友人的通信，这对我们了解两位诗人的思想与创作有着极其重要的价值。

第二辑 书边

有人说，好的诗歌就是让你刺痛、沉默。海子、骆一禾死后，诗坛越来越沉寂，别说让我们刺痛了，就是让我们触动的诗也十分罕见。谢冕曾说这是一个"激情时代的终结"，当我们只能在罗大佑的歌中寻找一份久违的诗情时，我们不能不怀念海子，怀念骆一禾，怀念诗歌。毕竟，他们诗中那不断燃烧的殉道者的热忱与激情曾经灼痛过我们的眼睛和心灵。

今夜没有烛光，窗外被两颗星相拥着的月光也分外凄凉，我只能在白炽灯下读这些凄美的诗行：

不要说死亡的烛光何须倾倒
生命依然生长在忧愁的河水上
月光照着月光　月光普照
美丽的月光合在一起流淌

再说疼痛

昨天是 3 月 26 日，是诗人海子的忌日。晚上，漫步在校园空旷的操场上，抬头望见深蓝的天幕上那两星抱一月的奇观，遗憾那月只是一弯浅浅的月牙，离圆满尚有一大段路途。于是想起了早逝的海子，想起了人生月一般的阴晴圆缺，甚至于圆满时少、残缺时多。便又坐到电脑前，拉拉杂杂地写下一篇叫做《阅读的疼痛》的文字。

写好后，赶紧放到网上。不一会儿就有几位朋友跟帖，无外乎都是表达对海子、对诗歌的哀悼与思念。只是一位叫紫陌红尘的朋友的帖子让我好半天喘不过气来，现照录如下："海子选择这样的人生道路，是不幸和悲哀！你知道海子的母亲吗？那个居住在乡村的 80 多岁的老妇人，海子的死给了她怎样的伤痛！给了一个母亲怎样的痛苦！"

紫陌红尘的文字让我的心重重地疼了一下。是啊，二十三年前，当这位母亲捧着海子那捧尚存余温的骨灰时，她是怎样的伤痛欲绝，一夜之间白了的头发写尽了人世间的悲凉和绝望。二十三来，那年轻的坟头上的萋萋芳草，每年都镰刀般的收割着她的泪水和悲伤。

前些日子，重读杨绛先生椎心泣血的《我们仨》，特别是叙说他们的爱女阿圆病逝时，先生写道："老人的眼睛是干枯的，只会心上流泪。钟书眼里是灼热的痛和苦，他黯然看着我，我知道他心上也在流泪。我自以为已经结成硬块的心，又张开几只眼睛，潸潸流泪，把胸中那个疙疙瘩瘩的硬块湿润得软和了些，也光滑了些。"读着先生这些血泪文字，突觉人生之无奈与感伤。

王小波曾说过，虽然人生在世会有种种不如意，但你仍可以在幸福与不幸中作选择。也许，在诗人海子看来，卧轨是他告别世界的绝好方式，唯美而悲怆。但他没有想到，当他用他年轻的身体在一个叫山海关的地方写下一个惊叹号后，留给他亲人的是无边的黑夜和无尽的感伤！

不知今年海子的坟头有几多花环，但我相信，肯定有一束属于母亲，属于那份不老的悲伤。

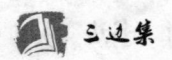

龙飞的守望

窗外是四十多度的高温，躲在空调制造的不合时宜的清凉里，只用了两天的时间就一口气读完了龙飞从千里之外的重庆邮来的新书《种瓜种豆种文字》。

人生所有的相遇都是缘，我和龙飞的相遇也是如此。

7月13日晚，我们相聚在淄博万鹏大酒店，共同参加《东方散文》举办的颁奖典礼和采风活动。他是从重庆飞到济南再坐车到淄博的，我是从合肥坐高铁到淄博的。虽然线路不同，所乘坐的交通工具也不一样，但我们是在同一时段到达酒店的。我比他晚到一刻钟，但还是正好赶在饭点上。于是，好客的主人把我和龙飞安排同一张酒桌上共进晚餐。

虽说是在一张桌子上吃过饭，但开头两天，我们也只是点头之交。颁奖典礼的第二天，主办方组织了为期两天的"国井杯"东方散文百名作家诗人高青采风活动。高青县委宣传部和县文联很重视这次活动，印制了活动指南，对参与这次采风人员的住宿早早就做了安排。我和龙飞同住在天鹅湖国际慢城3001室，成为室友。

龙飞小我十多岁，在他身上我感受到了巴渝汉子火辣辣的热情。我很喜欢他的性格，像火。我在心里揣摩，也许是喜欢吃辣的缘故吧，重庆人都有一股火辣辣的激情。但半天的交往后我才知道，龙飞不吃辣的，是个怕辣的重庆人。

两天里，在千乘湖的细雨中，我们感受伞下那些淋不湿的欢声笑语；在蓑衣樊散发荷香的小路上，我们细数鲁中深蓝色的天幕上那些不眠的星星。晚上，我们总是聊到下半夜，兄弟间的相见恨晚，文人间的惺惺相惜，总是一种道不尽的话题。

其实，人一过五十岁，就会觉得余下的路越走越荒凉。于是，我特别珍惜中年以后结交的朋友，走在越来越荒芜的路上，友情的陪伴弥足珍贵。

前些日子，读孙犁先生的《耕堂劫后十种》。这套书一共十本，印得很精致。早年我多次在课堂上讲过孙犁的小说《荷花淀》，但讲着讲着，反而越来越不喜欢这种硬做出来的"诗情画意"。现在的我，很喜欢老年孙犁的文字，纯净、纯粹，有种洗尽了铅华的脱俗无尘。但我不喜欢晚年孙犁的生活方式，孤独在自己的窄小天地里，不愿意同人交往，慢慢地同过去绝缘。

想想都怕。所以，在这大热天我虽然白天"躲进小楼成一统"，但晚饭后还是要到学校操场或朋友的书店走一走、坐一坐的。据说，这样做可以预防自闭症和老年痴呆。

还是来说说龙飞这本书。

《种瓜种豆种文字》是龙飞的第二本书，他的第一本书是五年前出版的《松荫荷韵》，也是散文集。《种瓜种豆种文字》这本书内，收录龙飞近年来在省内外报刊上发表的散文随笔一百五十多篇。龙飞现任重庆涪陵区文联秘书长和区作协秘书长，"双肩挑"的身份，让他每天在俗务杂事中疲于奔命。但是，热爱文字的他，每天笔耕不辍，种瓜种豆，也种文字。累，并快乐着的龙飞，每周都有一篇文章问世，这是一种坚持，更是一种守望。相信这位"麦田里的守望者"在下一个季节能捧回更加沉甸甸的收获。

我期待着，期待下一个金秋时节的到来。这个季节属于龙飞，属于那些默默耕耘的人，属于那些永远的守望者。

"庐江县书法晋省展"序

去年金秋十月,著名作家、省散文家协会主席徐子芳先生回乡,他听人说自己的心血之作《庐江赋》被镌刻在绣溪公园的照壁上,很想去看看。于是,我和几位同仁便陪同先生一起前往绣溪公园。

公园大门边的一面石墙上,刻着徐子芳先生的《庐江赋》。细细地欣赏一遍后,徐先生抚摸着照壁上的字问:"马祖武是谁?这字写得真好。"

随着先生的询问,我的目光被牵引过去。马老手书的《庐江赋》每个字都方正挺拔、古穆沉稳、秀丽端庄。字和文相映生辉,成了绣溪一景。

摄影留念之后,我将我所知道的庐江书界的状况向先生作了简单的介绍,并回答了先生的提问。当先生得知庐江有多人加入了中国书法家协会,并相继获得了孔子艺术奖、兰亭奖、翁同龢书法奖等诸多大奖时,先生欣慰地说:"我们庐江就是了不起。"

其实我告诉先生的,只是近年来庐江书法界所取得成绩的冰山一角。

庐江历来人文荟萃,书家众多。宋代书法家文勋擅篆书,与"宋四家"中的苏轼、黄庭坚、米芾交往甚密,有泰山《封禅碑》、南岳摩崖石刻传世。近代吴保初精通诗词书法,与海派书画名家过从甚密。当代的妙山法师既是高僧大德,同时书法精妙,自成一家,生前曾多次与赵朴初先生谈艺论道。马氏一门三代研修书法,是本埠书界佳话。成立于上世纪八十年代的县书画协会,曾多次与台湾同道交流办展,以书会友,广结书缘。进入二十一世纪后,又相继成立了以县书法家协会为龙头的多家书画类团体,涌现出一大批在全国书坛上有影响的中青年书法家，可谓名家辈出，灿若群星。

又是一个收获的季节。

"庐江县书法晋省展"经过三个多月的准备，共征集书法作品81件。应征作品涵盖真、草、隶、篆各种书体，可谓众体荟萃，满目灿然。这些作品或苍茫浑厚或娴雅流畅，或朴实自然或取法高远；真书之端丽，草书之飘逸，隶书之婉约，篆书之高古，不但让我们领略到汉字的无穷魅力，还使我们体味出流淌在笔墨间无尽趣味，更让我们在心底深处油然而生起无限的温暖与感动。

每幅作品看似皆来自笔端，其实都源自心灵。书者中有马祖武、姚启年、徐尚辰、姚则江、芮春生、马茂林这些德高望重的书界名宿；有王为良、叶武、夏云龙、袁翼、孙良兵、陈雄威、徐光格、赵广曙这些硕果累累的砥柱中流；有王静、凌海涛这些年轻有为的后起之秀。特别值得一提的是，这次晋省展中还有三位中小学生的作品，他们临池学书的时间虽然不长，但极好的资质和悟性，使他们在高手如林的角逐中崭露头角。虽然这是他们的第一次亮相，是小荷才露尖尖角，但这个头开得真是漂亮。相信他们从这个起点出发，会在不久的将来给我们、给庐江书坛带来更大的惊喜。因为他们有长长的未来，他们是庐江书法的明天和希望。

我们一直在期待，我们一直会期待。

是为序。

"陈雄威网络书法展"序言

雄威兄要在网上举办书法展,嘱我为书展写几句话。虽说自己才疏学浅,笔力不逮,但我实在找不出推脱的理由,只能勉为其难。

我和雄威是同窗,并且同庚同座。上世纪70年代,我们同在一所有着百年办学历史的中学读书。那时的初中生没有学习负担,除了学军、学农外,剩余的大把时间可以自由挥霍,不像现在的孩子们,小小年纪就被沉重的课业负担折磨得黄皮骨瘦、少年老成。

那是一段明亮的日子。阳光、透明,充满着少年的欢乐和憧憬。我们在校园内外嬉戏、打闹,像一株株疯长的植物,在阳光雨露的滋润下张扬青春的活力和个性。城墙根下,萤火虫点亮仲夏夜之梦;环碧园里,三月的垂柳萌芽嫩绿的诗情;塔山农场,我们插秧采茶,山坡上有我们洒落的笑语与歌声;南护城河,我们劈波斩浪、中流击水,淋湿了同学少年的真挚友情……

当少年的情谊被岁月酿成一杯琼浆,我们这代人也开始步入中年,在光阴的故事里不断收获人生的辉煌。从小就酷爱中华武术和书法艺术的雄威兄也迎来了他事业的黄金时代。1996年以来,他的书法作品12次入选全国书展,并先后荣获安徽省新人新作展优秀奖、麓山杯全国书画大赛银奖、第四届中石化书画摄影大赛金奖、首届黄山天都杯全国书法大赛优秀奖、南京书法传媒三年展佳作奖和第七届全国书法新人新作展优秀奖。其作品和履历被收入《中国当代青年书法家辞典》《中国书画艺术》等书。雄威兄现为中国书法家协会会员、庐红县美术家协会副主席。

在书法艺术日臻成熟之时,雄威兄的武功也渐入佳境。作为庐江县太极拳协会会长和中国武氏太极拳第六代传人,他每天闻鸡起舞，在太极世界里触摸生命的曙光和真气；夜间临池习书，在宣纸上挥洒心中的诗情豪情。有人说，练太极需外静如山岳，内动如江河。要心神虚静，松沉柔顺，刚柔相济，周身圆满。昔有张旭观公孙大娘舞剑器，孤蓬自振，惊沙坐飞。遂悟出草书之道，成为一代大家。如果说张旭观剑舞悟出书道，是顿悟，是灵光乍现；那么雄威兄每天都从太极中汲取精华和养分，则是一种天长地久的浸润和滋养。

俗话说，字如其人。雄威兄的字苍秀中有浑厚，秀美中见风骨。超然拔俗，有如潇洒出尘的清风明月，自有一种行云流水的潇洒和仙风道骨的姿态，更有一种风流蕴藉的气息和元气淋漓的酣畅和快意。真可谓气韵生动、气象万千。

雄威兄曾说："艺品如人品，须循循向善、正直不阿，如水中青莲，出淤泥而不染。心正笔正，其实不虚，是自然的真情流露。能尘俗中脱俗，则书成矣。"

这是书道，亦是武学之道，更是人间正道。

相信已经悟道的雄威兄能够在书法和太极的世界里同时得道，从而达到事业与人生的大境界。

是为序。

一个画者的圣经
——高剑波作品选序言

上世纪 70 年代中期，几个正在初中读书的少年一道参加了县文化馆主办的美术培训班的学习。在那个美术班里，我和剑波再一次成为同学。

我们背着自制的画夹到野外写生。我们画水厂的水塔和轮窑厂高高的烟囱，画炊烟袅袅的村庄，画荷塘里的荷花和荷花上的蜻蜓，画少年眼里的世界和心中的梦想。

一群少年在调色板上不仅调出了时光斑斓的色调，同时，也调出了人生的底色。

画着画着就散了。因为突然恢复的高考，还因为多了一些可以实现梦想的路。

当年学画的同学中，只有剑波一直在画着。这一画，就是四十多年。

一个人在四十年的时间里只做一件事，他一定会做好，他也没有理由做不好。

剑波四十多年的时光，只做一件事，那就是画画。他是单位的美工，所以能一边工作一边画。其间他又到安徽师大美术系专攻国画。毕业后，拓宽了眼界的他，背着简单的行囊，开始了一个人的朝圣。他不仅博览群书，还到沪上、金陵的博物馆、美术馆亲览宋元名家真迹，虔诚地与古代圣贤大师对话；更重要的是他还游历名山大川，用脚步丈量前辈画家笔下的绮丽山水、锦绣河山。

纸上的旅行给了他学识、学养，路上的旅行给了他经验、体验。这是艺术的体验，更是生命的体验。

归来后，剑波的画风为之一变，变得平和，变得高古。他以书法入画，他的画里有了"文人画"的精、气、神。他的山水花鸟既有倪云林的幽远深秀，又有黄公望的浑厚华滋，还有沈周笔下那种落花般的宁静与感伤。读剑波的画，读久了就会读出一份诗意，一份禅境。

禅，是古今汉语中最脱俗、最能让人安静下来的名词。

罗丹说过，艺术是一种宗教。

过去我们常说一个词，叫"不改初衷"，现在我们更多时候说"不忘初心"，其实这两个词差别不大。

剑波就是一个不改初衷的人，亦是一个不忘初心的人。所以，他的艺术、他的人生才没有半途而废。

一个人的失意一定是有原因的，如同一个人的成功，一定有其理由。剑波的成功取决于长达半个世纪的热爱与坚持，这是滴水穿石的耐力，这是锲而不舍的毅力。人生有时就像一场马拉松比赛，比拼的往往不是爆发力，而是耐力和毅力。

对于很多成功者来说，热爱是最好的老师，坚持才是最好的旅伴。

人生很长，也很寂寞。特别是奋斗者的人生。所以，热爱与坚持是他们人生的关键词。

作家张承志曾说："看着世间热闹，常常不禁微笑。"微笑着的高剑波，远离着喧嚣与热闹，虔诚地在笔墨间寻找一份宁静与美好。

这是一个画者的守望，也是一个画者的圣经。

"李其平国画作品展"序

在庐江书画界，李其平绝对是个特立独行的存在。

他不是学院派，也非出自名门。在书画江湖，他是一个独行侠。行走江湖时，有一个响亮的名号：李大师。

敢叫大师的只有两种人，一种是江湖骗子，另一种就是绝世高人。

李其平显然是后一种人。君不见，自从体制内突围而出后，大师一支笔纵横江湖三十年，不但挣来了妻子、孩子和房子，养活了一家四口，还挣来了日渐攀升的声望和地位。

认识其平已二十多年了，一直喜欢他的画，更喜欢他的人。

这是一个有个性的人。在他的身上我常常看到魏晋的风度、气质与精神，特别是酒入豪肠之后，更见其真性情，更见其赤子之心。

这是一个真实的人，亦是一个纯粹的人。

我家里挂着两幅其平的画。客厅里有他的六尺山水，书房里有他的一幅牡丹。读书写作之余，我常常就一杯清茶读他笔下的一山一水、一枝一叶，时而有种万千丘壑尽在心中的浩荡浩茫，也有一种万紫千红竞相绽放的百媚千娇。听鸟语松风，看水流花放，自有一种惬意与愉悦。由此可见，艺术最值得人们记取的不是作为艺术品的物，而是它给人的生命启迪。

有朋友来我家，说缺了一幅其平的猫。其实我有他的猫，只是没有挂出来。"江北猫王"笔下的猫，更适合为子孙后代收藏。

这次其平展出了他的五十多幅画，是他近年来创作的部分精品。无论是山水、动物、花草，其构图、笔墨无一不妙，而且集中表现他清逸秀润的风格，表达了一种胸中富有丘壑、纸端尽显精神的深远深邃的意境。怪不得有人说，画家作画，是为自己的心灵留影。

所以说，看其平画展，便可窥见一个画者的心路历程。

是为序。

厚实 厚重 厚味
——王本松先生绘画艺术简介

王本松先生，出生于1941年，六安市人。系安徽省美术家协会会员，安徽省老年书画联谊会高级书画师，中国大路版画会会员，庐江县美术家协会顾问。传略曾载入《中国美术家人名大辞典》《安徽文艺家名录》《庐江县志》等书。

1958年，还在六安师专读书的王本松先生在《皖西日报》上发表了一幅名为《植树》的剪纸作品，从此一发不可收，走上了美术创作的道路，这一走就是近60年。

1959年，先生被分配至庐江县乐桥中学任教，后调至庐江县师范学校，从事美术教学24年，桃李满天下。1983年，先生调进庐江县文化馆，致力于美术创作和基层美术辅导工作。

自幼喜欢画画的王本松先生矢志献身绘画艺术。多年来，他孜孜以求的学习精神和超逾常人的努力为他后来在绘画领域取得一系列成就奠定了非常厚实的基础。他曾在省、市美术创作学习班上聆听过龚艺岚、陈永镇、高海、蔡江白、高万佳等名家讲课，让他受益终生。他还广习名家作品，贺友直、华三川、丁斌曾、韩和平、潘鸿海、黄胄、史国良等大师的作品曾给他启迪与营养。

除了向大师们学习外，先生还坚持向生活学习，师法自然。他的绘画造型能力的提高，不仅得益于临摹、默背过许多大师作品，更得益于他数十年如一日的坚持户外速写。问渠哪得清如许，为有源头活水来。正是有了这些源头活水，才有了先生源源不断的创作激情与创作灵感，才有了他源于生活、高于生活的厚重表达。

王本松先生的作品，无论是大幅的国画、油画，还是充满情趣的木刻小品；不论是喜庆的年画作品，还是备受读者欢迎的连环画，都非常讲究构图形式及画面中的色彩关系、人物关系，都充满了生活气息和生活情趣。他用传统的、接地气的艺术语言，诉说他内心炽热的情感和深刻的人生感悟，诉说他对现实世界和生命的理解与热爱，在貌似平淡的日常表达中，有着来自地层和心灵深处的执着与虔诚。王本松先生的油画《童年趣事》和国画《家园》皆取材于日常生活，几分温暖、几分质朴，带着泥土的芬芳与家居的体贴，带着来自笔端、来自心灵的颤栗与感动。是对生活的热爱，构成了先生绘画厚重的底色，同时也构成了他人生厚重的底色。热爱也是先生独有的笔墨语言，正是这份对生活、对生命的执着的爱，才让他的绘画作品有着独特的情趣和魅力，充满一种特别的质感、特别的厚味。

一分耕耘，一分收获。习画五十余年，王本松先生有大量的绘画作品入选省、市美展，并有作品出版、发表。年画《新的阵地》、连环画册《刁鱼鹰上钩》、年历画《革命精神代代传》等画作出版后给先生带来极高的声誉。版画《绿色的梦》获省级展览三等奖，国画《家园》、油画《童年趣事》先后在《美术报》上发表，他的连环画《信箱里的花束》等散见国内的一些著名的画报、画刊。

王本松先生说，作画必先做人，因为画如其人。画画，必先修其自身的品格与学养，做一个真实、善良、快乐的人。所以，他的每一幅作品都浓缩着他的追求，他的心灵。

先生的每一幅画，都是一首诗，都表达了对生活的感恩和礼赞。绘画是先生今生无悔的选择，也是他生命的全部。如今已过古稀之年的先生正焕发着新的创作热情，在美的世界里，绘就自己翰墨飘香的艺术人生，构筑一个属于自己的精神家园。

想起了拓荒牛

校园有尊拓荒牛的石雕。平日无事,我喜欢伫立在它脚下,凝望它在朝霞和夕阳中的雄姿。

常常听到人们把教师和编辑比作"蜡烛",燃烧了自己,照亮了别人。这比喻十分贴切和形象,但蜡烛这一意象,多多少少有些感伤,显得硬度不够,李义山的"蜡炬成灰泪始干",每每读来,总觉得满嘴的苦涩和凄凉。相比之下,我喜欢牛这一比喻,吃的是草,挤出来的是奶。比起伤感的烛泪,营养丰富的牛奶多了些钙质,也更能滋补人生。

快到了六月,身边花园里的姹紫嫣红正在挥霍着一个季节最后的美艳与灿烂,让多少家庭牵肠挂肚,让多少学子夜不能寐的高考也渐次临近。一阵大雨后,阳光特别明媚,拓荒牛身上的雨滴在阳光下熠熠生辉。雨后的天空特别的干净,是一种纯粹的蓝。这是一种适宜翅膀、适宜飞翔的颜色。我突然想到那些即将步入高考考场的学生,希望他们能在这拓荒牛身上找到力量,为他们人生的第一次试飞充电。

手机的彩铃把我从遐想中牵回,是前锋兄来电询问我这篇短文写好了没有。一个月前,前锋兄嘱我为新一期的《庐江文艺》写一篇卷首语,虽然答应了仁兄,但我知道卷首语的重量,所以迟疑着一直没有动笔。现在,拓荒牛给了我灵感。自从《江花》停办后,好多次在子夜暖色的灯光下,一些对文学还保留着丝丝眷恋的友人们就着一杯淡茶促膝谈心,憧憬着有一本自己的同仁刊物,来装载已逝的青春年代天青色的浪漫与理想。在文学热渐渐退潮成一个梦想的今天,在人们的欲望越来越同质化的今天,能够坚守一座精神的家园越发显得孤独和珍贵!

第二辑 书边

现在，在多方努力下，《庐江文艺》这本凝聚着多少人心血和梦想的刊物终于问世了，每期刊物一到，捧着散发着墨香的新刊，读着那些熟悉的名字和温暖的文字，心底涌起的不仅仅是感动。

又一次想起了拓荒牛……

诗意的收获
——《庐江文艺》同大特刊卷首语

水乡同大是最适宜诗意表达的地方。因为水是灵秀的、灵动的，更是有灵性与灵感的。几千年来，我们的祖先就一直逐水而居，"所谓伊人，在水一方"，曾给了我们最初的诗意与想象。

水不仅是生命的摇篮，也是文学和诗意的摇篮。

2015年3月，一个春水绿如蓝的美丽日子，《庐江文艺》重点作者走基层创作采风活动的启动仪式在水乡同大拉开了帷幕。这次走基层创作采风活动不仅是为了贯彻落实习近平总书记在北京文艺座谈会上的讲话精神，推进人文庐江建设，繁荣庐江文艺，让文艺工作者更好的深入基层，贴近群众接地气；还要以《庐江文艺》为载体，发挥重点作者的创作优势和团队力量，团结全县文艺工作者，写庐江、画庐江、吟庐江、唱庐江，打造庐江文艺精品力作，以文学的视野与笔触，全方位宣传展示我县改革开放三十年来乡镇经济社会文化发展成果与巨大变化，为"五个庐江"建设做贡献。可谓意义重大，影响深远。

在同大，我们不但近距离地感受着水乡的脉动与心跳，还感受到了扑面而来的早春的气息和召唤。春天地气充足，水乡的春天更让我们触摸到了来自地底与心底的呼吸颤动，触摸到了还留有时光温度的古老传说、风土人情。在这个飘着细雨的春天，在这个叫同大的水乡，我们每一位作者都收获了一份诗意与感动，我们不但沉醉得不知归路，还收获了一种润物细无声的感动与激情，有种表达和创作的冲动在心头酝酿、激荡。

我们正处在一个伟大的时代，九百六十万平方公里的华夏大地上，多姿多彩、感人至深的中国故事无处不在，所以，作家要有发现美的眼光，以文化自觉的心态和姿态，积极主动地深入融入这个伟大时代和火热的生活之中，做到入身、入心、入情，从而完成从生活体验到心灵体验的渐变过程。面对乱花渐欲迷人眼的现实世界，作家既不能熟视无睹，也不能生吞活剥，要用自己的眼睛、自己的心灵，进行独到的思考和崭新的创造。

　　水乡同大不仅是一片沃土，也是文学的源头活水。在这片希望的田野上，我们不仅收获着蛙鸣稻香，还收获着诗和梦想。

缅怀与感动
——《庐江文艺》2015 年 1 期卷首语

当你打开这一期《庐江文艺》，除了那一如既往的新鲜的油墨幽香外，你是否还感觉到伴随着 2015 年春天的来临，我们这期刊物也给了你一种焕然一新的欣喜。

时代在前进，我们的办刊思路也在不断地变化着。

在这期，我们编发了中篇小说《城北记事》，把它作为本期主打。这是我们在大量的自由来稿中发现的上乘之作，作者杨翊，是一位来自基层的业余作者，《城北记事》是他的处女作。但从《城北记事》里我们能够读出一种来自生活底层，来自人性深处的气息，那些生活中的琐事、人物，真实，真切，真诚，带着原汁原味的鲜活与体贴，带着来自草根、来自这个季节的生动和芬芳，带给我们的不仅仅是惊喜，还有生命深处的感喟和感动。

为了繁荣我县文学艺术创作，在过去的 2014 年，庐江县文联分别与庐江文学网和庐江百大集团联合举办了"圆中国梦·抒庐江情"散文大奖赛和庐江县"百大情·迎新春"社会主义核心价值观有奖征联活动。两项活动不但参与面广，来稿踊跃；而且名家荟萃，佳作云集。我们这期分别编选了两次活动的获奖作品小辑，以飨读者。

同样是 2014 年，我们还痛失了一位真诚的朋友，一位良师益友。2014 年 11 月 4 日，省作家协会会员、县文联常委、本刊副主编王前锋先生猝然离世，一个生活的歌者永远地停止了歌唱。消息传来，无数文友黯然神伤，纷纷撰文，表达哀思。庐江文学网也为这位前任管理员开辟了"纪念王前锋先生专栏"，发表了文友、网友的纪念文字。这些至情至文，如今读来，还令人唏嘘不已。

诗人臧克家说过："有的人死了，他还活着。"

为表达本刊同仁的缅怀之情，本期我们选编了王前锋先生的部分代表作，同时也编选了文友们的纪念文章。王前锋先生是本刊的创办者之一，多年来，先生为《庐江文艺》奉献了今生最后的心血与热爱。我们这些活着的人，没有理由不爱护她，呵护她，呵护这个我们共同的精神家园！

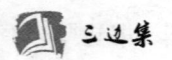

昨天的河流
——《庐江文艺》2015年4期卷首语

过去总认为乡愁是游子渐行渐远的背影，是万里关山外的那朵流云；是苦涩在心间的思乡酒，是洒落在李白床前的明月光；是越背越重的行囊，是你我鬓边昨夜添上的那几根白霜……

读了王升先生的长篇散文《河边纪事》后我们会明白，那些流连在河边的光阴和渐渐长大的记忆，那小桥流水、深巷、以及斑驳在老宅里的不老岁月，那些只能在梦里依稀的欢声笑语，那些同故乡紧紧拴在一起的陈年往事，不也是驻留在我们心中的乡愁吗？

本期我们还可以欣赏到晚来风先生的长篇回忆散文《曾经沧海忆甄居》，作为甄居先生的学生，作者晚来风用心汁铸成笔下的文字，质朴真诚，平易中蕴涵着一种震撼心灵的力量。我们透过细细密密的文字，透过风风雨雨的岁月，可以真切地看到一位师者、长者的人生足迹，感受到人生的真实，情感的真挚。甄居是上世纪七八十年代的著名作家，曾在庐江好几个学校教书育人，后调入刚组建的巢湖师专并病逝于此。先生生前不仅是文学大家，也是桃李满天下的师者。相信无论是他生前的读者，还是学生，都能在这篇文字里找到时光的碎片以及残存在这些碎片中的温暖往事。

其实，时光也就是一条河。

那些昨天的河流，有的虽然已经干涸断流，但它毕竟流淌过我们今生最清澈的时光，流淌过我们今生最清澈的记忆。

有了这些，有过这些，此生已足够。

一座城和它的记忆
——《庐江文艺》2015 年第 6 期卷首语

  对于很多庐江人来说，安德利不仅仅是一个商场，因为在这个耳熟能详的名字里，不仅有太多岁月的印记，更有我们今生最重要的那部分往事。

  你第一次背上的新书包，你爱人无名指上的那枚钻戒，你送给父母的洗衣机，甚至你和初恋女友时常流连在此的那段青涩时光。所有这些与安德利息息相关的情节，无不永恒成今生今世那截最暖的记忆。

  所以，从某种意义上我们可以说，安德利是我们栖居的这个小城的地标，因为它承载着我们太多太多的回忆。

  有人说地标是城市名片。也有人说地标是城市的第一视觉、第一记忆和第一印象。如果说城市是一部书，那么，地标就是封面，它浓缩了城市的形象、内涵、气质，成为一个城市的别名。

  30 多年前，一幢叫做工业品贸易中心的大楼在这座城的南面拔地而起，同时拔地而起的还有一座城的信任与依赖。从此，这座城市的居民不但有了一个购物的天堂，还有了一个生命中休戚与共的朋友。

  服装节、花钱买批评、坚持和发展自营模式，安德利给这座小城输送了一个又一个惊喜的同时，也在周边城市生根、开花、结果。

  安德利在不断发展壮大自身的同时，也在改变着我们这座城市的格调和气质。

  今年九月，在城西，一个叫做安德利广场的建筑破土动工。一开始，它就吸引着一座城的目光与心跳。它像春笋一样，在人们的祈盼中拔节，不断上升着一座城市的身高和目光。从此，不仅人们生活的品位、品质会得到提升，而且一座城的记忆也将被改写，但始终不变的是安德利人"德行天下，利及万家"的承诺和愿望。

　　记忆的闸门已经开启，就像月光抚摸着梦想，但明亮通透的何止是心中的那一片月光。

开在春天的雪花
——《庐江文艺》2016年1期卷首语

在这个充满希望的季节，我们这期散发着墨香的《庐江文艺》又同广大读者见面了。

本期我们编发了一组我县实力派女作家的作品，夏群的中篇小说《荒城》，用独特的艺术视角和表现手法，为我们讲述了一个平实却又奇特的故事，展现了一个陌生而又神秘的艺术世界。作者在一个近乎封闭的结构里，通过叙写精神病人的内心世界，辐射了爱情、婚姻、子女等幽微的人生问题。作者通过从容的叙述、微妙的心理变化描写、独特的结构营造、出人意料的情节设置，使小说不但具有艺术的张力，还有一种心灵的穿透力。同夏群过去的其他作品一样，小说《荒城》虽然写的是精神病人的心路历程，但字里行间仍然有着一种安静的质感，一种爱的温度，甚至也不缺少一份浓郁的诗意。就像一朵开在春天的雪花，看似冰冷，但自有一种晶莹、冷艳的光华。

本期我们还编发了周金花的散文《时光轴上的大事记》，我们知道，散文是作家心灵的窗户，是最作不得假的文字。《时光轴上的大事记》记载了周金花过去一年的点点滴滴，优美、细腻的语言背后，诉说着一个女作家真实、平凡、干净的内心世界，表现了女作家诗性浪漫的人生。正如周金花在文中写道，"我们都是行走在平凡世界里的平凡人，我们的平凡，也是大多数人的平凡。"相信读者能在这种平实的叙写中，领略到人生的美丽与诗意。

也许我们的生活是复杂和平淡的，往往让你没有诗意的枯燥的叹息。但我们可以自己创造诗意，用诗意装扮我们的生活。诗意在一定程度上，就是人对生活的审美态度。读完本期陈剑岚的散文和徐革萍、王萍两位女诗人的诗，你会觉得她们的生命与爱和诗同在，与温暖、与不灭的希望、与善和美同在，这是我们的理想，也是我们的宿命。诗歌，也许比人类本身拥有更永恒的生命。

　　写作是寂寞的，寂寞而尊严，需要我们付出一生的激情和爱恋。著名作家苏童在评价迟子建时说："大约没有一个作家会像迟子建一样历经二十多年的创作而容颜不改，一种稳定的美学追求，一种晶莹明亮的文学品格。"我们希望我县的女作家们能够始终坚守心灵的那块净土，保持晶莹明亮的文学品格，让心中的雪花在笔端永久绽放。

盛世·盛事
——《庐江文艺》2018 年 1 期卷首语

东晋永和九年，暮春三月初三，时任右将军、会稽内史的王羲之，与名士谢安、孙绰、支遁等朋友及子弟 42 人，在山阴兰亭举行了一次声势浩大的文人雅集，行"修禊"之礼，曲水流觞，饮酒赋诗。

这可能是中国历史上最著名的一次文人雅集。在这次聚会上，得诗三十七首，汇集成薄薄的一册《兰亭集》，众人皆推主人王羲之为之作序。王羲之趁着酒兴，用鼠须笔在蚕茧纸上一气呵成《兰亭序》。全文虽只有寥寥 324 字，但因字字珠玑，遂成千古绝唱。

从此，文坛有了一段佳话，中国书法也有了一个至今无人企及的高度。

时隔 1664 年后的 2017 年 5 月 13 日，应校长鲍恩银之邀，庐江诗词楹联学会一行十七人赴矾山中学采风。采风者中有孙文光、芮春生、吴立生、朱鹤年、王升、张本应、白启才等诗人。可谓群贤毕至，盛况空前。众人踏前贤甘泉唱和之韵节，发今日矾中兴起之雅声。得诗 118 首，结为《矾中酬唱集》，是为盛世之盛事耳。

除孙文光教授的《矾山中学八咏》因上期已刊发、本期存目外，这期《庐江文艺》将集中刊登《矾中酬唱集》中的全部作品。这是为了全面展示此次诗坛盛事的全貌，也是为了表达对孙文光教授、朱鹤年先生和几位本土诗人特别是刚刚远离我们的芮春生先生的敬意。

斯人已去，惟诗长存。

本期我们还选发了庐江县"不忘初心，砥砺前行"全国散文大奖赛和"易菲堡"杯诗歌、散文大赛中的部分获奖作品，另外，本土作家叶民主的小说、张恒的散文和诗人陈韶华的诗歌也值得您的期待。

初心，无悔的选择
——《庐江文艺》2018 年 2 期卷首语

2018 年 1 月 23 日，在《当代》杂志社举办的第十四届《当代》长篇小说论坛暨第十九届《当代》文学拉力赛颁奖典礼上，文学评论家白烨说了一个让人惊喜的事实，2017 年，我国出版的长篇小说超万部。

无独有偶。刚刚面世的《西湖》2018 年第 9 期上刊登了一篇署名徐刚的文章：《"万部长篇"时代的文学选择》。

一个文艺繁荣的春天真的到来了。

面对这种百花齐放的景象，我们怎么办？

是观望，还是裹足不前。

"生活中是没有旁观者的"，伏契克名言还在心底回响。

在这个令人振奋的季节，我们是没有选择的。因为初心不改，因为初衷还在！

正是因为初心不改，91 岁的马祖武老人每天挥翰临池，踏平坎坷成大道；正是因为初心不改，朱鹤年先生 60 年笔耕不辍，不断书写文学梦；正是因为初心不改，庐江本土才涌现出一大批文学艺术爱好者，他们不但是这个伟大时代的参与者、见证者、建设者，还是这段辉煌历史的记录者、歌咏者。我们的作家、艺术家只有不忘文学艺术初心，坚守文学艺术理想，真正沉下心来，面对时代、面对生活、面对人生，才能创作出抚慰心灵、引领精神的优秀作品。

这是初心的方向，也是我们今世今生无悔的选择。

不忘初心，方得始终。

那些声音
——《庐江县读书演讲》发刊词

2016年7月，一些声音注定会穿越时光，载入历史。抗洪抢险中子弟兵排山倒海的呐喊，南海仲裁案，中国政府维护国家主权的宣言。这些声音，或慷慨激昂，或义正辞严，或黄钟大吕。这些发源于丹田的声音，不仅是一个民族恢宏的表达，也是这个季节壮美的表情。它们注定会镌刻在我们的记忆里，镌刻进共和国厚重的史册中。

所以，认为声音仅仅只有过耳即逝的特征是错误的。有些声音注定会走进你的记忆，注定会融进你的血脉，常驻你的心灵。母亲为你哼唱的那首《摇篮曲》，爱人第一次为你朗读的情诗，女儿第一次喊出"妈妈"这个稚嫩的音节……这些天籁之音，不仅占领着我们的心灵，还深深地刻进我们生命的年轮。

为了让阅读照亮生活，让诵读开启心灵，《庐江县读书演讲》今天创刊了。从此，这朵小花开在2016年7月16日这页日历上，开在你我的祈盼和祝福中。它是盛开在七月的莲花，也是澎湃在你我心河里的浪花。它是你我的心灵之声在同一频道的互动与共鸣，亦是我们灵魂深处最洁净、最纯粹的声音。让我们用心呵护它，在倾诉与倾听中完成美的接力、爱的传递，共同营建一个精神的憩园。

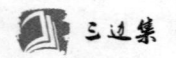

最美不过夕阳红

2014年阳春三月,一个莺飞草长的明媚日子,我在一家网站看到了庐江县老科协"夕阳情·庐江梦"征文活动的启事,虽然只是匆匆浏览,但印象却很深。

时间过得很快,转眼间就到了八月。一天,正在坝上草原的我接到一位老领导的电话,要我近期参加县老科协征文活动的评选。那天,雨后的草原草特别绿,花特别艳。水洗过的天也蓝得特别纯粹,特别干净。欣赏这久违的蓝天白云,我的心情也很晴朗。于是,我爽快地答应这千里之外的邀请。

从草原回来后,我便同几位评委到老科协办公室接受任务。老科协的同志向我们介绍了此次征文活动的情况,五个月时间,大赛共征集来稿近百篇。作者绝大多数是本县的老科技工作者,也有部分关心、支持老科协工作的中青年作者,还有情牵桑梓的庐江籍在外地工作的同志。办公室的同志将所有的参赛作品隐去作者姓名等信息,重新编号发给我们。这个暑假的最后几天,我的主要工作就是拜读这些文章。

子夜时分,热闹了一天的小城渐渐安静下来。就着窗前明亮的灯光,我开始阅读这些文章,越读越来精神,越读越感慨万端。透过纸张,我仿佛触摸到了岁月的温度,那是文字与情感的渗透与扩散。这里有《我的板桥梦》《塔山石鱼遐思》里浓厚的家乡情结,也有《科技梦助推中国梦》《畅想中国梦》里炽热的爱国情怀;这里有《母亲的积蓄》《那辆难忘的单车》里对往事的追忆,也有《退休正是读书时》《苦乐人生》里对未来的憧憬。这些文字或黄钟大吕,或涓涓细流,但无一例外地都源于心田,字里行间都饱含生命的激情和对生活的热爱。特别让我感动的是跳动在《难忘的西柏坡》里的赤子情怀、军旅情思，这些来自心底，来自源头的声音，在这个不眠之夜，不时会穿越时空，萦绕在我的心头，给我们业已疲惫的人生以钙质和正能量。还有《诗歌戏舞话汤池》和《我坚信还有"将来时"》里那些励志故事也让我感受到一种"老骥伏枥，志在千里"的壮怀激烈。特别是《最美不过夕阳红》《用好"五觉"法、"夕阳"也风采》两篇文章，竟让我在字里行间感受到一种老有所乐、老有所为的责任和庄严。

怪不得作家毕淑敏说："我们可以不伟大，但我们庄严。"

夕阳无限好，人间重晚晴。老年不是生命的冬季，更不是人生的终点。它是丰饶的秋天，是退休以后人生的另一个起点。让我们在这个崭新的起点上，释放青春的激情，书写另一页辉煌的诗篇，拥抱那落日的灿烂辉煌！

最美不过夕阳红。

《桃花岛文集》序言

2016年3月，一个莺飞草长、阳光明媚的日子。

位于庐江县郭河镇广寒村的桃花岛上桃花盛开，每一个花瓣都盛开着一个季节的祈盼和喜悦。那一张张粉红的笑脸，仿佛在迎接来自远方的客人。为了赴一场桃花之约，为了赴一场春天之约，《庐江文艺》重点作者桃花岛笔会在这个美丽的季节拉开了帷幕。

为了繁荣庐江县文艺创作，培养重点作者，打造新世纪文艺"庐军"方阵，庐江县文联、庐江县作家协会（筹）联袂举办《庐江文艺》重点作者桃花岛笔会。这不仅是刊物与作者之间的交流与联谊，也是为广大文艺工作者提供了一次深入生活、接地气的机会。

这是一次春天的聚会，更是一次文学的盛会。我们以文学的名义在这个春天集结，在这个诗意的季节，在这个诗意的地方。

作为一个有特色的民俗博物馆，桃花岛吸引我们的不仅仅是那些盛开在季节深处的艳丽桃花，也不仅仅是博物馆里那些让我们目不暇接、心潮起伏的收藏，更主要的是凝聚在每件收藏品后面的心血和汗水，是桃花岛主朱启祥先生淡泊名利、热爱生活的器局与风采。

这是目光的吸引，更是心灵的吸引。

作家、诗人来了，画家、摄影家来了。四十多位《庐江文艺》重点作者相聚在这里，大家不仅领略到美丽春光春色，不仅在博物馆的收藏里一次次的穿越岁月和时光，大家还济济一堂，畅所欲言，共商《庐江文艺》的未来发展，憧憬庐江文学美丽的明天。

温暖的春意不只洋溢在身边，还充溢在心田。

是桃花岛给了我们灵感，是春天给了我们灵感。《庐江文艺》重点作者回去后将这些灵感的碎片化成笔下优美的文字，融进纸上的锦绣华章。

今天，我们将这些诗文汇集成一册。这些文字虽风格各异，异彩纷呈，但它们都是源自心灵的倾诉，都是来自春天的声音。

是为序。

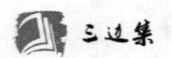

城南偏蓝
——读小龙女《城南旧事》

至今还记得第一次阅读《城南旧事》时的那种惊喜。

大约是 2008 年，那时的我还不太会上网。闲暇时，喜欢到学校旁边的晓云书社聊天。每次去书店，都会看到晓云兄坐在电脑前，一副聚精会神的陶醉模样。于是，我就问他在电脑上都忙些什么，他说在网上读点文章。我说你这满屋子的书，简直可以说是坐拥书城了，还不够你读的？他告诉我论坛里有许多真性情的好文字，说着就顺手点开一篇让我看。

这就是小龙女的《城南旧事》。

《城南旧事》写的是三十多年前发生在小城南门的一些陈年往事。这些往事，经过几十年岁月的沉淀，就有了一种经久不息的迷人沉香。初读《城南旧事》，除了心底渐次漾起的一丝丝的温暖外，还有一种似曾相识的亲切。浮躁如我，已经好长时间没有看到如此精致，如此安静的东西了。于是，就有了一种欲罢不能的阅读冲动。

《城南旧事》的作者在文中似乎不刻意表达什么，只一幅场景一幅场景地从容叙述一个孩子眼中的小城故事，一帧画面一帧画面地描绘一个年近中年的女子珍藏在心中的童年表情。这是一种从容的叙说，也是一种雍容的表达。语言也好，故事也罢，都是用一种电影慢镜头的方式徐徐展开的，背景是永远定格在记忆深处小城南门。字里行间不但有眷念，还有怀想。这些眷念和怀想，都带有一种委婉迷离的诗意，一片宁静安逸的意境。就像一幅素雅、淡泊的水墨画在眼前和心中缓缓展开，有一种淡淡的人间烟火味，温暖而亲切。

在作者对往事的叙写中，我不仅感受到了一种迷人的气息与芬芳，就像一块老玉，有着岁月的包浆和时光的质感；还感受到了某种心灵上的沟通与共鸣。文中的小毛、骡子，以及胖妹、小红这些人物，不也是我们往事里时常出现的那些陌生的熟人吗？还有"好大月亮好卖狗"的游戏和那些关于拾金不昧的想象，不也时常闪亮在我们的追忆中吗？文中描写的这些故事，像极了我记忆中的某些情节和我童年生活的某些细节。于是，在这原汁原味的文字里，我窥见和捕捉到了一些躲在生命与人生深处的原色。一时间，我不但有一种恍兮惚兮的错觉，甚至还有一种朝花夕拾的喜悦。因为作者笔下描写的正是我们这一代人记忆的容颜，它不仅激活了我生命里沉睡已久的那一部分往事，并成功地让这部分往事同作者笔下的一些情节实现了串联。于是，一种熟稔的亲切与感动从灵魂深处油然而生。作者笔下的这些文字，同时也犹如一道阳光，照进岁月与光阴的深处。我也仿佛步入一个由文字和情感组成的时光隧道，那隧道的尽头，是武陵人走进桃花源时的那种豁然开朗。桃之夭夭，灼灼其华。这些落英缤纷的细节，不仅照亮了丢失在老街深巷中的往事碎片，也照亮了那些尘封已久的感动。

这就是我第一次读《城南旧事》时的惊喜。这是一种与人共同享有一份记忆、一份收藏、一份秘密的欣慰、欣喜。如果说，时光总会让记忆慢慢褪色成一张黑白照片，那么，这篇《城南旧事》就是惟一一块永不褪色的蔚蓝，让我有关童年、有关小城的记忆一下子鲜活、亮丽起来。

于是，便记住了这篇文章，记住了小龙女这个名字。

我们这一代人，对小城南门的记忆，随着时光的流逝，如今已显得十分的零碎和混乱。除南门外的煤厂和更远一些的钓鱼台外，最清晰的印象恐怕就是航运公司的码头上那些青石铺就的台阶和装满鲜甜甘蔗的小船了。每到甘蔗上市的时节，码头上就会停泊许多装满甘蔗的船只。大人们会在心情好的时候领着我们用一毛钱买两根，有时皮都不用削，就用甘蔗叶子擦几下，就大口大口地嚼起来，一股甘甜的满足便溢满心田。

那真是一种阳光灿烂的日子,明亮又遥远。如今的小城再也难以寻觅这份甘甜的诗意了,幸好我们还有回忆,幸亏我们还有《城南旧事》这样的文字。

再次读《城南旧事》是在几年以后,我和小龙女已成为朋友。认识以后才知道,她和我毕业于同一所学校,是比我晚两届的小师妹。怪不得我第一次读《城南旧事》,就有一种久别重逢的惊奇与喜悦。

今夜,窗外有很好的月光。我整理一下心情,泡一杯绿茶,准备再一次阅读这些曾经让我感动的文字。南窗下,我关掉多余的灯,只亮着一盏落地灯。这样就可以让月光照我,灯光照文。柔和的灯光月光,开始引领着我一点点走进这些洁净的文字。慢慢地,往事开始照进心灵,亮了的何止是一地月光和绽放在月光中的这瓣灯光。

读完了《城南旧事》,心里早已是一片澄净、透亮。这时,心中不由自主的涌出诗人舒婷的那句诗:

你相信了你编写的童话

自己就成了童话中幽蓝的花……

这诗是写给顾城的。很可惜,诗人顾城始终都没有能够从自己书写的童话里走出来,始终都没有能够从那座心灵的孤岛中走出来。最终童话剧落幕了,童话也被人格分裂成一个笑话。其实,在人到中年以后,有些东西注定只能退潮成人生的背景了。这是我们的无奈,也是我们的宿命。就像这些遗落在小城南门的旧闻往事,注定只能成为我们今生一种偏蓝的底子,不能把它当成我们人生的全部。

今夜,在《城南旧事》里,我又走完了一段没有被污染的旧时光,重拾了一段只属于这个小城的已经有些旧了的童话。读完文章后,我抬头望天,目光开始与月光相接。海子说:"天空一无所有,为何给我安慰。"以前我一直不太明白海子的这两句诗,今夜我突然有种顿悟的感觉。是不是因为今夜有这么美的文字为伴,还有如此明亮的窗前月光。

此刻,眼中的文字开始从心中路过,竟然有一种透过云层的晴朗。犹如一首蓝调音乐,有种穿透时光,穿透心灵的力量。尽管我们的现实生活中还有很多很多的阴霾,但一定会有一块只属于童年,只属于记忆的湛蓝星空。蓝色是忧郁的,更是纯粹和纯净的,这种干净的色彩只能属于往事,属于手中的这篇《城南旧事》。

　　世界也许很小很小,心的领域却很大很大。

群山之巅唱黄山

大约在三年前，我在朋友处听过一首叫《我爱庐江》的歌。许是第一次听同庐江有关的歌曲的缘故，印象特别深刻。

于是，就记住了词作者的姓名：张晓明。

再后来，我和晓明先生成了朋友。在我的印象中，晓明不但是一个成功的企业家，还是一位勤奋的词作家。和他成了朋友之后，我又陆续欣赏了他创作的《家乡茶花开》《神奇的百花寨》等脍炙人口的歌曲。这些歌，不但描绘了词人家乡汤池的美景，也表达了词作家晓明对家乡血浓于水的深厚感情。

圣人说："登东山而小鲁，登泰山而小天下。"这不断攀登的过程，不仅是一次视野的拓展，更是一种心灵的升华。近年来，晓明先生的目光在更大的半径中追寻、聚焦。先后写出了《灵秀九华山》《美丽的张家界》等新歌，《黄山是一幅画》是其中的代表作。

初听《黄山是一幅画》这首歌，是在一次聚会上。晓明用手机放这首歌，因为环境的嘈杂，虽然觉得旋律很美，但没有能够听出其中的妙处。聚会结束时，晓明先生将这首歌发给了我。晚上，夜深人静时，我打开电脑，开始欣赏这首歌。美妙的音符从心间流过，像涓涓溪流，有种抚慰心灵的力量。

室内有美妙的音乐，窗外有美好的月光，这注定是一个美好的夜晚。

反反复复听了好几遍，用的是那种单曲循环播放模式。多听几遍后，就咀嚼出了味道。先是曹芙嘉柔美的声线，再是戚建波的曲，最后是晓明的词。像品一桌佳肴，有着一味又一味的惊喜。这种层次分明的惊喜，与审美过程的不断深化同步；同时，又与审美愉悦的升华相伴而生，一路同行。

古人说得好，五岳归来不看山，黄山归来不看岳。由此可见，黄山之美冠盖群山，独步天下。历朝历代咏唱黄山的诗词曲赋不但数以万计，且佳作迭出。

晓明多次上黄山，黄山之美曾在他的心中激荡、驻留。他不像那个在黄鹤楼上的李白，面对前人的优秀作品，留下"眼前有景道不出，崔颢题诗在上头"的诗句后落荒而逃。晓明面对前人恒河沙数般的作品，脱口唱出自己心中的"黄山之歌"："黄山是一幅画，我在梦里见过她。"

有人说，这是初生之犊不怕虎；也有人说，这是一份文化自信。我倾向于后者。

晓明的《黄山是一幅画》独辟蹊径，直抒胸臆。整首歌从大处落笔，元气淋漓，有种浑然天成的纯朴、纯粹。正因为如此，这首歌才能够在众多的歌唱黄山的作品中脱颖而出。

其实我们在看风景时，视角特别重要。面对名山大川，大多数人采用的角度是顶礼膜拜的仰视。因此，每座山在其心中都很高大。这是一种正常心理，也是多数人的审美习惯。但这种心理与习惯，多多少少会限制我们的目光，甚至让我们从此有了一叶障目的局促、局限。有时候，视角和视野的变化，会让我们人生的格局、格调都有所不同。我们在登山时，都有移步换景的经验、体验。如果换个视角，站上群山之巅，就会有一切尽在眼中的宽展宽畅，就会有"一览众山小"宽阔宽广。

这是一种宽度，也是一种高度，更是一种厚度、一种气度。

站在群山之巅的晓明，看到的黄山不再是天都峰、猴子观海和梦笔生花这些具体的景点，而是一幅展开的画卷。在这幅长卷中，飞泉奇石在歌唱，奇峰云海舞彩霞；在这幅长卷中，蓝蓝的天空白云挂，冬雪飞满山树花。

晓明就是一位高明的画家，他不用工笔细描的手法去画黄山的一草一木，一峰一泉。而是给我们奉献了一幅泼墨山水。在他的笔下，黄山是概括的，是大写意的，如幻似梦，甚至，你在梦里才能真正见到她。

这是一种豪迈,亦是一阕豪情。

正因为有了这份豪情,晓明在群山之巅唱响的黄山,才能成为一座明亮的山,一座有个性、有境界的山,一个歌者心中永恒的山。

《奉献是首歌》后记

得知我在写这本书,有一天,一位老朋友不无忧患地对我说:"这书不好写,有点吃苦不讨好。"

朋友是好意,这我知道。他是一个厚道人,几十年了,始终对世界、对人生有种战战兢兢的担忧和慈悲。

朋友是老的好。这话说得真好。

我何尝没有这种的担心。俗人说,墙里开花墙外香;诗人说,不识庐山真面目,只缘身在此山中。

我从来就不是信心满满的人,五十多年了,我一直这样不自信着。小时候,父母给我取名"志伟",这是一个似乎有点志向的名字。但我知道,这只是他们的一份美丽的心愿。

养生学中有句话,叫吃啥补啥。父母给孩子取名字时,往往是缺啥补啥。

在动笔前,我也一直怀疑着,我能写好这本书吗?

去年11月,我开始为写这本书准备材料。第一次去凤凰颈是个有太阳的冬日,那天,我的笔记本开始记录一个叫陶秧子的人的历史。

往事躲在记忆的身后,有着飘忽不定的个性。春节前的两个月,每天上午,我都同陶月恩老师坐在庐江文化艺术团团部的沙发上,坐在冬日温暖的阳光里。

他说,我记。

直到有一天,说到矾山中学分校,他可以留在本部,可以不去条件艰苦的裴岗和砖桥。但校长陈善增的一句"山区更需要你这样的老师",他就义无反顾地去了条件最为艰苦的砖桥,当时,我突然看到所有的往事穿过岁月的云烟闪耀出的金子般的质地与光芒。

同时，我还看到了希望。

两个月时间，记满厚厚两大本，近二十万字。

我知道，我可以开始了。

春节三天年一过，我便开始动笔。一天只写两千字，写得很顺手。

写得很顺手的原因是，在补充材料和写作的过程中，得到了王力、王升、汪德生、刘峻、苏继向、陈韶华、何方启、邱定宏、莫军梅、马勇、陶萍、戴维武等人的大力支持，他们为本书提供了很多第一手材料，为本书添色不少。

在收集材料的过程中，凡是陶老师提供了名字的，我都发了信息，向其征求与陶老师交往的点点滴滴，除发信息外，我还电话联系，并当面请教。

事不过三。我前面说过，我是个不太自信的人。所以三次请求没有回音的，我只能认为这本小书是您看不上的。

写书是不需要面面俱到的，也难以面面俱到的。

好在有先贤说过，残缺是一种美。

本书在第一稿完成后，文友许华荣、高岳山等人在文字上帮我校对把关，李远波、宛晓红等人为本书提供了一些珍贵的照片，画家高剑波为本书设计了封面，在此一并致谢！

最后，感谢中共庐江县委宣传部，感谢庐江县文联，感谢所有关心和支持这本小书的朋友们！

是为记。

第二辑 书边

暑期读书小记

写在前面

　　从来没有哪个夏天像今年夏天这么热、这么长、这么难熬，热得我常有一种末日将至的错觉。虽说2012已经过去，但不能忘了可能还有2022、2032存在，只要这砸蛋的全球环境得不到改善，这个末日咒语就始终响在脑中，难以散去。

　　这个暑假绝大多数时间，我过的是一种昼伏夜出的生活。白天不出门或很少出门，晚饭后去老校区操场上转圈，每圈400米，一般转八到十圈，出点汗，将一天累积在皮下甚至内脏的暑气浊气流出来，据说这有益于健康。运气好的话，还会遇见同样来转圈的斗老和韶华兄，他们俩转龄比我长，转得也比我专业。往往头几圈我让他们先转着，我在后面不疾不徐地跟着。只是到最后两圈，我才叫他们把速度降下来，大家边走边聊，天南地北、网上网下，无所不谈，哪谈哪丢，毫无禁忌，不亦乐乎。

　　但是，转圈是有时间段的，只能在夕阳西沉后，于是就有大把的时间要打发。电影好的太少，电视节目更是恶心的多，所以我只能用自己最熟悉、最简单的方式来填充时间的空白。

　　可能有朋友要问怎么就没有打发时间的方式方法了，有是有，但都不适合现在的我。把酒临风，对酒当歌，那是要有酒量和身体的。我一两下肚，就面红耳热、心律不齐，甚至于脚下生风站立不稳，所以不想试也不敢试。找三两知己做彻夜长谈，这事年轻时干过。现在，我是闲人一个，可大家仍在忙着。况且，时间、地点、人物都不对了，虽无多少物是人非的感触，但总有一点人渐老去的苍凉。

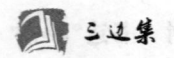

这就似我在人多处，大多时候是没有多少声音的，侃侃而谈，滔滔不绝的时候就更少。不是插不上话，也不是不懂。要说不懂，那肯定是装的。闲书以及不太闲的书，好多过去都浏览过，知道的还真不在少处，主要是少了某种兴致。这些年来，失去的何止是时间，还有生活中的一些兴致和乐趣，后者的失去，才是最要命的。

曾经跟一小朋友聊天，说到我现在的状态是眼高手低，能看出一篇文字的好与坏，但真让我写，还真写不出什么好的文字来，这正是一个教书匠的悲哀。在后面的所谓札记中，可能有一些对名家大师的误读甚至不敬，大家只当是我的痴人说梦。对于一个痴人的梦中呓语，正确的态度是一笑而过，不可当真。因为我现在的阅读早就同学问无关，只同闲适有染。

另外，各位看我的文字，可能有些许变化，不同于过去写的那些读书随笔。这也许也是正常的，世间的万事万物都在不断变化着，我是一个俗人，肉身都在不断地衰老腐朽着，何况文字。

《负暄琐话》 张中行 著 黑龙江人民出版社1995年版

突然想起书橱里有一本被冷落了两年的《负暄琐话》，于是在一排排"人老珠黄"中找出这本《负暄琐话》来，轻轻拂去淡尘，在渐渐泛黄的书页中，开始抚摸一段旧日时光。

上次读《负暄琐话》，还是两年前在去西安的火车上。当时我躺在下铺，读到刘叔雅这一节时，突然笑出声来。对面在看窗外风景的同事问我笑甚，我给他看此书，并跟他说张中行的文字如何如何好。于是乎，书到他手，只好将书借给他看。我只能看车窗外的风景，一边看贾平凹的商洛山一页页从车窗翻过，一边还十分小人地担心仁兄是否又来一次有借无还。

一个月后此兄将书还我，说了两字：好书。为这两字我又将《负暄续话》《负暄三话》借给了他。

事实上，张中行的文字就是好，铅华洗尽，有种特别的老道、圆熟。他是用一种自然冲澹的笔触写当代的《世说新语》，这样好的文字现在真的难以一见。第一次读先生的书时，就有一种惊艳之感，惊艳的同时还十分不明白先生的"大器晚成"也确实太晚了点。

《板桥杂记》　（清）余怀 著　刘如溪点评　青岛出版社 2010年版

去年九月，在亳州古井酒厂，从来不喝酒的我因多喝了两杯原浆在座谈时竟也斗胆谈起了酒文化，并且还跑题地说如果让我自由选择，我会选择在战国和魏晋两个朝代生活。其实，当时我还留有一手，有一个朝代没说也没好意思说，那就是晚明。

晚明那些人、那些事时常在我梦中萦绕，给我许多绮丽的念想。这个夏天，《板桥杂记》又一次带我走近那些人、那些事，走近那些永不凋零的纤艳秀色，走近秦淮河的舞亭歌榭、桨声灯影。

《板桥杂记》是作者余怀七十八岁时所作。当时作者已觉廉颇老矣，"俯仰岁月之间，诸君皆埋骨青山，美人亦栖身黄土"，作为一个已近暮年的文人，再不把亲历的事记录下来，如果任其后人来胡编乱造的话，不仅会有种对历史、对友人不负责任的遗憾，恐怕还会有缺少一份担当的嫌疑。

《板桥杂记》记当年十里秦淮的妓馆旧院，不但记风俗，记轶事，还记过往岁月中的金沙银屑。书分雅游、丽品、轶事三卷，并有附录一、二。其中中卷"丽品"是其精华，不但写出了当年秦淮青楼女子的天生丽质，还写出了她们的绝代风华。看完此书，总感觉先生在写本书时还是有想法的。"然谢安石东山携妓，白香山眷恋温柔；一则称'江左风流'，一则称'广大教化'。"先生到底是儒生，从小读圣贤书，从此书"后跋"中的这句话里，我们不难看出先生当时心中的矛盾、不安与志忑。

《如实生活如是禅》林谷芳　孙小宁　著　山西人民出版社2008年版

这是本访问记，是大陆文化记者孙小宁对台湾佛光大学艺术研究所所长、音乐家、禅者林谷芳的访问，这本访谈录共分三部分，即我生、我爱、我死。一问一答间，不但有一个禅者的处世智慧，还有一个禅者对生命的领悟和归纳。在林老师的心中，人生除生与死之外，惟有爱最重，爱甚至是生与死之间惟一的主题。

十年前就有一朋友推荐过林谷芳老师的《十年去来》，当时我没在意。因为那时的我虽身陷红尘，但还是有自知之明的。在我心中，禅始终是个特别脱俗特别洁净的词，当时我是很自觉地从禅的身边迅速逃离。

这十年间，我的人生有了一些改变，我生命中一些重要人物的去来，让我在今生最浓重的悲凉里，开始重新审视这个世界，甚至颠覆了过去一些固有的观念。如今的我，打开这本《如实生活如是禅》，看到食养山房里那一朵莲花，那一套茶具，心便找到了一个澄澈的归宿，而不再迷乱、流浪。

林老师说："即使一角也可以拥有无限天地，心一放下，青山现前。"林老师还说："把心放下，随处安然。"放下，不仅是一种态度，还是一种境界。说起来容易，做起来难。我们常常感叹生命中那些难以承受之重，但我们哪个不是一匹在沙漠中不断跋涉的负重的骆驼？十年来，我挣扎过，也试图放弃过，但有些放不下的恐怕再也放不下了。

这也许就是一个俗人和一个禅者之间的距离。

突然想起这样一句话：哀莫大于心死。心都死了，哀愁、哀叹、哀伤又在何处存放、存活。所以我常常十分愚钝地想，这句被无数智者贤人重复了上千年的话可能是个病句，正确的说法应该是：哀莫大于心不死。

天仍热着，放下手中的书，不断上火的眼睛还是十分模糊。窗外闪烁的，不知是城北的万家灯火，还是依然迷乱着的星空。

《长河》 沈从文 著 北岳文艺出版社 2008 年版

《长河》不长，一天就能读完。

作为一部长篇小说，《长河》给我的阅读感觉有些怪怪的。有心的责任编辑在本书的前面曾有提醒说，这部小说曾遭长时间审查扣留，经大量删削后才得以发表。许是删节太多的缘故，小说的情节不连贯，常有断裂感。另外本书无中心事件，亦无主要人物，更没有读者期待的岁月长河那种史诗般波澜壮阔的气象。文字也十分琐碎、拖沓。作为小说，是为硬伤。

二十年前读先生的《边城》，也有类似的感觉，那就是小说的抒情性强于叙事性。后来《边城》被选入高中语文课本，在课堂上我只能按教参上写好的"诗一般的笔触"、"人情美与人性美"、"风景画和风俗画"来串讲分析，一是为尊者讳，二是为了饭碗。生怕一不小心乱讲被学生赶下讲台，那样的话，后果一定很严重。

《纸上的行旅》　薛冰　著　山东画报出版社2006年版

　　这是一本介绍行旅类书籍的书，介绍的多是二十世纪早期问世的同旅行有关的图书。值得一提的是，作者所述之书，皆为私藏，很多书现在已十分少见，有些已经是绝版。

　　作者薛冰是当代著名藏书家，所以在本书的写作中，除了对每本书的内容和作者有较为详细的介绍外，薛先生还饶有兴趣地写了一些淘书和收藏的经历。虽写得蜻蜓点水，但点滴之间足见其情味格调。另外，更为难得的是书中的一百多幅老照片，特别是那些书影和著作者的照片，常给我一种恍如隔世的感觉。

　　我们一直喜欢把行万里路和读万卷书相提并论，甚至认为行万里路比读万卷书更为重要。其实，一个人能在路上行走的时间是不多的，因为能走得动的时间就那么几十年，走着走着，你就会累得走不动了。我年轻时，也是喜欢到处跑的。那时候没有电话，更没有手机，常常是暑假前就给外地的朋友写信，一放假，便背着简单的行囊出发。那时，在我年轻的心中，出发和抵达，此岸与彼岸都是很具诱惑力且充满诗意想象的词。有一年暑假，收到甘肃几位诗人的来信，邀我去腾格里沙漠参加一个篝火诗会。收到信后，我立即去新华书店买了一张《中华人民共和国地图》，天天对着那一大块黄色看，真有点"读你千遍也不厌倦"的意思。可悲剧的是，好不容易等到出发的日子，我却因患急性肠炎而不得不放弃了这次远行。

　　所以说，人在能走动时就要走动，说不定到时就有什么东西挡住了你的脚步。就像今年丽江之行后，高原反应让我想想都怕，海拔高一点的地方是真的再也不敢去了。一直想去一趟青藏高原，现在也只能找一些同那神秘高原有关的图书，聊胜于无地来那么一两次纸上的行旅。

　　早些年读过沈从文的《湘行散记》和郁达夫的《达夫游记》《屐痕处处》，窃以为这是他们最好的、最有灵性的文字，特别是一生都漂泊在路上的郁达夫，他的游记所描绘的一山一水、一草一木，有一种我十分喜欢的忧郁、冷落、凄寒和寂寞，虽有些病态，但却有种病美人般楚楚动人的魅惑。

　　想起了前几年曾经流行的一首歌，歌的名字叫《我想去桂林》。还有一首更老的《橄榄树》，"不要问我从哪里来，我的故乡在远方。"每个人的心中都有自己的远方，不管远方有多远，她都在等待着你的脚步去丈量。

　　有时，我们的人生哪怕只剩下一个等待，也比一无所有要好许多。

第三辑

身边

第三辑 身边

怀念

母亲静静地躺在水晶棺里，冰凉的棺盖分割着两个世界。

下半夜的风从门外吹来，透骨的凉。望着母亲的遗像，望着那被沉重的黑框凝固的笑容，泪水止不住地流。我劝走了忙累了一天的亲人，独自一人陪着母亲，靠思念和回忆取暖。

我出生于大饥荒后的一九六二年，我出世那年，母亲三十七岁，父亲四十岁。母亲后来告诉我，我的出生，曾给苦难岁月中相濡以沫的父母，带来了一丝希望和快乐。母亲说这些话，是在一个初秋的夜晚，我现在还清晰地记得，母亲的眼里有淡淡的月光流出来。那时候，母亲在一所乡村小学教书，比起城里，乡村的日子平静了许多，我现在还依稀记得我家住的那一间简陋的草屋和院子里几株苦楝树，记得每到夏天的傍晚，母亲总是一遍又一遍地把家里的煤油灯罩擦得雪亮，在院子里数完所有的星星后，母亲带着我和妹妹用煤油灯在蚊帐里照蚊子，然后用轻轻地眠歌把我们带进梦乡。我甚至还记得，冬天将临时，母亲总是用整张的白纸糊在北面的窗户上，然后涂上桐油，小屋和小屋里的童年立即温暖而明亮。我的童年虽然在别人歧视的目光中一天天长大，但母亲的爱和呵护，一针一线，缝补着我生命中最初的岁月，甚至直到今天，还时时温暖着我。

渐渐长大后，对世事还很懵懂的我开始不止一次地对死亡产生了莫名的恐惧，生与死的苦恼开始摧残我还很稚嫩的心灵，痛苦了很长时间的我，有一次突然问母亲，人为什么会死？死是什么？母亲摸着我的头说，死就是人没了，我接着问母亲，您会没吗，母亲平静地回答我说，会的。

我和母亲关于死亡的对话，给我的童年抹上了一层阴影，这阴影噩梦般地纠缠着我、折磨着我。很长时间，我都不能从这阴影中走出来，生怕一不小心，我的亲人们会突然地离我而去。

母亲是三年前得病的，医生诊断是胃癌晚期。做手术的那天，我把已经骨瘦如柴的母亲抱上了手术室的推车，从病床上抱起母亲时，我突然发觉被病魔折磨的母亲的身体很轻很轻，我的心重重地疼了一下，当时我的脸色一定很难看，母亲朝我无力地笑了笑，我看见，她笑得很勉强也很凄凉，眼里已经没有了我熟悉的月光。

主刀的医生是我朋友，我破例获准进了手术室，手术做了近四个小时，这四个小时里，我如坐针毡，备受煎熬和折磨，那是我一生中最难熬也最漫长的四个小时，就像我生命中经历的四十年那么长……

水晶棺下的长明灯在寒风中颤动，像随时就会消逝的生命，我轻轻地拨动一下灯芯，灯光突然亮了许多，这微弱的灯光，让我一下子看到了人生的尽头，让我突然间体味出人生的短暂和无常。过去，父母的健在，让我感到躲在人生尽头的死亡是一件遥不可及的事情，现在，母亲的离去，仿佛一下子揭开了人生最重要，最沉重的帷幕，让我直面死亡的狞笑，甚至看清楚了那条通向最终归宿的小路。

殡仪馆里，隔着玻璃门，我看见母亲被推进了火化炉。身后，亲人们的恸哭，在推搡着我，撕扯着我，那滴滴是血的泪珠，让我再一次感受到了痛失的重量。我们每个人，都是在自己的哭声中来到人世，然后，又在别人的哭声里走向天国的。我突然觉得周身烈火熊熊，五内俱焚，我依稀看到天国的光辉笼罩着母亲，照亮了她西行的道路。过了好长时间，一缕淡淡的轻烟飘向天空，慢慢地融进蓝天，融进我余生绵绵不尽的缅怀和回忆中。

绣

我和妻子相识是在三月，一个鹅黄的日子。那时，她还留有两根长长的辫子，在街道绣花厂上班。第二次见面，她送我一方白手绢，是那种云朵般的白，上面绣着一朵月季花，很漂亮的花儿，绿叶簇拥着粉色的蓓蕾和花朵。

于是，粉色三月里粉色的月季，被写进那本厚厚的日记，成为如今时常被翻阅的温馨记忆。

结婚第二年，妻子离开绣花厂，去一家食品厂上班。不久，我们的女儿出生了，妻子把初为人母的喜悦和日渐深厚的母爱，一针一线绣成女儿的肚兜、枕套，那些花儿草儿在妻子的手中快乐生长，看着妻子的件件绣品，我觉得幸福在一位年轻母亲的手中，竟有一种栩栩如生的感觉。

那时候，妻子常常坐在女儿的摇篮边刺绣，嘴里哼着古老的谣曲："月儿明，风儿静，树叶儿遮窗棂……"妻子的摇篮曲，唤来了窗外的月光。灯光下备课的我，望着这月下小景，一种感动从心底漾开。子夜的月光里，我把这些被丝线牵引出来的温情，变成方格纸上长长短短的诗行，然后，交给黎明去发表。

孩子长大后，我们又搬了几次家。多少年来，不管多累多烦，只要一回到家，靠在妻子绣的沙发靠垫上，望着墙上挂的刺绣作品，读着妻子一针一线绣成的今天的日子，所有的烦恼都会烟消云散，心又重归于温暖和宁静。

耳边传来悠扬的歌声，好像是那首《离天堂最近的地方》。我想：只要我们用真心呵护今天，只要我们珍惜现在的日子，我们所住的地方就是天堂！

含饴小记（四题）

看海记

我和宽儿坐在阳台上，身边有初冬暖洋洋阳光。

在童话般的环境里，我给宽儿读安徒生的童话《海的女儿》。

"在海的远处，水是那么蓝，像最美丽的矢车菊花瓣，同时又是那么清，像最明亮的玻璃。"叶君健的译文真漂亮。

"大爹，什么叫矢车菊花瓣？"

宽儿喊我大爹，很少叫我外公。我喜欢"大爹"这个称呼，从宽儿的嘴里喊出来，比"外公"要响亮明亮许多。

读完《海的女儿》，宽儿做出来一个决定："大爹，我要去看海。"

"好，我们去看海。"

正好网上有个海南六日游，性价比较高。我同老伴商量，就把看海当作生日礼物送给孙子——宽儿三周岁生日快到了。

第一次出远门，第一次坐飞机。在等待起飞的时间里，孩子真得好兴奋。

是下午的飞机，合肥飞海口。傍晚，南航的空姐送来了晚餐。宽儿也领到了一份，他很惊喜："飞机还发吃的！"当然的，他的票半价，我们成人票三折。孩子的飞机票比成人贵。

下飞机入住酒店已经十点多了，但孩子还没睡意，不停地问我："大爹，什么时候看海？"

第二天，在分界洲岛，宽儿看到了大海。

南中国海真的好蓝，蓝得像一块没有杂质的翡翠。我牵着宽儿走向海滩，但孩子不敢下海。我试图让他亲近海水，但海水一舔上脚尖，他就吓得往回跑。

妻子和女儿买来两个椰子。宽儿自己抱着一个，使劲地吸，小脸憋得通红。这是他第一次吃椰子，在海南的几天里，我们每天都买一两个。椰子水喝完后，剖开椰壳，里面的椰肉宽儿也喜欢吃。

在三亚，到处都是椰子树。正是椰子成熟的季节，高大的椰子树上缀满果实。宽儿喜欢一路指指点点，有一次看到一片槟榔树，宽儿指给我："看，小椰子树！"我告诉他："这是槟榔树，它们比椰子树小了很多，但比椰子树直，也好看些，它们结槟榔，不结椰子。"

宽儿听后点点头，说："它们长得太像了。"

在海南的每一天都是节日。我和宽儿在沙滩上堆城堡，我们还在天涯海角的沙滩上捡了很多贝壳。同大海亲密接触过几次后，宽儿也敢走近海水了，但每次潮水打来时，他还是拼命地朝沙滩上跑。细密的沙子上留下一串串光脚丫的印记，虽然海水一次次抚平了这些足印，但我用相机、手机拍下了这些难忘的瞬间，拍下了盛开在蓝天碧海间的欢声笑语。

海南六日过得很快。转眼就到了回程时刻，在登机时，宽儿问我："大爹，又坐飞机？这次到哪里？""合肥，回家。""我不回。"说完就往回跑。我急忙拉住他："下次再来。""再来看海，大爹说话算数？""算数！"

于是说妥，于是拉钩、击掌。

迎宾的空姐都笑了。宽儿礼貌地同她们招呼："阿姨好！"

今年暑期，宽儿回庐江。有一天他对我说："大爹，带我去看海吧。"这孩子，还没忘记半年多前我在海南的许诺。

因为是夏天，海南不能去，太热。于是选了一个近点的地方，日照。

在日照，我们住在一个渔村里。渔村离海很近，有很浓的海腥味。开头我以为是海水的味道，后来才知道，是渔村的卫生状况不好。游客太多，饭店开的是流水席。这几年，日照的旅游业发展迅猛，硬件建设没有跟上来。

黄海没有南海蓝，海水有点黄。但在出海捕鱼的船上，第一次看到从网里捕捞的收获时，宽儿还是高兴得又蹦又跳。

接下来是赶海。宽儿最有兴趣的是海边沙滩上的卵石，这些石头很漂亮，有点像雨花石，只是没有雨花石那么通透，但有些花纹还是很美的。

我俩捡了一小堆石子。已是落日时分，海滩涂上一层金色。

海在笑着。沙滩上，妻子牵着宽儿。一高一矮的背影，在夕阳里有种特别的温暖。突然想起一首老歌《外婆的澎湖湾》，旋律在心中潺潺流过，有种熟稔的暖意。

减肥记

宽儿出世时只有5.8斤，六个月后小脸开始长得胖乎乎的，像苹果。手臂也像藕节，圆滚滚的。

十个月时，开始学步。我常在小区门口牵着宽儿散步，熟人见到总会招呼一声："带孙子玩。"有的还说："这孩子长得好，要减肥了。"

说的人多了，心里就像长了草，就有了一桩心事。

于是，找孩子们说要控制宽儿的饮食，尤其是肉类食物。

但是每每看到宽儿吃得很欢的样子，常常会心软。惟一的办法是加强锻炼。宽儿上幼儿园前回到庐江。每天上午，我都陪他去绣溪公园或环碧公园锻炼。有时走路，有时骑车。在公园时常会遇见些熟人朋友，常常有朋友招呼我："遛孙子？""遛孙子。"

别人遛狗、遛鸟，我遛孙子，但其乐无穷。

有时遛的时间长了，孙子会说："大爹，我太累了。"这时，我会背孩子一截路。有的时候，我把孩子扛在肩上，许是视线高了一些的缘故，坐在我肩上后，宽儿会大呼小叫的，有时还会拽着我的耳朵，做伸展运动。

孩子在庐江小半年，个头长了一些，但体重一点也没增加。站在电子体重秤上，宽儿看着那些数字，问我："大爹，减肥成功了吗？"

"成功了，很成功。"

宽儿的微笑像刚绽放的花蕾。

老伴说，宽儿的减肥很成功。体重不但保持在24.5公斤的水平上，身上的肉更结实了，紧绷绷的。

戒烟记

宽宽是在庐江县医院出生的。当时，女儿在合肥上班，怀孕后孕检什么的都在省城的一家医院做的。女儿临近生产时，一位亲戚说这家医院曾经把两家的新生儿弄错的。亲戚所说的不知真假，但却让我们一家十分担心。

于是决定回庐江县医院住院。县城小，熟人多，应该不会把孩子弄错的。这一点，我们觉得还是很有把握的。

宽宽出世后，在医院住了四天就出院回家了。孩子们出院的头一天，我在阳台上抽了两根烟。很冷的天，我还是把阳台的窗户打开了。这样做是为了空气流通，家里不至于有太浓的烟味。谁知这样做都不行，妻子从医院回家拿东西，还是发现我在家抽了烟。真没办法，这不抽烟的人，嗅觉就是灵。于是，妻子跟我说孙子明天就要回家，这大冬天的要开空调，窗户都关着。吸烟对孙子的身体有影响。听了妻子的话后，我对妻子说："孙子一回家，我就戒烟。"

在这之前，我曾听一位退休的同事说，他现在成了孤家寡人。他老伴在北京带孙子，只让他一人留守在家。孙子回来了，老伴也不让他抱孙子，怕他一身烟味熏了孩子。

这位同事烟瘾比我大，一天要抽一包半。

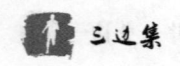

就这样，我把烟戒了。

开头几天有点痛苦，怅然若失的。好像丢了什么东西，又好像有什么重要的事情没有做一样。过一阵子也就好了，不想了。

前些天，看过一本书美国人戴维·考特莱特写的《上瘾五百年》。在这本书中，作者告诉我们令人上瘾的东西有两类：一为毒品，一为瘾品。毒品大家知道，不能碰，碰了就戒不掉。还有一种是瘾品，瘾品很多，按上瘾程度可分为几类：第一类，烟、酒；第二类，咖啡、茶；第三类，辣椒等食物，有人一顿不吃辣就没胃口。为什么？上瘾了。

有时候，瘾不仅仅是一种依赖，还是我们对自己的谅解和妥协。

就这样我戒烟五年，其间有时同友人相聚，也抽过一二支。但很好，一直没有返瘾。据一些戒烟失败的朋友说，反复了，烟瘾会更大。

其实烟是可戒的，主要看意志。

上学记

宽儿准备上幼儿园了。暑假前，女儿把宽儿送回庐江。女儿说："宽宽有点怕上学，暑期多和他说说上学的事。"

于是，在带孩子玩时我就留了个心，时不时地就和他说说上学那些事儿。有一次我和妻子把他带到小区里一家幼儿园。正是幼儿园孩子开始做操的时间，院子里很热闹。孩子们听着音乐，在老师的带领下很认真地做操。我跟宽宽说："你看，好多小朋友，我们进去玩一会怎么样？"

没等宽儿答应，我就先进去跟老师说了，老师同意宽儿进去体验一下。

宽宽虽然同意进幼儿园，但他要求我必须进去陪他。

做操结束，孩子们都回教室里玩积木。

老师也拿来一套积木，对宽宽说："潘敬宽，这是你的。"从老师手中接过积木后，宽儿要我坐在小只小凳子上，看他玩积木。其他小朋友都是两两合作玩的，正好有个小女孩一个人玩，老师就要他俩合作玩。

两个孩子合作得很好，他们搭了很漂亮的房子。宽宽说："这是我家。"女孩说："不，是我家。"说完，漂亮房子被推倒了。女孩说："搭个城堡吧，搭个白雪公主的家。"

于是，两个孩子开始为白雪公主搭家。

一时间，望着一屋子孩子们忙来忙去的快乐身影，我仿佛坐在一个童话里。

突然想起陈奕迅的一首歌：

用尽了心思盖得多像家

下一秒钟也可能倒塌

幸福的期待真像积木啊

多会幻想就能堆多漂亮

可惜感情从来就不听话

从爱出发却通往复杂

暑期很快就结束了。八月底，孩子要回去报名了。滁州三小幼儿园是所公办幼儿园，回去迟了，就会报不上名。

女儿女婿开车接宽宽回去。头天晚上，洗过澡，宽宽来到我房间。读完两本童话后，他突然对我说："大爹，我想庐江，我不想滁州。"说着说着，就哭了。我连忙安慰他："一个月后就国庆节了，到时候再回庐江，想大爹阿婆了，可以视频。""视频又摸不到你。""摸不到看到也一样。"我赶紧跟孩子偷换了一回概念。

由于思想工作做得到位，开学第一天，宽儿是笑呵呵地走进陌生校园的，只是临进教室时，要他妈妈别忘了到时来接他。看来，孩子心里还是有担心的。

晚上，宽儿和我视频。视频中，感觉他的精神状态还是很不错的。我问他第一天上学怎样，他告诉我，全班小朋友都哭了，就他没哭；接着他又告诉我，后来他哭了，全班同学都不哭了。

我有点丈二和尚摸不着头脑。女儿在边上"翻译"说："宽宽今天表现很好，只是有点担心我会忘了接他。开头，全班小朋友都在哭，就他一个人没哭。后来，同座位的小朋友说，你妈妈不来接你了，开始他还不信，旁边一个小朋友也说，我妈妈也不来接我了。宽宽信以为真，开始大哭。因声音响亮，惊得全班小朋友都望着他，都不哭了。"

听完女儿的翻译，我和妻子都笑得直不起腰来。

后来，我和妻子的手机里不断接收到女儿发来的照片和视频：

宽宝和小朋友们做游戏；

宽宝获得了小红花；

宽宝参加元旦演出；

宽宝和老师坐在一起带小朋友诵读《三字经》；

宽宝被评为"好孩子"……

有天晚饭后，妻子和我说好几天没有同宽宽视频了。我说，想视就视呗。于是，打开视频。说了不到五分钟，宽儿就同我说："大爹，我想下了，我要看故事书呢。"

说完就到沙发边上拿起一本故事书，像模像样地看着。

女儿告诉我们，宽宝现在天天晚上都要看一会书才上床睡觉，还说长大了要把大爹书房里的书都读完。

我和妻子都笑了。

第三辑 身边

斯是陋室

　　早些年曾血气方刚过，也曾在一篇叫《蓦然回首》的短文里有过这样的牢骚："我辈读书人大多清贫，比起古人，少了一间能容纳自己平静心情的书斋，只能拥有一张书桌放置自己零乱的思绪。于是，我辈不免浮躁和肤浅，真正能够心静如水的能有几人？"几年后的我，虽然从一所师范学校调到县城的一中，但仍然只住两间旧平房，好在除了几个书橱，没有什么家具。一张破书桌，书桌上仍然放满了学生的作文和练习簿，桌上也仍有挥不去的尘埃。好在面对这一切我已没有了昨日的幽怨，早已能够处之泰然，处之淡然了。

　　每当雨季来临，老房子顶棚常常漏雨，漏得也常常不是地方，甚至淅淅沥沥地漏在书橱旁和床头。一天晚上，外面的雨下得很急，妻子把家中所有能接漏的东西都拿出来接雨，菁儿也跟在母亲的身后忙得不亦乐乎。望着女儿笑容灿烂地跑来跑去，没有心情去帮一把的我坐在角落里，一种负疚从心底深处疼起，波及全身后，化作一声长长的叹息。这时，妻子走到我身边，指着端着脸盆快乐地走来的女儿说："小时候，我就同菁儿一样喜欢下雨天。那时候，家里房子也漏得厉害，我和大姐在床上顶着一块塑料布，听雨点打在塑料布上的声音，躲在布下，真有一种说不出的安全和兴奋。"

　　妻子的话就像雨点滴在塑料布上，在我的心里发出遥远的回响。我知道她是在安慰我，一种叫责任的痛苦已渐次消散。多年来，作为一个教书匠的妻子，她对于这种清贫的日子也早已习以为常了。但是，妻子的话毕竟烘干了弥漫在四周的潮湿，给我能够拧出水来的心底带来一片干爽。想想当年老杜所居的茅屋为秋风所破，如果老妻的埋怨不绝于耳，他还能有心情引吭高歌，祈愿天下寒士俱欢

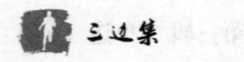

颜吗？来自身边的误解和怨气，往往是最具杀伤力的。

身居陋室，虽没刘禹锡"谈笑有鸿儒，往来无白丁"的惬意与潇洒，但也常常高朋满座。友人虽然都是布衣平民，但来陋室的大都是至爱亲朋。大家就一杯清茶，说说各自开心之事，真乃"不亦乐乎"。有时谈到高兴处，笑声甚至能把陋室的顶棚掀掉。

后来，为了赶房改末班车，学校决定集资建房。房子建得很快，离搬新居的日子越来越近，心里反而有种很浓的失落感。坐在陋室内，感受着早已变成自己呼吸和身体的每一寸熟稔的空间，心里真有一种难以割舍的牵挂。人真是一种奇怪的动物，现在，我甚至怀疑，在搬出陋室的那一天，我真的能举起那沉重的手臂，同自己的过去，向陋室，说一声再见吗？

斯是陋室。

第三辑 身边

棋中人生

人过中年，对一些世事渐渐看得淡了，有时候"偷得浮生半日闲"，上网下两盘围棋，虽然被对手杀得大败，但输也输得不亦乐乎。

学棋已有二十多年的历史了。那时，我在一所乡村中学教书，学校里一位退休的老先生有副棋子，是真正的上等云子。课余无事，总喜欢到老先生的屋里，一人一杯清茶，手谈两局，其乐无穷。也许是这位老教师闲云野鹤般的性格传染了我，我下棋一直不把输赢放在首位，这或许也是我棋艺长进不大的原因。

平时无事，也喜欢打打谱，看看电视里的一些实战解说。国外的高手中，比较喜欢武宫正树，他的棋风飘逸、潇洒，有如行云流水，充满诗意与激情，"宇宙流"是真正的大境界；但不大喜欢计算精细、绝少出错有"石佛"之称的李昌镐，因为一个从来不出错的对手是可怕的。国内一流高手中，最喜欢的还是聂卫平，老聂行棋是真正的大家风范，有王者之气，就连他那偶出的昏招，也是一种"美丽的错误"。但我不太喜欢在大战中吸氧的老聂，可能是这时的老聂患得患失，才致使大脑缺氧。

下棋如同做人，不计较得失，不计较输赢，你才能在其中找到一种平衡和调和，你才能收获一份淡泊和宁静。就像古代的一些文人雅士，游戏于琴棋书画之中，有随意而少刻意，修身养性，怡情怡性。这些十分个人化的雅好，只有成为人生的点缀而不是负累时才显现出和谐和美丽。闲暇之时，你不妨也来一盘，偶尔也出点昏招，出点小错，有时候，缺陷和小错也有一种别样的美丽。

微笑地对待一些缺陷和错误吧，人生如棋，何必太计较输赢。

感谢生活

去年年初，接县委宣传部电话，通知我参加一个电影剧本创作座谈会。平时虽然喜欢看电影，也创作过一些短剧和小品，甚至涂鸦的东西还参加过省艺术节的演出，但电影剧本创作对我来说还是一个新鲜玩意儿，心中自然有些忐忑。

开会那天，来了很多专家。首先有专家介绍了这次电影剧本大赛的目的、意义和要求，然后与会作者提出自己的构思和故事大纲，大家侃侃而谈，或历史人物，或英雄传奇，或爱情故事。轮到我，只简单说了一个与童年记忆有关的故事。哪知，会上一位专家老师当场点评了我的故事，说很凄婉、很诗意，建议我将人物最后的命运改动一下，并建议更名为《芦苇上的红蜻蜓》。会后，这位老师还继续勉励我，让我很受感动和鼓舞。

第二天，我写了一个 2000 字左右的故事大纲，按组委会的要求寄到大赛专用邮箱后，便把这件事丢在一边，继续着我两点一线式的庸常岁月。

直到春节后的某一天，我去老家看一位姐姐，站在家乡小学校的校园内，立即有点物是人非之感。小学校是十年前我的一个姑姑拿出晚辈们为她做寿的钱盖的，学校也随之更名为敏之希望小学。敏之是五姑的名讳，那年，她老人家 90 岁。希望小学奠基那天，五姑从香港回来，那时，我父母也健在，是他们陪五姑去的。

我在这所乡村小学度过我的童年时光，那时，母亲是这所小学的老师。乡村岁月宁静而诗意，我是有名的孩子王，有好多小伙伴。小学四年级时，母亲怕我太贪玩耽误功课，就让我转学到城关小学，同在县城工作的父亲一起生活。但是只要一到寒暑假，我还是迫不及待地回到那所乡村小学，我喜欢那里的一草一木，一砖一瓦，特别是门口那株树龄已逾百年的皂角树。

五年级的暑假第一天，当我踏进家门，母亲就告诉我，我最好的伙伴死了，是溺水死的。那天傍晚，另一位小伙伴陪我去他溺水而亡的堰塘边，我们默默地坐在那里，直到夕阳西下。临回家时，我和小伙伴都发现了那芦苇上停着一只美丽的红蜻蜓，夕阳照在它身上，有着一种天鹅绒般的色泽与质感，美得惊心动魄。小伙伴想去捉它，被我制止了，这只红蜻蜓在我们眼前不停地飞来飞去，那个水边的傍晚立即变得神秘而诡异，我突然觉得有点悚惶，便和伙伴匆匆离去。

现在，老家的变化是很大的，已经难寻到昨日的容颜，村村通公路也取代了过去的乡间小路，好在干渠还在，那堰塘还在。漫步塘畔，看着正在酝酿返青的故乡原野，我的思路突然清晰起来，我找到把过去和现实连接起来这根红线，是渐行渐远的乡村给了我启迪与灵感，给了我今生取之不尽的源头活水。

从老家回来后，我每日两千字左右，写得十分顺手，半个月后，《芦苇上的红蜻蜓》已具雏形，后又修改了两稿。将剧本通过邮箱发走的那天，坐在电脑前的我，点燃了一支烟，突然有种如释重负的轻松。直到前两天，收到大赛组委会的通知，我的剧本已入围，并要交不同字数的故事梗概和创作感想，又是赶鸭子上架，这才有了这篇粗糙的文字。

再一次感谢故土，感谢生活。

想起

"海神杯"首届庐江文学大奖赛已经尘埃落定了,颁奖典礼也算隆重,历时二百多天的赛事终于画了一个还算圆满的句号。

昨天,我在一家论坛看几位本土摄影家拍摄的"海神杯"颁奖典礼花絮,突然看到一位朋友在我帖子后的跟帖:"金老师,为人作嫁的感觉还好吧?"看着这位朋友的调侃,一时间我不知如何作答,茫然中,只见往事一帧帧清晰地浮出水面。

记得第一次见前锋兄,还是其余兄陪我去的。那时仁兄还住在二中的平房里,那天,坐在纳凉的竹床上,仁兄给我讲诗,并点评了我带去的十多首习作。不知不觉的,几个小时就过去了。仁兄送我们出来时,大家还意犹未尽,索性又坐在学校门前水塘埂的草地上,沐浴着略带水气的凉风,就着点点星光又谈了好久好久。

那天回家后,我一夜未眠。

过了两天,我带着经前锋兄点评过的诗作,去县文化馆拜访方晗老师。这次是雨锋兄带我去的。那时,报纸上刚报道过方老师的创作经历,她发在《清明》上的中篇《不信女儿多条路》也有不小的轰动。在我眼里,她就是有影响的作家,所以一见面,心中多少有些忐忑。在文化馆那只有五六个平方的房间里,方老师给我讲诗、讲文学,并鼓励我多写多投稿。我到现在还记得那天她对我说的话:"你的诗写得很好,你要多投稿,如果我是编辑,这些诗首首都能发表。"后来,我那天带去的诗,真的就张贴在方老师主编的文学专刊上。那次在县城的四牌楼,当我在宣传栏里看到我的习作和名字时,激动的心情无以言表。再后来,那些诗就真的发表在《巢湖文艺》和《安徽青年报》上。

第三辑 身边

想起往事，特别要提及的是两位早已驾鹤西去的长者。

夏云扬先生是位成名于五十年代的诗人。他的代表作《一片青来一片黄》还是我那当语文老师的母亲教我背诵的，这首诗曾被选入郭沫若、周扬主编的《红旗歌谣》一书而广为传诵。先生是我的父辈，但从不端长者的架子。假期时，我常去先生那里讨教。现在想想，当年同先生讨教的问题幼稚得可笑，但先生总是不厌其烦地指点我、鼓励我。一个夏天的晚天，先生带我去见一个人，是同样大名鼎鼎的李亚东老师。李老师当年那句"端起巢湖当水瓢"也是名闻海内的巢湖民歌。当时，亚东老师借住在城关小学旁边的地震棚里，等待上面给他落实政策。后来，我听说，经过漫长的等待和不倦的努力，李老师落实政策的愿望终于实现，但不久先生就仙逝了。

记忆中，两位先生都很瘦、很清秀、很书卷气。云扬老师个子更高些，烟瘾更大些，常常大声地咳嗽。

认识顾广道先生时，我刚二十出头。现在，顾先生的儿子和我同事，我常与他说我这一生中最感激的人里就有他父亲。因为一位领导干部、一个业已出名的诗人，当年能带我这个毛头小伙子"玩"，真的不易。至今想起来，我还常怀一种感恩之心。顾先生是忠厚长者，更是一位苦吟诗人。他甚至连上卫生间都在想他的诗句，真可谓是"吟安一个字，捻断数根须"。想想当年，我真年轻不懂事，常常喝着先生泡的茶，同先生就某个问题争论得面红耳赤。但争论归争论，先生从来是大人不记小人过，一有新作，总要念给我们听，我们的文字变成铅字时，也总是最先得到他的祝贺。

记得是1987年6月，《青春》杂志"桂冠诗人专号"在比较显要的位置发表了我的组诗《苏杭游踪》。先生听说后，晚上十点多来到我位于西门湾的陋室里，捧着刚出的那一期《青春》杂志，先生一遍遍地吟哦着还散发着新鲜油墨香的我那稚嫩的诗句，比他自己作品发表还要高兴。这场景现在回忆起来还觉得很清晰，很温暖，就这样，我和顾老的"忘年交"一直延续到先生生命的终结。

在我二十多年的写字生涯中，许多人给过我帮助和提携。曾用大罐头瓶当烟灰缸的陈韶华兄；谈起话来大眼睛里总放射异彩的马小平兄；还有文笔犀利、嫉恶如仇的汪法汉老先生……还有许多在这条充满荆棘、充满坎坷的路上，牵过我，扶过我，陪过我的友人们，是你们给了我关怀，给了我力量。才使我在毫无作为的今天仍然能对文字还保持着一份敬重和热爱，才使我能在这条不归路上不离不弃、无怨无悔地一直走下去。

常常想起往事，常常体味温暖。

哭前锋

一

2014年11月5日上午，我一打开手机，便接到叶馨的电话，电话中，他告诉我一个让我震惊的消息，前锋兄走了。

我不敢相信自己的耳朵，立即拨通了二中办公室的电话。他们告诉我，前锋兄是4日23点18分走的。这消息无疑是准确的，随后手机里又有了苏放和小幼两人的信息，进一步证实了这噩耗。

前锋兄走了，虽然我不愿相信，但这确是一个无法更改的事实。

就在11月3号，也就是前锋辞世的前一天，我和武荣兄一起参加了在县文化局召开的庐江名人馆资料征集座谈会。会后，武荣兄告诉我说，前锋兄回来了，病情可能重了，因为住在二中教师公寓的同事看见有人送氧气瓶到他家。

武荣兄的话让我的心突然一沉。

第二天晚上，我同苏放等人在一起小聚。饭后，我们两人边走边聊，我告诉苏兄，前锋从北京回来了，可能情况不好。我们还商议第二天通知永进等好友，准备星期六去看望前锋。

那天晚上，伫立在深秋的寒风中，我和苏放谈了很多很多，谈了我们同前锋兄三十多年的友情，谈到了前锋的病，谈了他的诗和文。一直到夜晚十一点，我们才分手。

没想到的是，就在我和苏放兄谈论他的时候，他也在人世间做最后的流连和徘徊，他是当晚11点18分走的，脚步匆匆又迟疑。

二

认识前锋兄已经三十多年了。

上世纪 80 年代,我还是刚满二十岁的文学青年,前锋兄已是县内有影响的诗人。我在报刊上读过他的一些诗作,便很想认识他。好在其余兄同前锋兄很早就熟,于是他便带我去拜访前锋兄。

那时,前锋兄刚从庐江师范调到二中,住在校园里一间简陋的平房里。记得他住的房子不大,房内只有几样单位统一配备的略显简陋的家具,但书架还是摆满了杂志和书籍。

那天,我们三人谈得很投机。前锋兄还点评了我带去的几篇习作,并热情地鼓励我多写多投稿。在他的鼓励下,我才有勇气给报刊寄去了我的习作。

从此,我同前锋兄便开始了这种亦师亦友的交往。

转眼间,十年过去了,我也调回了县城。同前锋兄生活在同一座小城,见面的机会就更多了。其间,前锋的作品登在了《诗刊》上,不久,我又在《散文》上读到了他的大作。有一天下午,前锋兄打来电话,邀我们到他家小聚。席间,我们每人还得到了一本散发着油墨馨香的长篇小说《禁忌的爱》。送我的那本扉页上写着:志伟仁兄雅正、王前锋。实际上,前锋兄长我七岁,他是兄,我为弟。但他平日对自己的同辈朋友,无论长幼,一律以兄呼之。仁兄之谦和与亲切可见一斑。

再后来的五六年间,每年暑假,我都和前锋搭档,一同负责全县中考作文阅卷工作。那真是难忘的快乐时光,一到中途休息时间,几个阅卷室的教师都喜欢围坐在前锋身边,听兄聊天。兄博古通今、博闻强记,所聊内容天文地理无所不包,兄之睿智、幽默、博学和健谈现如今还历历在目。前锋兄得病前,与永进和我等人筹备成立县作家协会,历时两年,个中甘苦辛酸实难一一道尽。

不说也罢。

三

前锋兄是去年 11 月得病的，医生诊断是贲门癌。

确诊后，玉莹大姐陪前锋北上京城治疗，他们的爱女佳佳也在京城工作。

今年四月的一天下午，正在上课的我接到光武老师的电话，在电话中，光武告诉我，前锋兄刚回来，他晚上为前锋接风，要我参加。

光武是我的兄长、同事，与前锋连襟。

下课后，我便坐车到饭店。那天在座的有前锋夫妇、光武夫妇、韶华与我。

这是前锋得病后我们的第一次相见。前锋兄瘦了一圈，因刚做过手术，有些虚弱，但精神还是不错。那天，他毫不顾忌的与我们谈到了自己的病，谈到了生与死，语调是平和与坦然的。

后来的几天里，我们又聚了几次。

不久，前锋兄又回到京城继续治疗。为了不影响他的治疗，我们之间只有几次的短信联系。但朋友们一直都牵挂着他，都在祝福他早日康复，因为朋友们需要他，需要这个时常诗情迸发的仁兄！一直到他辞世的当晚，他的友人还在相约着两天后去看他。呜呼！

昨天早晨，在去殡仪馆的路上，永进兄告诉我，前锋兄一周前在博客里最后一篇博文只有七个字：眠在青山绿梦多。这是仁兄留在人世间的绝笔诗，虽然只有七个字，但它是兄在这世上最后的念想，想象着仁兄写下这七字的情景，咀嚼着这其中的况味和悲凉，我突然泪流满面。

四

今天是立冬。

下午，我便关了手机，打开电脑写这篇文字，写写停停，一直到夜深人静。

窗外是淅淅沥沥的冷雨，响在耳畔，更湿在心头。

有人说，雨是天的泪。也有人说，因为立冬这天下雨，这注定是一个多雨的冬季。

雨还在下着，潮湿的又何止是这个冬季。

印象苏北

两年前，参加《小说选刊》举办的一个笔会，我认识了诗人川河。这位自称"商人中诗写得最棒，诗人中生意做得最好"的家伙是个特别能侃的人。因笔会中安徽老乡不多，所以几个"安徽佬"常常一聊就是大半夜。大家聊得最多的是文学，是与文学相关的人和事。那几天，苏北是川河常挂嘴边的一个名字，因为他们是好朋友。我也零星读过苏北先生的文章，看过刊物上对苏北先生介绍，再加上我与先生同庚，所以对苏北的名字就记得更牢些。

从北京回来后，找了几本苏北先生的书来看。从此，就喜欢上了他的文字，喜欢上了他从容淡定的语言和叙事。

请苏北先生来庐江这个念头由来已久。2013年4月，一天，刀和大家说起这件事，说自甫兄同苏北先生同一个单位，且志趣相投，可以请自甫相邀。刀兄本质上是个诗人，富有激情和热情，精力过人，他脑中时常奔放出许多美丽的念头。正是有了这些美丽的念头，才有了苏北先生这次庐江之行。

套用一个著名的句式：一个人有美丽的念头并不难，难的是将这些念头变成现实。

苏北来了，是和自甫一道来的。那天，来了许多人，除本地的一些文学爱好者，还有来自巢湖、无为的朋友。大家都怀揣着同一个梦想而来，在2013年初冬，相逢在一个叫锦怡的地方。

见面会是热烈的，虽然窗外有不算凛冽的寒风，但所有的人都一起感受到了文学的温度。苏北先生讲课语调不高，语速不快，像他的文字，从容不迫，娓娓而谈。先生一讲就是两个多小时，没有所谓的"宏大叙事"，他讲与汪曾祺先生的交往，讲一直活在童话

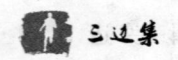

里的顾城，讲孙犁的白洋淀，讲小说家的散文，切口虽都很小，均属个人心得。但这些独特的体验、独到的见解是我们平时在教科书里看不到的。我曾听过很多作家、诗人和评论家的课，这次的收获是最大的。

第二天，天上下着绵绵秋雨，我们一道去黄屯老街。坐在老街十分简陋的早点铺子里，我们一边用手拿着黄屯米饺，一边喝着粗瓷碗里的白开水，一边听着刀兄说着黄屯老街的故事。望着对黄屯米饺赞不绝口苏北先生，我突然觉得坐在对面的他是个很温暖的人。这份温暖来自这种随和与亲切，来自自甫所说的"人间烟火"。

第三辑 身边

一个人和他的电影

上周五，应刘峻之邀同一帮朋友去合肥参加他的电影《村支书金岚岚》的开机仪式，这应该是他的第二部电影。他的第一部电影《留守姐妹》当年在含山拍摄时，我因临时有事，没有能够去拍摄现场，一直视为憾事，所以这次一定要去。

同刘峻兄相识是 20 多年前的事了。那时，他在白山区文化站上班，我在他的老家矾山教书。因两地遥远，且交通不便，见面并不多。后来听说他写了很多戏，再后来又听说他的剧本《幸福村的婆娘们》获了首届田汉戏剧奖，这是改革开放以来安徽剧作家在省外获得的第一个奖项。其重量和轰动是不言而喻的。

那还是一个文学的黄金时代，虽然已不可复制，但每当忆起，时常还有一种壮怀激烈的冲动。

上世纪 90 年代，我们先后调到县城工作。我们之间的交往才渐渐多了起来。他岳母家在西门湾的盐仓巷，同我家很近。所以我们见面聊天的机会多了起来，有时还能碰到住在附近的韶华兄，大家常常一聊就是半夜，忘却了时间，甚至有时聊到不知东方之既白。

2003 年，我在巢湖市委党校学习，时间长达两个多月。因课程不重，有大把的课余时间可以挥霍。正好那时刘峻已调到市文化局创研室，妻子还在庐江上班。所以他在市文化局老宿舍楼的那间"陋室"，便成为两个单身汉快乐的天堂。

记得那间屋不大，只有 20 平方，桌上，床上，甚至地上都堆着书和期刊。酒后我们放肆的笑声，常常将那老式窗户的玻璃震响。从那时起，我才感觉到狂放到放肆的笑声有时也很恐怖。能发出这种笑声的人，至少要具备两个条件：一是充足的肺活量，二是足够宽厚的情怀。二者缺一不可。

就是在这间陋室里，刘峻写出了《巢湖水下有座城》，写出了那本厚重的、50多万字的《六十花甲》。

今年六月，我的电影剧本《芦苇上的红蜻蜓》在首届安徽电视电影剧本大奖赛中获组委会提名奖，所谓提名奖，我知道多少有些抚慰的性质。可他的剧本《彭家昌和他的三个女人》获了一个很结实的二等奖。所以颁奖那天，我找了一个理由让自己远赴云南一个叫丽江的古城，没能参加这次颁奖会。从云南回来后，我有一次去他上班的地方找他。那天，在合肥广电大厦的顶层，看着脚下静谧的天鹅湖，刘峻说着他的剧本构思，说着这个叫金岚岚的女村官的故事。厚厚的镜片后面，他的目光炽热而明亮，我突然读懂了其中的热爱、坚定与执着，那是一种很有质感的执着，那是一种很有温度的坚定，那是一种很有血性的阳刚。

河杨柳和他的村庄

　　昨天，在一家论坛上看了河杨柳的新帖《2012年河杨柳部分散文作品回放》，里面的文章有些虽然过去读过，但我还是认真地读了一遍。那平实、扎实的文字，那扑面而来的乡土气息，特别是字里行间时时逸出的那种温暖的情感还在不断地打动我，让我那苍老且苍凉的心在阅读中慢慢得柔软起来，暖和起来。

　　认识河杨柳是2012年8月，是在"浪漫七夕、爱在庐江"征文比赛的颁奖晚会上。我是评委，他是获奖作者。记得他获的是二等奖。他的作品是篇小小说，名字叫《最美的一对是咱爹娘》。手法虽较传统，但那充满真情的叙事，还是打动了所有的评委。

　　后来，我们又一道参加了庐江县"校园文学"研讨会，我才知道河杨柳也曾经是我的同行，在一个乡村学校当过几年的代课老师。那是我们第一次交谈，他朴实的话语，特别是他那略带羞涩的表情和微笑，都给我留下深刻的印象。再后来，我们又一道去亳州，一道参加篝火晚会，我对他的了解才一点点多起来。在我眼中，他是一个认真、执着的书写者，是一个透明、清澈的诗人，他的朴实，他的真诚，他的勤奋，都给了我阳光般温暖的感受。

　　许是童年时同母亲在乡村小学生活过的缘故，我一直有一种乡土情结。正是那几年的乡村生活经历，给了我生命中最初的也是最珍贵的诗意和回忆。所以，在读河杨柳的《燕子筑巢》《油菜花》，特别是读他的《禾苗青时泥鳅肥》《听水稻拔节的声音》和《那年我和姐姐一起拾肥》时，心中油然而生的是对乡村诗意生活的追忆，是一种深深沉浸在人间烟火中的温暖与体贴，是一种让心头发酸和柔软的抽搐与感动……

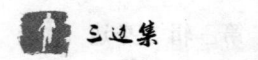

前两天"海神杯"颁奖后,我又遇到了河杨柳。那次,我们谈了好久。谈话中,我有意识地跟他说刘亮程,说起刘的那本《一个人和他的村庄》。我同他说,要他继续他的乡土风格,期待他在不久的将来也写一本《河杨柳和他的村庄》。

　　那天晚饭后,我们又聊了一会,河杨柳要骑他的摩托回他的村庄去。天太冷,朋友们都劝他不要骑车,让他住一晚再走,邦法兄要开车送他,都被他谢绝了。目送着他骑着摩托渐渐远去的背影,突然想起小时候在乡村"五九六九,河边插柳"的旧事来,眼前一片鹅黄嫩绿,心中一片明媚春意。于是,我跟站在一起的朋友们说:"河杨柳是能够写出来的。"是的,他是一定能够写出来、走出来的。从充满希望的乡村,走进他心中的殿堂。我坚信,在即将到来的下一个春天里,他会带着他的村庄,给我们一个奇迹,给我们一个惊喜的。

走近大师

认识他的画比认识他的人要早。

上世纪 70 年代，我上初中，喜欢上绘画。那时的县城很小，好玩的地方除大戏院、电影院外，就数四牌楼新华书店和几个大小商店了。

记得很偶然的一次，我发烧，父亲带我去当时庐江县手工业管理局诊所去看病。打完退烧针后，我来到手管局前面的一家小商场。商场不大，里面陈列的商品多是手管系统自己的产品，只记得有庐江美术瓷厂生产的各种瓷器，突然间，我的目光被墙上陈列的几幅铁烙画吸引住了。站在这些画前，我被这种别开生面的绘画形式俘虏了。

于是，就记住了这些画，记住了这些画的作者：计宝林。

好多年后，已经不再画画的我在一篇文章里得知，这种铁烙画最早名叫烙花，又叫火针画。起于东汉，最早用于宫廷木梳的装饰。是以铁为笔，以火为色，将传统水墨画的技法用烙铁等工具在木板等特殊材料上作画的特殊画种。

那天，看完这篇文章后，坐在子夜的灯光里，我突然想到父亲带我看铁烙画的那个遥远的下午，想到了那些烙在浅黄色纸板和木板上的花鸟鱼虫、山山水水，那些有着木质纹理和色泽的画面，不也有着时光的质地和光阴的味道吗？

时光又过去十多年，1980 年代，我在矾山中学上班。那时候的交通不像现在这么方便，来回必须坐班车，所以，汽车站是每周必去的地方。80 年代中期，庐江汽车站迁址。新落成的庐江汽车站成为县城地标性的建筑，候车大厅也特别的高大敞亮。1986 年的一天，我准备坐车去学校，一进候车大厅，就被吸引住了，简易的脚手架上，一个个头不高、略显清秀的人正手拎油漆桶用油刷在候车大厅整面墙上用力涂画着，在他的涂画下，一个巨幅的《万里长城》图已基本完成。北中国层峦叠嶂之上，万里长城似一条巨龙正欲腾飞。整个画面气势磅礴、气韵生动，站在画前，你的心中自有一股真气，一腔豪情在奔流涌动。

真是一幅让人振奋，让青春血脉贲张的大气之作。

我问边上给画家打下手的那位，这位画者是谁，他告诉我是计宝林。

又是计宝林。是因为小城实在太小，还是计宝林本来就是画界翘楚？

那天，我一直看他作画，误了最后一班车。

直到 2016 年春季，一个阳光明媚的日子，我同县文联苏昉秘书长一道，拜望我少年时代的偶像计宝林大师。

大师住在城中心绣溪园商城对面，一个闹中取静的好处所。我们到时，大师早就在等我们了。相互寒暄一番后，大师带我们看他的雕塑工作室。说是工作室，不过是楼房东面的一个不足一百平方的小院子，靠里搭建的一间 8 平方的工作间，有一个两米高的台子。院子里有两尊铜像的模具。一尊是孙立人将军铜像，一身戎装孙立人将军，英气逼人，栩栩如生。特别是眉宇间传达出的英雄气将一位抗日名将传奇的一生进行高度的表达和概括，是一件不可多得的传神佳作。另一尊是妙山法师的坐像，眼前的法师做拈花微笑状，不但有一种随处安然的宁静，更有一种万缘尽消的禅境。两尊铜像，一为立像，一为坐像。站有站的叱咤风云，英姿焕发；坐有坐的温柔敦厚，宁静致远。诗人余光中说过："敢在时间里自焚，必在永恒里结晶。"站在这两尊铜像前，我仿佛感受到历史与岁月的景深处那永恒的美感和温度。

看完工作室，计宝林大师带我们去二楼他的家中。就着一杯清茶，我同先生说起了铁烙画，说起了近四十年前，一个热爱绘画的少年，第一次见到这种罕见艺术品时的激动与惊奇，说起了那次看他现场作画时，误了最后一班车的陈年往事。

话匣就这样在袅袅茶香中打开，先生回忆起过去的岁月，从小热爱绘画艺术的他，十多岁就画毛主席像。也许是初生之犊不怕虎，也可能是艺高人胆大。因为在那个年代敢给伟大领袖画像，稍有差池，就会被打翻在地，甚至会有牢狱之灾。但是计宝林凭着绘画这一技能，成为小城家喻户晓的文化名人。1969 年，高中毕业的计宝林下放到原冶山公社插队，在广阔天地里，计宝林一方面虚心接受贫下中农的"再教育"，一方面利用农闲时间，潜心研究铁烙画。

功夫不负有心人。1972 年，他创作的铁烙画在县文化馆展出时，引起了当时县里负责同志的重视，1975 年，他被县美术瓷厂招工任美术设计。1978 年，他被选派到中央工艺美术学院进修，后又受到著名画家韩美林、雕塑家闫玉敏的言传身教，在大师身边点点滴滴的耳濡目染，成为他今生取之不尽，用之不竭的艺术营养。

大师的家中，有一方墙的陈列柜。柜中摆放着许多大师几十年来的优秀陶艺作品，有早期的人物造型和动物造型的摆件，也有各类构思别致、制作精美的茶具、酒具等实用器具，真是琳琅满目的。特别令我兴奋的是，在其中，我还发现了凤鸣酒壶、瓷雕《哺》等曾给大师带来许多荣誉和声誉的代表作品。上世纪 70 年代出版《安徽省风味土特指南》（工艺美术篇）一书曾这样介绍凤鸣酒壶："这些产品在造型设计和釉色装饰上，达到了很高水平，富有民族特色，有艳如花，美如玉之称，如凤鸣酒壶，是一只金色的凤凰站在花苞上，凤尾弯下作壶把，牡丹花枝伸出作壶嘴，牡丹花苞作壶盖顶。壶内粘接着一只瓷哨，斟酒时，壶嘴向下，凤凰在向客人点头致意。瓷哨则发出洞箫般的声音，宛如鸾凤和鸣，平添了许多兴趣和酒兴。"这种酒壶的创意和设计，真可谓匠心独运，巧夺天工。

一分耕耘，就有一分收获。计宝林大师的多件作品分别载入《安徽省风味土特指南——工艺美术篇》《中国民间名人录》《安徽概况》《庐江县志》等书。1978 年，计宝林大师制作的凤鸣酒壶参加全国工艺美术展览，并在第九届中国海峡工艺品博览会优秀作品评比中荣获金奖，该酒壶还在 2015 年 6 月被安徽省工艺美术珍品评审认定委员会认定为"安徽省第一届工艺美术珍品"。1978年，其作品《喂鹿》入选安徽省工艺美术品参加全国工艺美术展览。2012年，他的雕塑作品《孙立人将军》在第六届中国国际文化博览会暨2012中国工艺美术精品博览会优秀作品评比中荣获金奖。2013年，雕塑作品《潘鼎新》在第七届中国国际文化博览会暨2013中国工艺美术精品博览会优秀作品评比中再获金奖。2014年，他的陶瓷作品《哺》荣获中国工艺美术"百花奖"金奖。同年，他也荣幸地被安徽省第三届工艺美术大师评审认定委员会和安徽省传统工艺美术保护和发展促进会评为"安徽省第三届工艺美术大师"。

望着这些凝聚着大师几十年心血和心力的艺术作品，望着这许许多多的证书、奖杯，把玩和欣赏着这些有着岁月包浆的精美瓷器，我心中涌动的不仅有折服与敬佩，更多的还有温暖和感动。

杏园忆往

百年庐中与百岁校长

2003年春天，学校决定成立庐江中学百年校庆办公室，我被抽到办公室负责校史资料的收集整理工作。有一天晚饭后，我在体育场遇见前来散步的吴少勋先生。吴老退休前，曾是县地方志办公室的主任。先生听说我在编写《百年庐中》一书，就告诉我，庐江中学有一位已达百岁高龄的姓郑的老校长还健在。要我设法联系上他。吴老还给我提供了一个线索，说郑老校长还有一个侄子在庐江，是县邮政局的退休职工。

吴少勋先生是位文史专家，特别是在地方史的研究上有很高的造诣和建树。吴老说的线索很重要。同先生分手后，我就拨通了邮政局陈局长的电话。交谈中，陈局长问我能否提供更具体一点的信息。于是，我又找到吴老先生，请他提供尽可能多一点的关于郑老校长侄子的个人信息。吴老真是个百事通，他虽不记得郑老校长侄子的名字，但记得其爱人的姓及曾担任过的职务。当我把吴老提供的这些零星信息反馈给陈局长时，陈局长马上就说，知道是谁了。并且告诉我郑先生虽然退休了，但他有个孩子还在局里上班，随后把郑先生孩子的联系方式告诉了我。

当天晚上，我就打听清楚了，郑老校长已经101岁，住在铜陵。

第二天，我就同办公室的几位同事驱车前往铜陵，去拜访这位百岁高龄的老校长。知道我们一行是从庐江来的，郑老校长很高兴。虽然已是期颐之年，老人的思路还是很清楚的。他同我们回忆起他的老家七桥郑家湾，说起了当年在庐中任校长时的陈年往事，老人家甚至还记得几位同事和学生的名字。近一甲子前的旧事还能记得如此清楚，真的令人唏嘘不已。

一是怕时间长了影响老人家休息，二是我们还有任务，要赶往六安去拜望另一位老校长。坐了一个多小时后，我们便告别了老校长。

第二次去拜望郑老校长是在当年的九月底。这次我带了一整套校庆纪念品去拜望老人家，并告诉他，校庆时间是十月五日。老人家告诉我，芜湖汇文中学也是在国庆节期间举办百年校庆，也邀请他前去参加。并说他1948年从庐江中学离任后，就应邀去芜湖担任汇文中学校长。接到汇文中学寄来的请柬后，这几天，他一直犹豫不决。他说过去有"六十不劝酒，七十不留宿，八十不留饭，九十不留坐"的古训，考虑自己已经百岁了，就一直没有答应汇文中学。老人家的话说得很诚恳，也很实在。我们也不敢勉强老人，坐在他家客厅里把一杯浓茶喝淡了，"邀请"两字都没好意思说出口。

哪知回到学校的第二天，就接到老校长家人的电话。电话中，老校长的孙子告诉我，说我昨天离开后，老校长召集儿孙们开了一个家庭会议。老人在会上决定说，他要参加庐江中学的校庆典礼。

接到这个电话后，我丝毫不敢延误，第一时间向校长汇报了情况。校长很高兴，立即就老校长来校的行程起居做了安排。

校庆那天，上万人参加了典礼。当主持人介绍了坐在主席台上的郑老校长时，会场上响起了长时间的掌声。当天的电视新闻和第二天的报纸上都以"百年校庆迎来百岁校长"为题都做了报道。

黄校长的遗憾

校庆那年，黄校长88岁，正是米寿之年。

我去拜望黄校长是2003年的4月，那天，得知我们要来，先生

第三辑 身边

早早就在家中等候。先生晚年，一直同女儿住在皖西学院的一栋老楼里。

一进门，先生就给我们每人泡了一杯上好的黄芽。先生身材高大，精神矍铄，谈笑风生的样子一点也不像是个年近九旬的老者。

从交谈中得知我们此行的目的是来借用一张照片，先生叫女儿拿出影集让我们挑选。先生的影集里还存有过去在庐中当校长时的一些老照片，先生指着一张合影告诉我，这是施润先生，这是钟礼仁先生。我告诉他，施先生、钟先生现在都住在学校里，身体都很好。先生笑得很开心，说一定会参加校庆活动，到庐江见见几十年未见的老同事、老朋友们。

先生的好心情也感染着我们。那天，我们绕道从霍山回家。路过佛子岭时，在一户茶农家，我还买了两斤霍山黄芽。

但是，当我九月底带着请柬和校庆纪念品前去皖西学院邀请先生参加校庆典礼时，才得知先生一个月前刚做了手术。手术后的先生虽然很虚弱，但还坚持着起床接待了我们。先生动情地和我说："小金，上次你来了我很高兴。我很想念庐江中学，很想参加百年校庆，很想同老朋友们再见一面，那里也曾是我的伤心地啊。"

那天，先生同我说起了一些发生在上世纪五十年代的往事……

没有黄校长的校庆典礼依然按时举行了。但从此以后，每每翻开《百年庐中》这本书时，先生的音容笑貌依旧会浮上眼前。

时间过得很快，忙完校庆不久就到春节了。正月初二上午，我在岳父家拜年时，手机响了。电话是皖西学院办公室打来的，通知我说黄礼勋校长正月初一走了。

正是大家都在家过年的时候，没有人愿意去六安。第二天，我同办公室的驾驶员代表学校去皖西学院参加了先生的告别仪式。在大厅外面，我看到一张讣告，上面写着先生的生平。先生早年就读于西南联大外语系，从庐江中学调出后，就到了六安师专，78年平反后担任六安师专（皖西学院前身）副校长直至退休。享年89岁。

我久久地站在这张讣告前，心情黯然。想人生有时很长，有时很短。短的时候就像先生89年的人生，浓缩在这张纸上，只是短短的几句话。

一本影集

　　上世纪九十年代,我任学校办公室主任。有一天,整理储藏室里的几个老木橱,竟在一些早已废弃的杂物中发现了两瓶砒霜和一本影集。办公室里怎么会有砒霜,我立即打电话请教刚离任的老主任。老主任告诉我这两瓶砒霜是"文革"中实验室上交办公室保管的。当时学校里比较乱,所以,学校决定将这危险品交给办公室保管。

　　事情过去好多年了,这砒霜放在办公室的橱子里,终究不是个事情。于是,我向分管校长做了汇报,很快的,砒霜移交至实验室保管。

　　还剩下一本影集。里面的照片虽然都发黄了,但依然很清晰。这些照片大都是上世纪三四十年代在广州、上海、重庆的影楼里拍的,上面的人皆着西装、旗袍,看上去有种恍如隔世的雍容华贵。

　　问了好几个人,都不知道这本影集的主人是谁,吴文才副校长让我到已经退休的宋老师那里去问问。宋老师过去是庐江中学的学生,毕业后一直留在学校工作,退休后还一直住在学校里,对校园里的一些陈年旧事了如指掌。果然,宋老师拿到影集只翻开两页,就告诉我:"是甄居的,这影集应该是他在'扫四旧'时上交学校的。"宋老果然是个"庐中通",一句话就能指点迷津。

　　虽没有见过甄居先生,但先生的大名早已如雷贯耳。早些年,我曾在《巢湖文艺》上读过他的文章。于是,我问宋老师甄居先生还有没有亲人在庐江,宋老师说有。于是,我请宋老师将这本影集转交给他的后人。先生已不在人世了,这本影集对于死者是遗物,对于生者,那可是一份珍贵的念想。

　　前年,甄居先生的学生晚来风在网上写了一篇纪念文章,题目叫《曾经沧海忆甄居》。文章写得很好。当时,我参与编辑纸质版的《庐江文艺》,于是就向晚来风约了这篇文章。并在当年的《庐江文艺》上刊登了此文。在当期刊物的《卷首语》中,我是这样推介晚来风这篇纪念文章的:

　　"本期我们还可以欣赏到晚来风先生的长篇回忆散文《曾经沧

海忆甄居》，作为甄居先生的学生，作者晚来风用心汁铸成笔下的文字，质朴真诚，平易中蕴涵着一种震撼心灵的力量。我们透过细细密密的文字，透过风风雨雨的岁月，可以真切地看到一位师者、长者的人生足迹，感受到人生的真实，情感的真挚。甄居是上世纪七八十年代的著名作家，曾在庐江好几个学校教书育人，后调入刚组建的巢湖师专并病逝于此。先生生前不仅是文学大家，也是桃李满天下的师者。相信无论是他生前的读者，还是学生，都能在这篇文字里找到时光的碎片以及残存在这些碎片中的温暖往事。

其实，时光也就是一条河。

那些昨天的河流，有的虽然已经干涸断流，但它毕竟流淌过我们今生最清澈的时光，流淌过我们今生最清澈的记忆。

有了这些，有过这些，此生已足够。"

银杏与紫藤

百年校庆的庆典活动只有短短的一天，筹备的时间却长达好几年。

早在 2000 年的省示范高中评估验收前，我和钟社生校长到桐城中学取经。听桐中汪年生校长说，其时桐中正在筹备 2002 年百年庆典活动。一句话惊醒梦中人。从时间上看，桐中比我们学校建校早一年，有些事还是未雨绸缪的好，特别是一些大事。

于是，百年校庆这件事就开始种在大家的心里了。

那天，我们在桐中不但看了校史展室，还在这所美丽的校园里长时间的流连。

桐中是一所美丽的学校，也是一所有底蕴的学校。这一点，安徽的很多中学是望尘莫及的。且不说教师中的吴汝纶、马其昶、光昇，那些从桐中走出的学子中，就有房秩五、章伯钧、朱光潜、方东美等一大批注定要走进史册的名字。在参观展室时，我很惊讶地看到了吴孟复先生的照片和介绍，先生可是当代著名的古籍学家、古典文学研究家。孟复先生也是我朋友瑶华君的大伯，正宗的庐江人。怎么也是从桐中走出去的，可见当年"桐城派"的影响力和辐射力。

桐中校园里有很多古迹，像后乐亭、半山阁、啖椒堂、左忠毅公祠等名胜都保存完好。但我们最感兴趣的是"惜抱轩"银杏树和那棵紫藤。

这株银杏，种在姚鼐书屋"惜抱轩"旁，相传系姚鼐辞官回乡后亲手栽植。因距今已二百多年，种树人和当年的惜抱轩早已化为尘埃。但这株银杏，在后人的唏嘘和感叹中，如项脊轩院中那株著名的枇杷树，早已经亭亭如盖矣。

还有紫藤。紫藤虽只有一棵，但其身如曲折盘旋的巨蟒，虬枝繁茂，浓荫蔽日。一棵紫藤牵出一处景点，名字就叫紫藤长廊。

这棵紫藤与这所著名的学校同龄。当年吴汝纶先生创办桐城中学时，曾亲手种了两棵树，一株翠柏，一株紫藤。站在紫藤长廊里，欣赏着那一串串淡紫色的花束，汪年生校长告诉我们一段奇事，相传当年吴先生手植这两株树，是想以这两株树暗示做人之道，告诫并教育学生：做人要像翠柏，挺拔向上，四季常青；勿学紫藤，不能自立，匍匐在地，若要向上，只能攀附他物。令人遗憾和没有想到的是，后来这紫藤竟攀援上翠柏，并死死缠绕，最终将其缠死才算了事。

从桐中回来后，学校为美化环境，决定也建一个紫藤长廊。于是，总务处找人从冶父山挖来十几根紫藤，因长廊很长，紫藤不够，又挖来十根凌霄补上。刚种上时，紫藤才酒杯粗。但大家都相信，它们一定会长大，而且时间不会太长，十年树木嘛。

那一年，学校的高考成绩很辉煌，不但有七个学生上了北大、清华，还有一个学子蟾宫折桂，成为当年安徽省高考文科状元。

也是奇事。那一年，学校里的几株银杏树上结满了银杏，真可谓是果实累累。我请几个搞摄影的朋友拍了几张银杏树挂满果实的照片。其中有一张后来用在《庐中百年》画册里。当年这画册是在河南郑州印的，社生校长让我给画册补上文字，还特别嘱我给这幅"银

杏"配首诗。这多少有点赶鸭子上架的意思,因为,我早过了写诗的年龄。但校长的话不能不听,于是,写了这几句"分行"的东西:

每一片叶子

都闪烁着十月

黄金的质地与光芒

每一粒果实

都在秋风中诉说

春天的祈盼与畅想

每一圈年轮

都深深地刻下百年老校

一个世纪的沧桑与辉煌

我知道这不能算诗,至多只能算是把一组排比句分了行。后来,这首《题银杏》真的印在了画册里。我这人面皮有些薄。此后,每每翻到这一页,我还常常面红心跳。

过了几年,这几株近百年的银杏树倒没什么大的变化,但紫藤和凌霄真的是粗壮了许多。又过了几年,学校整体搬迁至城东新区。搬迁前,学校决定将老校区里最大的一株银杏移栽至新校区。此株银杏树大根深,移树那天,还动用了挖机和吊车等大型机械。俗话说,人挪活,树挪死。所以,好长时间,我一直担心这株银杏,每次下课,总要在树下溜达一圈。还好,挪过来五六年了,这株银杏一直活得很健康。

学校搬走了。我人虽在新校区上班,但家还留在老校区这边。每到节假日,特别是紫藤花开的日子,我喜欢坐在长廊的绿荫里。有时带上孙子,有时带一本书,有时什么也不带,就这样坐在那里,仿佛坐进一段往事中。

渐行渐远的短语及其他

抢军帽

在我小时候,毛主席像章是人人喜爱的装饰品。我有一个瓷质的像章,上面的画面是毛主席去安源。有一次看电影,姐姐把这枚漂亮的像章别在我胸前。在街上没走多远,便被一个十四五岁的少年拽走了。

毛主席像章人人爱,哪个抢到哪个戴。所以人们抢得是冠冕堂皇,抢得是理直气壮。被抢者也只能心甘情愿,觉得被抢是理所应当。

在我上初中时,这句话已被改成"绿军帽人人爱,哪个抢到哪个戴。"很多人都有一种军人情结。一些漂亮的姑娘们,她们找对象首选穿绿军装的军人,特别是穿"四个兜"的。"一颗红心头上戴,革命的红旗挂两边。"随着样板戏的普及推广,这段唱词也红透了大江南北。

我一直想有这样一顶军帽。

一天上午,同桌的晓群头戴一顶军帽来到教室,很神气。我很羡慕,就以借《海岸风雷》小人书给他看一天为交换条件,想让他把军帽借给我戴半天。晓群这人从小就仗义,答应上午放学前把军帽借给我。

放学时,晓群把军帽交到我手上,郑重地对我说:"借给你戴一中午,下午上学时还我。"我把军帽捧在手中,发现帽子里还衬着一张白纸,白纸和帽檐都有一种油油的感觉。我把军帽戴在头上,虽然军帽散发出一种怪怪的难闻的脑油味,像隔年腌制的腊肉的味

第三辑 身边

道，但第一次戴着军帽我的感觉还是很好很受用的。

正得意间，突然感到头皮一凉。不好，一个骑自行车的人把我的军帽抢走了。整个中午，我都魂不守舍，不知道下午到校后怎么跟晓群说。那天下午，我早早地来到学校等晓群。好不容易熬到上课时间，我才在教室外面等到了姗姗而来的晓群。晓群看我头上、手中都没有了军帽，再加上我浑身的沮丧，不安地问我："军帽呢？"我只能如实地说："被抢了。""被抢了？帽子是我哥的，他也只借给我戴两天，现在被抢了，我哥会把我皮剥了。"晓群脸上有着天要塌下来的暗无天日的表情。

那天下午，晓群和我都没上课。我们先在街上闲逛，见了几个人戴着军帽，但都长得人高马大的，所以我们都没有勇气上去抢。时间在一分一秒地过去，最后晓群说找他表哥试试。晓群表哥比我们高一年级，曾用一块青砖开了同学脑袋而被学校开除。晓群母亲严禁晓群同这位娘家侄子来往，但这次为了军帽，晓群把母亲的禁令也抛在脑后了。

我们在体育场的后面找到晓群的表哥时，他正和四五个同他差不多大的少年坐在草地上胡侃海吹，每个人嘴上都叼着一根烟。晓群同他表哥说了军帽被抢的事，其中一个脸上长着许多"青春痘"的少年站起来说："好大的事，再抢一个就是了。"晓群表哥对我俩说："这是强子。"我们立即对强子点头致意。强子对晓群表哥说："两包香烟，不能奓于光明的。今晚体育场放电影，我们合伙帮他们抢一顶回来。"

我赶忙回家偷走了抽屉里那包父亲一直舍不得抽的"飞马"烟，晓群也在家摸了一包"东海"烟。当我们把烟交到强子手中时，强子很老到地把烟放在鼻尖上闻了闻，边撕开烟纸边说："这烟好，飞马，两毛九，小店买不到。"说完一人散一支，点上，深深地吸一口，吐出一串从淡蓝到淡灰的烟圈，说："这烟真不错，军帽包在我身上。"

那天晚上，我没有参加抢军帽的行动。因为晚饭时，父亲发现那包烟不见了，问我，我说不知道。于是父亲就关我禁闭，把我锁在屋子里，连电影也不许我去看。那天晚上体育场放了两部电影，一部是《第八个是铜像》，另一部是《卖花姑娘》。晓群第二天上学时告诉我，那天晚上看电影人不少，但戴着军帽的不多。强子他们在人群里瞅见一个戴军帽的人正在聚精会神地看电影，这个人个子较高，强子一个弹跳从那人头上抢下军帽就扔给同伴，同伴也迅速地丢给另外一个人。这样接力式的传递，是强子他们事先设计好了的。所以等到那个被抢者抓到强子后，强子的手里已没有了军帽。强子因此饱受了一顿老拳，鼻子都被揍开了花。

这事情过去好多年后，我又调回到了母校工作。有一天，晓群打我手机要我帮一个学生到母校借读，他说这个比分数线少了十分的学生是强子的儿子。我一听说是强子的儿子，不假思索地立即答应了。虽然当年借读很困难，但是强子这个忙我一定要帮。

因为，我还欠强子一顶军帽。

宣传队

宣传队的全称是毛泽东思想宣传队。

在普及样板戏的年代，很多毛泽东思想宣传队应运而生。我老家的大队也成立了一个。宣传队里有过去唱草台班子的民间艺人，他们平时是种地的农民，农闲时便组织起来走村串户唱一种带哭腔的"倒七戏"，这种"倒七戏"乡下老头老太太们都喜欢听，特别是些老太太们听《小辞店》《休丁香》能听得泪水涟涟。但宣传队的主力还是下放知青和回乡知青们。

宣传队成立前，大队先在各生产队摸底，然后通知知青们来大队部面试，进宣传队的条件是吹拉弹唱必须要会一样，模样还要出挑。更重要的是家庭出身要好，要根正苗红。用大队李书记的话说，要一巴掌能拍到底。挑选出来的人都可算是个挑个剔的，有个马鞍山知青能在大场基上连翻好几个前空翻和后空翻，年轻人好表现，常常在场基上翻出一片叫好声来。后来，我还发现他每天早上喜欢在干渠埂上打拳。于是，这位知青会拳脚的消息就不胫而走了。只有一个人是例外，这姑娘姓伍，是上海下放知青，好像家庭出身是民族资本家。但县剧团来帮忙挑选演员的导演说，所有的人中就数她条件最好，有基础。就这样，她就作为"可以教育好的子女"勉强留在了宣传队。

在宣传队留下的人个个都喜笑颜开的，因为再不用顶着烈日干双抢了，还一分不少的照样拿工分。特别是那些从城市来的女学生，再也不用担心秧田里的水蛇和蚂蟥了。

锣鼓一响，脚板就痒。乡村的夜晚是寂寞的，家家户户甚至连煤油灯都舍不得点，这夜就显得特别的漫长。现在大队部里点了一盏汽灯，亮如白昼。大伙儿有事没事都来凑一份热闹，有的人一放下碗就来了。在暗夜里待得时间长了，人也成了趋光的动物。

宣传队排的是现代京剧《沙家浜》。大人们都说这演郭建光和阿庆嫂的扮相好，上相。但我更喜欢那个扮演胡传魁的。这人是个大胖子，他的脸上有几粒麻子。他唱那段著名的唱段："老子的队伍才开张，十几个人来七八条枪"时，脸上那不多的几粒麻子也闪着油光。我和几个小伙伴很快就学会了这几句，大家每每聚在一起时，都要学一学胡司令，挺着肚子，粗着嗓子吼一声："老子的队伍才开张"。

汽灯虽然很亮，但纱罩很容易烧掉。一天排练正在兴头上，汽灯的纱罩又烧了。大家手忙脚乱地找手电，换纱罩。汽灯亮了，亮得晃眼睛。一晃间，我看见"郭建光"和"阿庆嫂"的手松开了。

一切照旧。排练继续进行。很快的，去公社汇演的时间到了。我们大队的《沙家浜》在公社汇演中独占鳌头，获得第一名。春节前还要代表公社到县里去演出。去县里演出前，宣传队出了点事，差点耽误了去县里的演出。原因是大家发现演郭建光的小成和演阿庆嫂的小伍谈"乱爱"，那年月，男女青年公开地进行自由恋爱的不多，大家都把谈恋爱戏谑成"谈乱爱"。宣传队成立之初，大队也宣布过不能"谈乱爱"的纪律，但有些事堵是堵不住的。大家对这样的事也大多持一种见怪不怪的态度,睁只眼闭只眼。但就有人心里不舒服,有次元旦聚餐,那位会翻后空翻的马鞍山知青因多喝了几杯山芋干酒,对小成出言不逊。两人从动口到动手,小成被马鞍山知青连摔了几个"狗啃泥"。

小成是回乡知青,兄弟七八个。大家都觉得小成被摔脸上没面子,于是,兄弟几个一道来找马鞍山知青算账。马鞍山知青得知消息后,也联系了几个知青点的知青准备应战。幸亏大队书记带民兵及时赶到,才制止了一次流血事件。

县里的汇演结束后,马鞍山知青就招工到县化工厂当了一名工人。后来,我到城里上初中时,还见过他几次,他代表化工厂参加县里组织的篮球赛。他弹跳好,三步上篮动作干净漂亮,是篮球场上的明星。再后来,县里的篮球赛就看不见他的身影了,我问家住化工厂的同学,同学说他调回马鞍山了。

小成和小伍后来成了一家子。恢复高考后,小伍考上了华东师范大学,从此,孔雀东南飞。听说再也没有飞回来过。

货郎担子

小时候逢年过节,最期待的就是家里杀鸡宰鹅。这种期待不仅仅为了吃,而是为了那些鹅毛和鸡胗皮,因为这些东西最后都会归我。

有了这些零碎后,我的童年又有了一份期待。人就是这样,在一份份或有望或无望的期待中,长大,变老。这时的我,期待是那熟悉的拨浪鼓声。

拨浪鼓声总是从一条乡路上由远而近。随着鼓声的由远而近,还有货郎那清脆的叫卖声:"鸡毛鸡胗皮,换针换线了。"尾音长长的,有种特别的韵味。

换针换线是大姑娘、小媳妇们的事,我感兴趣的是各种颜色的豆子糖和洋画片儿。豆子糖装在一个玻璃瓶里，五颜六色的，个个滚圆。洋画片是一大整张，卖的时候用剪子一张张剪开来卖。那时，我正迷上和小伙伴们赌洋画，有时扇，有时拍，手都拍肿了。

学校里有位年轻的女老师，喜欢买各种彩色的胶线。说是胶线，其实就是塑料做的彩线。这位女老师手很巧，她不但会编各种各样的杯套，还会编各种动物。她编的金鱼很漂亮，金鱼的两只眼睛是用圆圆的钮扣做的，拿在手里，有种栩栩如生的灵动。

货郎担子里的小商品很多，简直就是流动的小商店。货郎担子不来的时候，人们买东西都要到公社的供销社去，要走好几里路。母亲带我去过两次，一进门，就闻到一股酒、盐和酱油混合在一起特殊味道。供销社给我的印象就是这几个装酒、装盐、装酱油的大缸，另外一边的柜台上放着几捆灰蓝色的布。几间屋子很高很大，给你的感觉就是空旷冷清。卖食品的柜子里的食品大多是过期的。有次母亲带我到公社医院看病，想买一盒饼干给我。营业员阿姨说："陈了。"并告诉母亲方片糕也陈了，只有大麻饼子好一些。母亲于是花了一毛四分钱买了一个大麻饼子给我，这大麻饼子也硬得像石头一样，吃到有馅子的地方时才软和一些。

在我老家这一带挑货郎担子的是位三十多岁的白面男子。他整天乐呵呵的，喜欢同小媳妇、大嫂子们开一些无伤大雅的玩笑。他甚至还记得哪位小媳妇喜欢什么颜色的丝线，哪位大妈的孙子衣服需要配什么样的扣子。这次没有，下一趟保准会带来。他在村里，有很好的人缘，女人们都很喜欢他。

过了大约半年，我发现摇拨浪鼓的货郎担子换了一个人。这人约五十岁，长得黑胖黑胖的，他到村子里也不吆喝，只是坐在一个小马扎上，隔三五分钟摇一串拨浪鼓。我用鹅毛和好几个牙膏袋在他手上换个一只铁皮青蛙。这青蛙里面装有发条，发条上满后，这只铁皮青蛙可以在地上蹦蹦跳跳，这是我童年时拥有的印象最深的玩具。

长得黑胖的货郎摇着拨浪鼓远去后，村里的人聚在皂角树下议论，原来的那个货郎同邻村一个寡妇好上了，两个月前被人堵在了屋里。现在这个货郎在城里拉板车，不再有机会摇着拨浪鼓走村串户地逍遥了。说着说着，好些女人都叹息这货郎不值得，这样灵秀的人，怎么就不知"寡妇门前是非多"呢？旁边的几个男人不愿意了："还不值得？娘里娘气，不望便知不是正经五谷，活该。"很少有的异口同声，甚至还有些同仇敌忾的味道。

剃头挑子

从前乡下不但没有理发店，好像也没有理发这个词。那时候，人们把理发说成剃头。理发也不像现在这么方便，需等半个月到二十天左右的时间，剃头挑子来村里时才能剃上一回头。

常来我们申村的剃头匠姓牛，原先我以为是姓"刘"，后来才知道是大牯牛的"牛"。"牛"姓在我们那里比较少见。大人们都叫他老牛，我们一班孩子就喊他剃头匠。

老牛剃头不收现钱，到年终时一并结账。每户人家给多少钱，全凭良心。实在付不起的，给几个鸡蛋、几斤黄豆也行。

老牛一来村里，总会把剃头挑子停在村口的大皂角树下。那皂角树很粗，需三人合抱。我们一帮孩子对老牛的剃头挑子很好奇，每次都想拉开抽屉看看。剃头挑子一头是一只火炉，我们兴趣不大。我们感兴趣的是另一头，这一头其实就是一张椅子，由于有些年头了，椅面和靠背都油润有光。后来我才知这就是包浆，是岁月和时光的印记。椅子下面是三层抽屉，像三个百宝箱，分门别类地放着各种理发工具。

老牛剃头，剃得最多的光头。在乡村，除年轻人喜欢理平头、分头外，小孩子和绝大多数中老年人都喜欢剃光头。光头时，老牛将剃刀在荡刀布上来回蹭几下，剃刀就显得更锋利了。老牛一手扶着那脑袋，一手拿着剃刀在那脑袋来来回回走几下，一绺绺头发便被剃下来了。老牛最拿手的绝活是掏耳朵,老牛掏耳朵不说掏,而用一个文绉绉的词:采耳。那些陈年的耳屎被采出来后,老牛用一根细细的鹅毛棒在耳道内轻轻搅动。这时,被搅者的面部表情立即生动起来,有龇牙咧嘴的,有眨眼耸鼻子的,有的人嘴里还发出一种类似呻吟的声音。被采耳后,他们的脸色都好看了一些,嘴里还说着:"舒坦,真舒坦"。

乡下的女人是不理发的,但兰是个例外。

兰是一个安静的女子。她本不属于申村,她来自一个叫上海的大城市。同兰一道来申村的有四五个女孩子,但都陆陆续续地回城了,只有兰还留在申村。兰没能回城的原因很多,但最主要的还是兰的父母一直都在劳教农场里。

兰过去也是不理发的,兰有一根长长的大辫子。可是随着知青点的同学一个个地回城后,独自留在申村的兰突然没有了收拾这根长辫子的心情。兰的辫子原先油光水滑的,村里的妇女们常常忍不住的用手摸摸,口里不时发出赞叹之声。兰还有一个漂亮的圆镜子。每天早上,她都要在镜子前慢慢地梳理这些瀑布般的乌丝。镜中,兰的微笑暗香浮动。兰用的是一种叫友谊牌的香脂。香脂盒子很好看。有一次我对兰说,你的香脂盒子真好看。兰摸摸我的头说,用完了,盒子给你。过了一段时间,她真的把盒子送给了我。我把积攒了好久的十几枚镍币放在里面,那是我全部的积蓄。我喜欢镍币在盒子里好听的声音。这个香脂盒子是我童年时最重要的玩具,小半年时间都过去了,我一打开盒子盖,盒子里还有一种好闻的味道。

那是兰的香气。

兰一个人留在申村。有一天,兰对坐在皂角树下的老牛说:"把辫子剪了。"老牛瞅了瞅兰身后那根拖到大腿的长辫子,说:"剪了可惜。""废话少说,留成齐耳朵的。""真剪?""真剪。"只有三分钟,兰变了一个人,脸好像都变小了,但还是很好看。

老牛把那根辫子在手中掂了掂,交到兰的手里说:"送到供销社,至少值十块钱。"

接过辫子的兰转身走了,但我分明看到了她眼中有泪光闪烁。

兰剪短了头发，显得精神了许多。

乡下女人头发长了，相互之间帮忙剪发。只有兰的头发由老牛剪，一个女人的头由一个男人的手摸来摸去，这在上海很正常，但在申村多少有点另类。

渐渐地，申村的女人们发现，老牛给兰剪头时，手指翘成了兰花指的样子。老牛的手指比申村所有男人的手指都灵巧、纤细、白皙。这白皙的手指在兰乌黑的发间开成兰花的模样，甚至还有点小心翼翼地呵护与怜爱。

女人们的眼光就是毒。她们甚至还发现老牛看兰的时候，眼里有水水的东西流出来。她们在私下里断言说，老牛要吃嫩草了。但也有反对这说法的，说老牛根本就是剃头挑子一头热。还要更难听的，说老牛是癞蛤蟆想吃天鹅肉。兰一个上海姑娘，虽不是金枝玉叶，但细皮嫩肉的，申村还真挑不出第二个人来，怎么会看上老牛这个老光棍。

好多年后，我在一本诗集里读到扬州诗人曹剑的《上海姑娘》时，眼前浮现的还是兰风扶弱柳、笑靥盛开的模样。

那天，读完《上海姑娘》，我同妻子说起了兰的故事。妻笑我暗恋兰，我说，我当时五岁，暗恋真的只能是剃头挑子一头热。

妻笑了。

兰最终嫁给了老牛。

申村人都说一朵兰花插在了牛屎上，从此，牛屎不再臭，兰花不曾香。老牛听后说，兰花插在了牛屎上才好，肥足，花才能开得好。

申村人始终不明白兰嫁给老牛的原因。但是，申村人有打破砂锅问到底的恒心与决心。村里有一好事者，有天在县城里遇见老牛。两人在大众饭店里一人喝了一瓶高粱大曲后，此人才从老牛口中得知，兰看上的不是老牛，而是恋上了采耳。老牛说，兰在采耳时会全身抽搐颤抖，能达到前所未有的极致享受。老牛又说，像兰这样的，十万个人中才会有一个。老牛还说，他老牛是运气好，让他今生今世遇到了兰，让他在人近中年时摘了鲜花。

其实老牛并不太老。同兰结婚那年，他刚刚三十五。

那位好事者听了老牛的一番话后,不仅恍然大悟,而且心悦诚服。他明白了自己不如老牛,老牛不但有一技在身,还有老牛敢吃嫩草的勇气。这个懦弱的大队会计,暗恋兰也好久了。后来,这位大队会计同村里另一个姑娘结婚了。

结婚后的老牛不来村里了,接替他给村里人剃头的是孙师傅。孙师傅来村里,不再挑着剃头挑子。他的行头都装在一个黄色的帆布包里,布包里分层放置一些理发工具。孙师傅一进村,还是坐在皂角树下等。剃头用的凳子、脸盆和热水都由村里人自己带来。

再后来,孙师傅的儿子小孙师傅在村里开了一家专门的理发店。理发店里有能转来转去的皮椅子,光脸时,皮椅还能放下来。人躺在上面刮脸刮胡子,惬意。

但申村的老人们还喜欢聚在皂角树下面议论小孙师傅的手艺,他们觉得小孙不如老孙,更不如老牛。小孙师傅的理发店有电动的理发工具,但已没有采耳这项服务。申村的老人们时常想念老牛,想念被老牛采耳时的那份舒坦。

十年很快就过去了。小孙师傅把理发店盘给了一个温州人。小孙理发店随之更名为温州美容美发店。夜里,店里的灯光是粉红的,姑娘们穿得很少的在里面对着行人招手。申村也早已不是一个普通的村子了,县城扩大了,申村变成了一个城中村。

2018年1月,我朋友的民俗博物馆在申村落成。开馆那天,我去捧场。博物馆里藏品很多,有八仙桌、罗汉床、红木椅等家具,还有犁、耙、水车等农具,品种很多。其中的一副剃头挑子引起了我的兴趣。朋友对我说:"剃头挑子,现在已少见。尤其这边的椅子是黄花梨的,更为稀罕。"

我打量这黄花梨椅子,觉得眼熟。随手拉开抽屉,抽屉的内面刻着一个"牛"字。

是不是当年老牛的剃头挑子,我不敢确定。

但往事还是被激活,在心头汹涌澎湃。

国光口琴

跃生家同我家是邻居，那时他读高一，我读初一。

刚上中学那会儿，对学校一切都十分的新鲜。中学校园比小学的要大得多，特别是一进校门那幢教学楼，在我眼中十分伟岸高大。那楼上中午和傍晚都传出吹拉弹唱的声音，总令我们这些初一新生止步聆听。那时候学校教室紧张，我们这些初一新生是无缘进教学大楼的，只能在教学楼右边的一排平房里读书。

上初二的时候，老师放假让我们在家中写小评论。因为没有找到报纸，我坐在家中无从下笔，百无聊赖之际，听见一阵优美的口琴声。我顺着琴声寻去，只见跃生坐在窗前的椅子上，如醉如痴地吹着一支当时听来十分美的曲子。窗前的阳光尽情地泻在他的身上，使逆光中的他在我眼中有种夺目的光彩。"跃生哥。"我怯怯地叫了声，生怕惊动沉醉中的他，跃生慢慢地抬起头来，叫我进屋。"你吹得真好听，好极了！"跃生听到我的赞扬，显出几分得意，他轻轻地放下手中的琴，小心地用一块手帕擦着，然后用一块更新的手帕把口琴包起来。"我想跟你学吹琴，你能教我吗？""当然可以，但你要买一个，口琴是不能两个人伙吹的，脏。"

第二天，我在文百商店看到了一只国光口琴，一问价钱吓了一跳，三块六毛钱。那时，三块多钱，对于一个初中生来说，简直是个天文数字。当时，我同父亲住在厂里，父亲一般早上起得很早，照顾不上我，每天早上就给我一毛钱吃早点，那时早点很便宜，5分钱一个。当时我想一定要攒够买口琴的钱。从此，每天早上，我用三分钱买一块烤山芋，其余七分钱便攒起来买口琴。自从心里筹划这个伟大的计划后，我每天都要去文百商店一次，看我那只心爱的口琴还在不在。现在，这家文百商店已经拆了，代之以一座崭新的酒店。那些和蔼可亲的营业员阿姨或许已经退休在家中安度晚年，她们恐怕早已忘了当年那个在摆着口琴的玻璃柜台前挤扁了鼻子的初中生了。

当我的钱攒得差不多的时候，一天，我再次去文百商店时，那只口琴已经不在那里了，四周淡淡的灰尘还清晰着口琴昨天躺在那里的印记。"阿姨，那只口琴呢？"我惊慌地问着。"没有了，那是最后一只。"那天我是怎样离开文百商店的，现在已经记不清了。

我丧魂落魄地回到家中后，妈妈告诉我："你跃生哥送给你一样东西，在桌上。"我走到桌前一看，惊呆了，放在桌上的，正是那只我日思夜想的口琴。我轻轻地拿在手中，像拿着一件珍宝。那只口琴上的镀铬，闪闪发亮，能够照出人影。这时，妈妈又说："跃生哥下放了，明早就走。"我心里沉了一下，便拿起那只口琴，跑到跃生家，跃生在家吃晚饭，跃生妈正在收拾一个简单的行囊，家里的气氛有点沉闷。我拿着那只口琴呆呆地站在屋中，跃生哥看见了我，放下手中的碗，对我说："我们出去走走。"

路上，跃生哥始终把手放在我的肩上，他说："我们今天走得远远的，我教你吹琴。"那晚，在小城的郊外，跃生哥教我吹口琴，四周的风吹在身上有点凉意，身旁的田野正在疯长着生机，跃生哥教我吹、吸等技巧。还教我吹《莫斯科郊外的晚上》《告别南京》等。

第二天，跃生哥便走了，到那个广阔的天地中去了。那个夜晚，那只口琴却伴随着我整个中学岁月。

好久没有摸口琴了，前天搬家、整理旧物，妻子拿起那只口琴，放进了准备丢弃的旧物当中。我连忙抓起，妻说："扔掉吧，现在有谁还吹这玩意呢？"我轻轻打开琴盒，那包口琴用的白手帕已经发黄，过去光亮照人的地方，已经上了一层淡淡的锈，我使劲地擦着，那锈是被擦掉了，但已经无法恢复过去那种耀眼的光亮了。于是，心中又响起妻的话：现在有谁再吹那玩意儿呢？

想想也是，现在拿起口琴，我还能吹响那首过去的歌吗？

恐怕早忘了。

赤脚医生和救死扶伤

我小时候体质比较弱,最怕去的地方是医院。

那时候乡村缺医少药,一有头疼脑热的毛病,母亲总带我去公社医院去看病。从老家的学校到公社所在地有三里多地,虽然一路上妈妈总不停地鼓励我,但那一路上我的心总是七上八下忐忑不安。

那时候,医院里的墙总是白得有些瘆人。在一片瘆人的白色中,那红色的十字和标语就尤为鲜艳夺目。在大门口的一行标语前,我问妈妈,这墙上写的是什么字。因为在这一行字中,我只认得一个"人"字。妈妈告诉我,这上面写的是毛主席语录:救死扶伤,实行革命的人道主义。

公社医院里有个姓赵的老医生同母亲是熟人,每次都是他给我看。记得赵老医生个子很高,也很胖。他每次都要我把舌头伸出来给他看,并让我张开嘴长长地喊一声"啊"。有一次,他让我把体温计含在嘴里,叮嘱我千万别咬碎了,说这里面的水银有毒。有个体温计插在嘴里人会很不舒服,我往往紧张得满嘴都是口水也不敢咽,只能任其顺着嘴角往下淌。有时候,赵医生还让我把上衣拉上来,用听诊器在我的前胸后背听,听诊器凉凉的,在前胸后背游走,那种痒痒的感觉好长时间都在。每次来医院前,我总是跟母亲说我不打针的。每次我也总是小声地央求赵医生:"我不打针。"很多时间是不打针的,赵医生把一些药片用小汤匙压成粉末状,分别用小纸片包好,告诉母亲怎么服用。有好几次,赵医生还用纸包上几块宝塔糖,告诉母亲我该打虫了。宝塔糖是种能驱蛔虫的塔形糖锭,在嘴里嚼着吃,很脆,也很甜。

过了两年,大队成立了医疗室。医疗室在学校隔壁,刚开始只有一位年轻的医生,年龄不到二十岁,姓孙。我常常到医疗室去玩,同孙医生混得熟了,孙医生那里有一副军棋,我常到医疗室看他和别人下军棋,有时大家都忙,他找不到对手,就教我和他翻军棋。有一次下完一盘后,我看着装在玻璃瓶里的宝塔糖,想吃。他告诫我，药不可乱吃，是药三分毒。虽然这么说，他还是从一个褐色的瓶里子倒出几粒药片，告诉我这个可以吃。我拿着几粒土黄的药片，想吃又不敢吃。他拿起一粒放进嘴里嚼了嚼，说："这是食母生，有点甜，吃两片不毒人。"几个月后，那瓶食母生都被我陆续当成小糖嚼进肚子里。

过了一段时间，再也没人愿意陪孙医生下棋了，原因是他作弊。那时的军棋都是木质的，质地很软。孙医生就用指甲在两边的司令和炸弹的后面都划了一个记号，司令是一横的记号，炸弹后面是一竖的记号。记号做得很浅，不注意真的不容易发现。经常陪孙下棋的是大尹、二尹兄弟俩，他们下的是暗棋。大尹兄弟俩一人上阵，另一人就当裁判。但不管他们同孙医生对局时如何小心布阵，但只要司令一露面，一定会被炸掉，除非司令永远躲在行营里。有一天，大尹的司令又被炸掉了，大尹很沮丧，拿着已经"牺牲"了的司令，在手中反复摩挲，终于发现后面的异样。于是，他又找到孙医生家的司令，发现后面有同样的一横标志。大尹爆发了，一把掀了军棋："怪不得老子天天输，是你儿子作弊，老子不干了！"说完，火气很大地扬尘而去。

这以后孙医生只能和我翻军棋玩了。又过了一个暑假，医疗室又分来了一个医生，这位新分来的小赵医生，是公社医院老赵医生的儿子，小赵医生像他父亲一样高高大大的。这位小赵医生经常背着医药箱出诊，小赵医生的医药箱是上面统一发的，里面一层一层的放着各种药片和药水，还有针筒和听诊器。一看就比小孙医生的高级。小孙医生的医药箱我也翻看过，里面虽然也有好几层，但一看便知是马木匠的手艺，结实，但有点粗糙。

见识他们救死扶伤是在一个秋日的午后。小赵医生出诊回来刚端起饭碗，突然，一个年轻的农民满头大汗地跑来，多远就大声的喊："医生,医生,有人喝农药了。"小赵医生急忙放下碗，问："在哪？""来了，来了，马上抬来了。"小赵医生要小孙医生赶紧去准备肥皂水，说要给中毒者洗胃。不一会儿，几个壮汉用竹床抬来一位口吐白沫的年轻女子。我第一次目睹一个生命的垂死状态，小赵医生问其中一位壮汉，什么时间喝的，喝的是乐果，还是 1059，喝了多少。询问完后，两位医生有条不紊地用肥皂水为这位姑娘洗胃。一大盆肥皂水灌下去后，这位姑娘呕吐了很长时间，才哇的一声大哭起来。随后，他们又给姑娘挂了两大瓶水，才把一个鲜活的生命从死亡线上拯救过来。

这以后的很多年，我都没有再没有同医生、医院接触过，直到女儿出生后。

女儿小时候，我在一个乡村中学工作。那是上世纪八十年代，交通很不便利，我每周只能回一趟家。有一个周六，我还未进家门，孩子的小姨见到我说："姐夫，你赶快去医院，金菁住院了。"说着，就把她的自行车给了我。

我飞快地蹬着自行车来到县医院的儿科病房。女儿睡了，手上还在吊着水。妻子告诉我："是小儿肺炎，已经吊上水了。医生说没事的，吊两天就会好的。"

过了一会儿，护士来给女儿换水，主治医生也来了，说了跟妻子差不多了话，我紧张的心终于平静了一些。

当天晚上九点多钟，病房里送来了一位危急病人。这孩子是东乡的，送他来的是孩子的外婆和舅舅。也许是走得匆忙，转到病房时，刚挂上药水，所带的钱就不够了。护士已经来催了两次，要他舅舅赶紧去交费，并说孩子的情况很危急。这位年轻的舅舅望着我说："来得匆忙，钱带得不够。"我把口袋里仅有的三十元钱掏给了他。对他说："快去吧。"他对我说："明天一早就还你。"说完便跑出门去。

几个医生在病房里川流不息，那位孩子的母亲也赶来了。她一来就哭，孩子的舅舅要她把三十块钱还了我。那位孩子在母亲的哭喊声里，苏醒了一会儿。对他母亲说："妈，我再不打小弟了。"说完又昏迷过去。

两位医生轮流为孩子做心肺复苏，满头大汗的。十多分钟后，我看见那位年轻一些的医生对主治医生轻摇了一下头。但是，这位已经五十多岁的女大夫并没有放弃，继续给这位孩子做胸外心脏按压，但医生的努力并没有从死神手里抢回这个孩子，他在乡村医院

第三辑 身边

耽误得太久了，现代医学已经回天无力。

那是我第一次目睹一个如花生命的陨落。夜里十二点多，这具冰冷的尸体被推出病房，一路陪伴他的是他母亲和外婆撕心裂肺的自责和哭泣。那一夜，我和妻子都没睡。孩子苏醒时说的那句话，每每想起来，都有一种尖锐的刺痛。真是"人之将死，其言也善。鸟之将死，其鸣也哀。"那孩子大概六七岁的样子，黑瘦黑瘦的，有一双很大的眼睛。

后来，那位女大夫告诉我，那孩子哪怕早送来一天，也不会是这样的后果。说完，轻轻地叹息了一下。三十多年了，我已记不清这位大夫的名姓，但是她的模样我还记得，很干练，也很慈祥，给人一种值得信任的感觉。

医者仁心。我觉得她配得上这四个字。

我有一个作家朋友，当作家前是一名很有前途的心脑血管内科医生。后来，在一次人生转折点上，他选择了作家这个职业。去年，他送我两本他写的书，一本是长篇小说《白衣江湖》，另一本是散文随笔集《生如兰花》。无论是小说还是散文随笔，他的笔都离不开救死扶伤这四个字，他的文字都表达了一个共同的命题，那就是一个医者对生命的关注和关怀。正如他在《生如兰花》的引言中所说的那样："我只想从一位医生的视角深入观察病人的生理及心理状态，敏锐体悟与感知生命和死亡，通过讲故事的方式，运用文学的手法展现医生与患者共同面对疾病和死亡的一个个医疗场景，传递一种对生命的深层悲悯与关怀。"

因为懂得，所以慈悲。

每过三年，我教的学生参加高考后，都会有学生或学生家长向我咨询高考志愿填报问题。我向很多品学兼优的学生建议他们填报临床医学专业，因为我一直相信，医生是个从事救死扶伤的崇高职业，这个职业需要天使。

三个汉字

空

一

用了整整两个小时，才将家里的卫生打扫了一遍。去卫生间冲过澡，再把换下来的脏衣服交给洗衣机，泡一杯雨前毛峰，看嫩绿的芽片在玻璃杯中次第绽放，欣赏自己两小时辛苦的成果，心里就有了一种喜悦和惬意。

妻子帮女儿带孩子去了，我一个人在家。妻子临走时，要我隔一天打扫一次卫生。我口头答应了，但三四天才想起来打扫一次。其实我一人在家，又不做饭，窗子也不大开，不知怎么地上、家具上隔一天不打扫就蒙上一层灰。一个人就是简单，早餐一个馒头加一个鸡蛋，午餐和晚餐基本上在楼下的快餐店里解决。我住的小区对面有一所中学和一所小学，可能是学生生意好做的缘故，周边有几十家各式各样的小吃店和快餐店，可供选择的空间很大。妻子一个月不在家，我吃的中餐和晚餐都不带重样的。

女儿上大学后，妻子就常抱怨当年的房子买大了。一百四十平米，打扫卫生能累死人。其实当年换大一点的房子，就是想有一间大点的书房。但书房装修好后，基本上就是一个书库，两千多册图书站满了两方墙，近两年在网上、在旧书市场淘的一些书只能堆放在各个角落里。过去在办公室上班，常常要等到学生下晚自习了才回家。到家后洗漱结束，已经十一点，从书架上随意抽一本书坐在床头翻个把钟头，累了，放下书很快进入梦乡。

女儿出嫁后，家里只剩下我和妻子两人。过了两年，我也退了下来，不用坐班了，但书房的使用率仍然不高。原因是除在电脑上写点东西外，大部分时间我喜欢拿一本书在客厅或卧室的沙发半躺着看，冬天，朝南的阳台有暖和的阳光，我喜欢坐在阳光里阅读。妻子笑我，要书房何用，书房只是个储藏室。

但我每隔一段时期还是要清理一下书房。过期的书报，不再用的教材和教学参考资料，总是要清理出去的。每清理一次，书架和书桌就会空出来一些。

二

同妻子两个人在家，孙子回来的每一天都是节日。

孩子每次回来，都带给我们许多快乐与惊喜。

前年元旦，孩子回来住了一个多月。每天上午我都会给他讲故事，我和孙子坐在阳台上，坐在冬天最暖的阳光里，心里有种说不出的柔情和温暖。

有一天，我给孩子讲《一个乌鸦找水喝》。这已经是第三次讲这个故事了，我边讲问孙子："乌鸦为什么喝不到瓶里的水？"他按照我前两次讲的回答我："瓶子里的水太少，瓶口太小。"我对他的回答很满意，突然他又说了句："乌鸦没有吸管。"孩子的回答让我惊喜，那段时间孩子喝水喝饮料大多用吸管，所以才有这样别致的答案。

女儿是妻子带大的。因为女儿出生后很长一段时间，我都在一所乡村中学教书，一周才回家一次。现在孙子一回来，我天天带他玩。妻子说我是"隔代亲"。许是年岁大了的缘故吧，望着孙子粉嘟嘟的小脸，平淡的日子里就开出一朵花来。

但是，孙子在家里的日子总是短暂的。过一段时间，女儿就会把孩子接走。孙子每次被接走时，妻子总在第一时间把孙子丢在家里的各类玩具整理打包。她常常边拾掇边说："把宽宽的车子、飞机收起来，不然看着就想。"

人到了一定的岁数，就很脆弱。

收拾完后，家里又变成了两人世界。孙子的玩具被放在一个纸

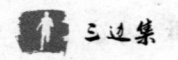

箱里，纸箱静静地待在角落里，等待下一次被打开。

三

在我的老家，有做清明和做冬至的习俗。

父亲在世时，每年清明和冬至都要去老家的祖坟去拜祭。因我要上班，父亲年年都是自己一个人去。早上出发，晚上回来。

有一年清明，父亲要我和他一道去祖坟做清明。这座祖坟离我老家有二十里地，在果园山水库边上。路上，父亲给我说了这座祖坟的事。父亲说，这座祖坟是父亲的祖父、祖母的合葬墓，是当年家里请地仙找的吉地。买这块地，花了一担大洋，那一担大洋可从老家一路铺到这块吉地。当时家里买好墓地后，请一户张姓人家代为看坟，同时还顺带在旁边买了一块地，给张姓人家种，田地不收租钱，抵看坟的费用。

父亲带我去认门。张家的房子就在我家祖坟旁边，门前有一株很大的枫香树。上完坟后，张伯伯陪我们坐在树荫里喝茶。从长辈的交谈中我才知道，张家同我家近百年来一直就像亲戚一般的经常走动，好几代人的交情了。张伯伯也年年为我家的祖坟添锹土，把我家祖坟维护得很好。

回来的路上，父亲对我说，他走后，每年冬至没空的话上不上坟都不是很重要的，但清明最好能抽空去他的坟上，插一个纸幡子，烧点纸钱。我答应了父亲。

父母现在都不在了。每年清明我都会去父母的坟上插个纸幡，烧点纸钱。父母相继离世已经十余年了，这十多年的空白里，在通往父母墓地的小路上，每年的清明冬至，都有我踽踽独行的身影。

四

老城改造，百年岗湾将面临拆迁。

我家的房子拆的比较早。我签拆迁安置协议比较早的原因主要是父母不在了，父母留在岗湾的老房子一直空着，没人住。虽然我和妻子隔一段时间会回老房子看看，开开门窗透透气。但房子没人住真的不行，有时我一打开门就闻到一股发霉的味道。几天不来，房子的角落里就结着蛛网，几只蜘蛛在蛛网的另一端有着一种守株待兔的悠闲，并没有我想象中的虎视眈眈。怪不得老话说，屋要人住，船要人撑。

我在拆迁协议上签上自己的名字后，老屋便被拆了。建房子很难，拆起来很简单。那天，面对一片废墟，我有一种被淘空的失落。这老屋里有我少年和青年的记忆，我在这房子里结婚，我的女儿在这房子里出生。

老屋拆后，我就很少去岗湾了。大约一年后，听说岗湾的房子拆得差不多了，我和妻子去老屋那一带去看看。旧日繁华的岗上老街和西门湾都已成陈迹，被夷为平地的百年岗湾看起来那么小，显得空荡荡。昔日的繁华就像一个旧梦，醒来时已是一片空荡荡真干净。童年时半天才能走完的老街不见了，原来是不断弯曲的道路延长了我们的脚步。这很像我们的一生，几十年仿佛一下子就能数完，但具体到每一个晨昏、具体到一日三餐，具体到柴米油盐就被无限地拉长放大，显得琐碎而漫长。

站在百年岗湾的废墟上，我们的人生一下子空了，空白、空旷、空荡、空虚、空洞。人这一生就像一幅画，过了中年以后，就会有大块的留白。好在记忆还在，只要一息尚存，记忆永远也不会被清空。

五

逢年过节，只要有空，我喜欢回老家看看。

老家亲戚不多，只有一个堂姐还在。

今年回家，姐告诉我，老家也要拆迁了，因为引江济淮的运河从老家这一带穿过。姐姐说，祖坟也要迁走。姐还告诉我，田地和房子都已经丈量了。

姐在家准备午饭，我出去走走。走在祖祖辈辈生活的土地上，我第一次有了一种眷念和依恋。我家的祖屋祖坟都在这里，这里还有我永远也长不大的童年。

不知不觉间，我来到敏之希望小学。这座学校的前身是长塘小学。

我的小学时光是在这所校园里度过的,母亲当年是这所学校的老师。后来五姑金敏之捐资重建了这所学校,才改成敏之希望小学的。

在学校门口,我遇到了一位老师模样的人。在交谈中,他告诉我,学校的学生一年比一年少,有些教室常年空着。

午饭时,我同姐姐、姐夫谈到学校的学生一年比一年少的情况。姐夫说,这也难怪。现在村子里只剩老的老、小的小了,青壮年都外出打工去了,有的人家还把孩子带到城里的学校借读去了。别看村子里好多房子盖得漂亮,除过年外,平时都空着。

姐夫的话让我沉默了好久。

午饭后,我坐车回县城。车默默行驶在乡间的路上,没有鸡鸣狗吠,没有人声鼎沸。倒车镜里,只见姐姐还站在村口,目送着我们。

我眼睛有点湿润,我不知道老家到底哪天开始拆迁,但我知道,拆迁的那天,这块叫老家的土地就开始叫故乡。

闲

一

同事的女儿在深圳上班,买了一套房子,准备让父母退休后到深圳住。

暑假,同事夫妇到深圳小住,目的是为退休后的深圳岁月热下身。但不到一个月,两人回来了。原来同事本是个"卧龙岗散淡的人",习惯了小城悠闲、缓慢的生活节奏。在深圳过不惯,只好打道回府。

同事后来告诉我,深圳是个年轻的城市,年轻人多,老年人少。在深圳的那些日子里,他妻子忙着做家务,不大出门。他倒是常出去逛逛,可是大街上都是步履匆匆的行人,大家走路都恨不得跑。只有他在匆忙的城市里踱着方步,悠闲得像个另类。

"你把深圳当校园了。"我笑他。

"在街上走着,不仅仅感到同这个城市格格不入,还觉得孩子们都在忙，就我闲着，也怪不好意思的。"

"于是你就落荒而逃。"我开玩笑说。

"还有一点，跑了好多家书报亭，都没买到《南方周末》，只好买了几份当地的报纸，但正经内容不多，整版整版的招聘信息和租房信息，字还小，看不清楚。我这人你知道，《南方周末》的老订户，时间长了不看，急。"同事笑着告诉我。

"所以，你同孩子们说，深圳是工作的地方，不是生活的地方。就打道回府了。"

我和同事的这番对话是在一个秋日的午后。八月的校园还是安静的，开学还要等到九月初。那天，我俩坐在香樟树的浓荫里，一边听树上的蝉唱，一边在棋盘上手谈。我俩的棋风、棋力相当，已经进入了收官阶段，我看了看盘面，大概只有二三目的输赢。

二

书桌上有本1996年版的《现代汉语词典》。翻到1363页，有对"闲"一词的解释：没有事情；没有活动；有空（跟忙相对）。词条中收有"闲居""闲适""闲散""闲心"等词，还有我很喜欢的"闲情逸致""闲云野鹤"等四字短语。

其实，"闲"有时还与"閒"相通。《说文》释"閒"字从"門"、从"月"。古人认为，在闲暇、空闲的意义上，"闲"与"閒"可混用。我更喜欢这个"閒"字，大门一关，留一片月光在小院中，闲适的心不仅仅宁静平和了，而且还清澈明亮了好多。

闲，应该是沈三白笔下的闺房之乐、宴饮之欢，还应该是文人墨客之间的交游唱和。早年读《浮生六记》，每每读到"夏月荷花初开时，晚含而晓放。芸用小纱囊撮茶叶少许，置花心。明早取出，烹天泉水泡之，香韵尤绝。"这一段时，顿觉满口生香，恨不能立刻穿越而去，在这片茶香中了却此生。

三

去杭州，西湖边的龙井村是一定要去的。

那年，在龙井的一家茶社，一位同样来品西湖龙井茶的观光客同我说了下面这个故事。

相传，从前西湖边有两个渔夫。一个年长些，另一个年轻些。一天，那位年长些的渔夫告诉年轻些的渔夫，他每天在西湖捕鱼，日出而作，日入而息。这么辛苦的目的是想将来老了的那一天，在西湖边建两间房子，每天喝着香喷喷的龙井茶，看花开花落、云卷云舒。

他的话对年轻的渔夫影响很大。他们每天在西湖里捕鱼，网里打捞的不仅是沉甸甸的收获，还有他们明天的美好生活。

过了一段时间，那位年长些的渔夫发现年轻些的渔夫三天打鱼、两天晒网。这时正是收获季节，西湖里的鱼又大又多。他很替年轻的同行着急，让自己的孩子去找年轻的渔夫。并让孩子带上一句话，说赶紧回来捕鱼，等攒够了钱将来在西湖边建两间房子，每天都可以喝着香喷喷的龙井茶，享受人世间最美的风景。

在龙井的一间茶室里，那位年轻的渔夫对前来传信的孩子说："告诉你父亲，此刻我正在西湖边，一边喝龙井茶，一边赏西湖景。"

观光客的故事说完了。故事虽短，但如同手里的这杯龙井，有绵绵无尽的甘醇回味。是啊，朋友说得真好，人生是用来享受的，不是来忍受的。我们不能在一天天的忙碌中，在一次次的等待中，蹉跎掉所有美好的岁月。

又想起这个同"闲"相对的"忙"字。该"忙"字从"心"、从"亡"。古代造此字的先贤告诫我们这些后来人，再忙也不能把心弄丢了，再忙也要给心找一个住处。

这是汉字的美妙，亦是"闲"的美妙。

四

过去读古典诗词，总觉得闲是一帧特别的风景。

"人闲桂花落，夜静春山空。"这是王维笔下的诗境，花开花落，本属天籁之音，现落在一颗闲心之上，就共鸣出诗中有画的神韵。"众鸟高飞尽，孤云独去闲。"这是诗仙笔下的敬亭山，站在群山之巅的诗人，四顾茫然，高处不胜寒的落寞因有敬亭山的陪伴而不再孤单。"有约不来过夜半，闲敲棋子落灯花。"梅雨时节，诗人偷得浮生半日闲，与友人相约手谈一局，但"有约不来"，这夜半灯花，这盛开在灯花里的等待，温暖的何止是友情，还有那一份逸致闲情。"一种相思，两处闲愁。"李清照的离情别绪至今读来还能在心底觅到回声。"闲梦远，南国正清秋。"这是亡国之君李后主的故国之思。"仙客厌人间，孤云比性闲。"想不到，盛世明主李隆基也有儿女情长，也有未已离情。后人的"白头宫女在，闲坐说玄宗。"不仅为一个朝代，还为这一段旷世奇情唱响了一阕挽歌。

由此可见，闲不仅是一种情趣，一种情怀，亦是一种境界。

一部厚厚的中国诗歌史，因着一"闲"字，境界全出矣。

五

陪孙子到肯德基，买他最喜吃的薯条和蛋挞。

正值"六一"儿童节，店里的服务员送给孙子一本书，名叫《嗨，马德里》。书是《小小旅行家》丛书中的一本，印刷较为精美。

回到家，孙子要我为他读书。于是，一人一个小凳子，在阳台上，开始这次马德里之旅。

正如作家秦文君所推介的那样，《嗨，马德里》是本浅显而温暖的书。它以小伙伴的视角，讲述了西班牙的人文地理、传说趣闻。其中介绍西班牙学校教育的一段让我心里很不是滋味。书中介绍，在西班牙，学校的第一节课是从上午九点开始的，下午两点学校就放学了。学生作业少，晚上九点前，都是孩子们玩耍和踢足球的时间。因为西班牙人的晚饭吃得很晚，大家都是晚上九点半才开始吃晚餐。

读到这里，看着听得津津有味的孙子，心里突然有点怅惘。孙子九月份就要上幼儿园了，同所有中国的孩子一样，即将迎来鲜有童年、少年快乐的求学之路。

十年寒窗苦。一个"寒"，一个"苦"，让"闲"退避三舍。

中国当下的教育，只能换来一声叹息。

六

闲来无事,喜欢在一片闲静的灯光下读王世襄先生的书。

今天读的是世襄先生的《京华忆往》。书中的《秋虫篇》《冬虫篇》等文章写得极为有趣。先生不但捉蛐蛐、买蛐蛐、养蛐蛐、斗蛐蛐,还善养冬虫蝈蝈、金钟和油壶鲁。最为有趣的是先生在燕京大学读书时,有一天正在听老师上课,怀里的虫儿突然鸣声大作,竟压过了教授的讲课声。但唧唧虫鸣,并没有影响先生的学业和前程。先生以优异成绩从燕京毕业并考取了研究院继续深造。读书至此,我顿生无限感慨,不仅感慨当年燕京的气度,更感慨先生那一代人潇洒闲适的民国风度。这种气度与风度,现如今都再也难以复制。

这正是:玩物成家,奇人驾鹤归去;鸽哨空鸣,绝学余音如缕。

轻

一

前日,遇到一个多日不见的朋友。寒暄间,他说我气色比过去好多了。我笑问他:"我气色不好过吗?"

他说前些年见我时有些憔悴,现在好了。

"无事一身轻。"我说。

"是无官一身轻吧。"朋友说。

几年不见,我不想和朋友抬杠。其实在学校里大家都是教书的,不存在官儿民儿的。早年,曾经不知天高地厚地和一个校长开玩笑,别看你也是县处级,但重量不一样。人家管的是几千平方公里,我们管的只是几千平方米。

有些事,还是看轻的好。

校园里有几株上百年的银杏树。秋日里,金黄的叶子从枝头落下来,有种轻盈的美感。

"叶落归根""化作春泥更护花"……

一些短语、诗句纷至沓来，又从心头落叶般飘下。

再美的叶子都要变成落叶。一时间，我有了恍然大悟后的轻松。

二

轻，本是车的名字。段玉裁给《说文》做注时解释过：轻本车名，故字从车。引申为轻重的轻。

轻车熟路，这样走在路上会更舒服一些。人的一生，如果把出生看成起点，把死亡看做终点的话，就是一个在路上的过程。

《一个朋友在路上》，记不得是苏童写的，还是余华写的。谁写的不重要，重要的是我们都在路上，都是行人。

既然都是在路上，还是轻松一点好。负重前行的话，不仅无暇看路旁的风景，还容易累得慌。

三

有一个词站在轻的对面，一站就是几千年。它叫重。

过去我们很浅薄地把它俩对立起来，把他们叫做一对反义词。甚至把它们同黑与白、是与非、生与死等同起来。

黑的不能说成白的，这很像是一条真理。因为人不能颠倒黑白，这是做人必须有的是非观，也是做人必须坚守的底线。

人死不能复生。这是一种无奈，也是一个常识。

但轻与重就不是这样绝对的了，我在四十多岁后才明白，年轻时看得重的，中年以后要看轻些了。年轻时，我们看重的是职位、职称、职务。年老时，我们更看重友情、亲情与健康。轻与重奇妙地调换了地方。

有人说，这是辩证法；也有人说，这是生命的哲学。

四

古人是喜欢轻的。

最有名的是李太白，"两岸猿声啼不住，轻舟已过万重山。"还有苏轼，"微风不起镜面平，安得一舟如叶轻。"还有更早的陶渊明，"舟遥遥以轻飏，风飘飘而吹衣。"陶是大家，一个"轻"字，就能把辞官还家的心情写得眉飞色舞，笑逐颜开。

过去我们常把人生比作逆水行舟。这虽是一个很旧的比喻，但很有些哲理。人在船上，轻很重要。负重太多，不仅跑不快，还容易搁浅。

轻了才会快，叫轻快。很多人以为"快"只表示速度，其实在很多时段，快，还是一种主观感受。作家池莉写过一本书，书名很另类，叫《有了快感你就喊》。可见，快也是一种感觉。

太重了，你还有快感吗？恐怕只剩呐喊了吧。

轻有时比重好，但也不尽然。轻率，轻浮，轻佻，轻狂。古人造了好多这样的词告诫我们，太轻会不稳重，就草率了；太轻会不沉稳，就浮浅了；太轻会不庄重，就佻达了；太轻会不谦逊，就狂妄了。

重了不行，轻了也不好。这里有个度，有了恰到好处的度。就像古人说的："增之一分则太长，减之一分则太短。"你瞧，古人审美真的很讲究。

五

早些年，米兰·昆德拉曾火过一阵子。

于是找了一些他的书。有《为了告别的聚会》《不朽》《生活在别处》，还有《生命中不能承受之轻》。

刚拿到《生命中不能承受之轻》这本书时，我还以为译者译错了。不能承受的应该是"重"，怎么变成"轻"了。看完书才明白，这里的"轻"，不再是形容词，而是一个名词。

于是在灯下顿悟。有时，压弯人高贵头颅与脊梁的，正是那些看上去轻飘飘的名词。

阳台与飘窗

阳台

一

阳台上有几盆花。

每隔几天，我都会拿着喷壶给花儿喷水，我喜欢看花儿喝饱水的样子，特别是那些缀在叶子上的水滴，在初升的阳光下，有着很饱满的晶莹。

但是水也不能多浇，很多花不是干死的，是浇水勤了烂根死的。

十多年前，曾在合肥花鸟鱼虫市场买过一盆五针松。那盆五针松的造型别致，有点九华山凤凰松的意思。很多朋友看了，都说是凤凰松的微缩版。于是乎，倍加珍爱。夏日炎热，怕其干死，天天早晚都为它浇水。夏天还未过完，就见其松叶一天天地变黄、变红，最终还是一命呜呼了。

有句老话：有心栽花花不放，无心插柳柳成荫。

有位朋友是玩盆景的，有次来我家聊天，看我家阳台上有几盆花，就要送一盆景给我。我知道他的盆景是很名贵的，有些还上了《中国花卉盆景》杂志，就谢绝了朋友的美意。哪知道朋友是个"言必行，行必果"的人，硬是搬了一盆给我。

要知道，我家住在顶层的六楼，老房子，没有电梯。

再也不能拒绝朋友的美意了。望着朋友满头大汗的样子，我的心里有种说不出的感动。

那是一盆小叶榆。一桩双干，根茎苍古，姿态朴拙。不愧是名家手迹，真是人见人爱。到过家里的朋友们都要在它跟前欣赏流连，

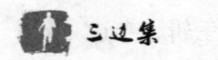

有懂盆景的，还能对此桩点评一番。

但是，好景不长。一次我去东北出差，前后不到两个星期的时间。回到家里，小叶榆死了。这次是干死的。

浇花，水多了不行，水少了也不行。这里有个度的问题。

二

很长时间几个花盆都是空的。

五针松死了，小叶榆死了。同时死了的，还有那种"有心栽花"的兴致和情调。

好在花盆是舍不得扔的，几只花盆，有紫砂的，也有陶瓷的，很漂亮，很精致，看上去都像艺术品。

长久废置也不是个事。于是，一只花盆里种下了几粒在树下捡回的银杏果。那些年，校园里的银杏树常常结满了果实。有意思的是，哪年结的果子多，哪年学校高考就考得好，屡试不爽的。我这样说真的不是迷信，百年校园里几株数百年的老树，不说它成了精，说它有些灵性总还是说得过去的。

不记得过了多久，我种在花盆里的银杏终于出苗了。开始，银杏苗像根草那样的纤细、柔弱。又过了两年，几株苗儿才有点树的样子。于是，我把它们移到一个大点的花盆里，按照"丛林式"的样子，把它们错错落落的栽在盆里，边上还点缀着几块我从泰山、三清山带回来的石头。远远望去，还真有点丛林的意思。

最稀罕三四月间的银杏，树枝间点缀着有些绿意的果子，只黄豆般大小。三五天后，这些果子开始伸出小手，原来这些果子是一些在积攒能量的叶子。银杏叶刚长出时，是一种嫩得让人心疼的绿。绿得如此明艳、如此清澈，只能属于初春这一段短暂的时光。世间万事万物，最初的那一节总是最美好最珍贵的，也是最干净最洁净的。初步、初春、初衷、初心，甚至初恋，甚至初夜。这些，不都是我们十分上心与倾心的吗。

我喜欢在看书累了时，看看这点点嫩绿。只有这嫩绿才能抚慰疲惫的目光，让心一下子回到最初的那个季节。

三

花盆里不仅有花，还种有一些草。

有一次带孙子在老校园里玩，见图书馆的天井里有许多外面难得一见的草儿，长势很好的样子。于是，就连根带土拔起来一株，带回家顺便栽在一个荒废了好久的花盆里。想起来的时候就浇点水，更多的时候就任其自然。想不到，这草在阳台上生长得很欢腾，一派欣欣向荣的蓬勃与顽强。

于是，就有了一份留意。

经一位年轻朋友点拨，我在手机上下载了"形色"和"拍照识花"。对着草儿一拍，名字就出来了：剑叶凤尾蕨。

在"果蔬详情"那一页，不但有这草的拉丁名，还有很多与之相关联的知识链接：

它又名井栏边草，凤尾蕨属下的一个种，又名凤尾草，金鸡尾。因为它常生于阴湿墙角、井边，所以有了井栏边草这样别有情致的名字。绿草丛丛绕古井，秋月年年守青苔。

井栏边草的花语是萧索。它长得纤细修长，喜避荫，潮湿环境。

井栏边草不仅名字叫得诗意，本身也有药用价值，性凉，清热利湿，解毒止血，全草入药，真可谓内外兼修。

"百度"真的很强大，手机也是。

四

除井栏边草外，阳台上还种有两种草。

一盆是铜钱草。这草很泼皮，水管够就长得欢。有次好几天忘了浇水，眼看就委顿得不行了。我有当无的给它灌足了水，几个时辰后，萎蔫的茎叶挺直了身子，又蓬勃如初了。

妻子又分了一盆，说要带给女儿家。我说，一盆草有什么带的。妻说，这可不是一般的草，这是铜钱草。

"铜钱草也是草。"我说。

妻子不服，于是又用手机百度，一百度，果真有如下一段：

在我国的文化中，讲究寓意、谐音等。铜钱草，叶子圆圆的，像迷你型的荷叶，挺可爱，又像古代的铜钱，寓意团团圆圆，好运连连，而且名字沾上了"铜""钱"二字，寓意自然不同，家有铜钱，滚滚财源，因此被认为是财富的象征。所以在家居种植铜钱草既有象征意义，又避免了使用金色铜钱装饰的俗气。铜钱草的形状特别，显得贵气。

花也好，草也罢，任何东西只要同传统文化有了粘连，就有了一层神秘色彩。于是乎，我再也不敢多言。

因为言多必失，还因为祸从口出。

一笑。

还有一盆是薄荷。

这是同我的日常生活最密切相关的一种草。许是常年上课的缘故，我患咽炎多年，吃了很多药，但疗效甚微，严重时还痰中带血。

嗓子不舒服时，我就拽两片叶子泡水喝。新鲜的薄荷叶在玻璃杯里一如既往的绿着，很好看。喝一口，薄荷的清香便在唇齿和咽喉处弥散，清凉、爽怡，不但清心明目，还醒脑提神。

这盆薄荷是有一次在乡下无意中带回来的。那天，我回老家，在一个颓圮的院墙外发现它的。当时，一家农户的院墙头上有一破旧的脸盆。脸盆虽破，但盆里的薄荷长得特别欢腾。许是主人搬进新居时，没有带走它。它就被遗弃在这已倒塌一半的墙头，平凡得就像那些难入法眼的墙头草。我的故乡因是引江济淮的拆迁区，很多拿到拆迁补偿的农户，已经陆续搬进了安置小区。

但是，他们欢天喜地地搬进新房时，却把这些薄荷们遗忘在老地方，任其自生自灭。

可能是前些天常下雨的缘故，这些被主人遗弃的花儿草儿，依照绽放在这四月的浓春里。这不，有一家的院门两边，野蔷薇如瀑般的垂挂着。那些蔷薇花比赛般的盛开，红的、粉的、紫的，蜜蜂和蝶儿在花间起舞，吸吮着花蜜，全然不顾不远处挖土机碾压房子的轰鸣声。

连根扯了几株薄荷，好闻的香味立刻染绿了手指。回到家，把有根的栽在花盆里。也有几株根被扯断了，妻子把它们插在一只玻璃瓶里，灌上水养着。不久，不但花盆里的长势良好，瓶子里的几株也在水里长出了根。于是，我又把它们移栽到盆中。

我的同事中大多都患有咽炎，这是当老师的职业病。我常常向他们推荐薄荷，有时还帮他们移种几盆。现在，我常常看到他们的杯中泡着薄荷叶，话语间也有了薄荷清冽的香气。

吐气如兰。不知怎么的，我想到了这个唯美的短语。

五

阳台上不仅有花草，曾经还有过两缸鱼。

早年在西门湾，因住的是平房，有个不大的院子。院子里不但种了花，还砌过一个养鱼池。

养鱼池里养了几十尾金鱼。有龙眼，有高头，有水泡，品种较多。记忆中，我放学后常到河对面的酒厂后面的河沟里捞红虫，最远的是跑到环碧公园和东门小河里捞。

吃红虫的金鱼长得快，池子里的金鱼，大的有三四两重。我有时把它们捞起来，捧在手上有种沉甸甸的欢喜。

那真是一段无忧无虑的日子。

听一位当医生的朋友说，经常观看在水里自由自在游弋的金鱼，对孩子的视力有好处。于是，搬进楼房时，还将两个鱼缸搬上了六楼。

两个鱼缸，一个是瓷缸，一个是玻璃缸。

玻璃缸易于观赏，但再好看的鱼在透明的玻璃缸里养时间长了，身上的颜色都会变淡，甚至变得暧昧不清。这一点，从小就会养鱼的我是有心得的。所以，我还准备了一个深色的瓷缸。绝大多数的金鱼养在瓷缸里，玻璃缸里只放两三对鱼，隔一段时间再从瓷缸换一批鱼进来。

想起来很美。

其实，一开始看起来也很美。

但是，好景不长。缸里的鱼开始有点异常，我赶紧用盐水泡，盐水不行，又用稀释过的高锰酸钾水泡。可是，无论我怎样努力，缸里的鱼还是开始接二连三地死去。

最后，两个鱼缸里一条鱼也没有了。

有一次，在合肥裕丰花鸟市场，我又手痒，想买些鱼回去养。但是妻子和女儿都反对，她们都怕鱼再生病而死。

后来，有位深谙鱼市的朋友告诉我。现在的鱼就是难养，除了自来水和饲料等问题外，鱼苗同过去相比，也有先天不足的缺陷。现在我们从鱼市买回来的鱼苗，已经适应了增氧泵和含激素的饲料，换一种环境和养法，它们就不适应了。特别是我们这里的梅雨季和夏季，水里的细菌繁殖快，鱼儿容易因缺氧而生病、死亡。

原来如此。怪不得我每次都坚持将自来水放置二三天，让水中的氯气散尽后才给鱼缸换水，过一段时间就用高锰酸钾消毒鱼缸都于事无补。

从此，就断了在阳台上养鱼的念想。

六

当年装修房子，妻子问我要不要装防盗网。我给她说了一则冯骥才的故事。

有一回，冯骥才在外开会时接了一个电话。电话里说他家被盗了。朋友们关心，问他要不要回天津看看，冯笑着回答："我们家最值钱的东西就是我，这不，我好好的在这里，有什么回去看的。"

这就是大冯。当我在一本书里读到这则故事时，我才明白，朋友叫他大冯，不仅仅因为他一米九以上的身高，还因为他独有的胸襟和气度。

我劝妻子，我们家最值钱的就是三个人，这是谁也盗不去的。除此之外，就是半屋子虽然我自己宝贝着，但别人不见得能看上眼的破书。再说，真要有人进屋拿书，这些破书也算适得其所，又发挥了一次光和热。

再说，有位叫孔乙己的早就说过：读书人窃书不为偷。

于是乎，我家一直到现在也不装防盗网。所以，站在阳台前远眺，目光没有受到切割，就没有那种鸟在笼中的局促。思想的双翅就可以自由地飞翔，与远处的蓝天实现无缝对接。心情放飞的时候，有着水随天去的蔚蓝、旷达。真有一种心驰神往的逍遥和心旷神怡的愉悦。

飘窗

一

"上帝给你关了一扇门，就会给你开一扇窗。"在什么时间、在哪本书里读过这样一句话已经记不清了，但是这句话却给我留下深刻的印象，记得还是比较牢的。有些话就像真理，只一眼，就能抵达灵魂深处。

这也许正是上帝的仁慈、厚道之处。

过去住在平房里，邻居间多有走动。甚至吃饭时可以端着饭碗串门，遇上邻居家烧点稀罕的，还可以调换调换口味。对于好多人来说，隔锅饭就是要香些。

搬进楼房后就没那么方便了。过去住在单位里还好些，大家都是熟人，抬头不见低头见。后来搬到外面的小区，就没有那么多熟悉的人了。甚至很多人家是老死不相往来的，人情冷暖，那个"暖"字不愿搬迁，还留在那些老地方，那些老房子里。

世界因此变得越来越陌生，越来越冷漠。

好在还有飘窗。

飘窗是有楼房以后最伟大的发明，也是最人性、最人道的发明。它三面取光，让人们在这个冷漠的世界里，最大限度地享受阳光与温暖。它还是一种很有温度的设计，第一个想到设计飘窗的人一定是个温暖的人，不但温暖，还拥有一颗明亮的心。

冬天，喜欢和孙子坐在飘窗上晒太阳。我给孩子读安徒生的《卖火柴的小女孩》，这种带有寒气的童话一定要坐在阳光里读。否则，书里的寒冷会冻伤孩子幼稚的心灵。

当我读完这篇童话时，我发现孩子的眼里有点点泪花。冬日的

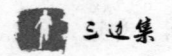

阳光里，这泪花是莹亮的，也是透明的。

二

刘心武曾写过一部长篇小说，名字叫《飘窗》。《飘窗》最早是发在《人民文学》上的，后来出了单行本。

我是坐在飘窗上，花了两天时间读完这本《飘窗》的。

更早的时候，刘老师还写过一篇《飘窗台上》的散文，在文末，作者写道：

"书房飘窗台是我接地气的处所。从我的飘窗台望出去，是一幅当代的'清明上河图'。当然，我有时会走出书房，下楼到飘窗外的空间，使自己也成为'图'中一分子。我已经或少或多或浅或深接触过若干'画中人'，其中有几位已经成为我的市井朋友，我的活动轨迹已经延伸到他们租住的居所。不消说，我新的长篇小说，其素材、灵感，将从中产生。"

从这段文字中，我不仅看到了作者写作长篇小说《飘窗》的缘由，甚至，隐隐约约的也明白了我自己喜欢坐在飘窗上的原因。

同刘老师一样，书房飘窗也是我接地气的处所。

人这株庄稼，同大地所有的植物一样，都是需要接地气的。

三

去年冬天，大雪下了两天。真正的鹅毛大雪，2008年以后，再没见过这么大的雪了，阳台外废置的花盆上积雪有一尺厚。

有爱心的网友发来信息说鸟儿没有储备粮食的习惯，大雪天，到处冰天雪地，鸟儿无处觅食。信中，网友呼吁大家行动起来，在阳台外、窗台上，一些鸟儿能飞到的地方，撒一点米粒，帮助那些饥饿的鸟儿。

看完短信，我立即行动起来。在阳台上放了几堆米粒，又怕鸟儿们发现不了，特地多放了几个地方。

米是放好了，但一颗心始终放不下。又怕在阳台里面盯着，聪明的鸟儿看见我会不敢来。于是躲进房间的飘窗里，一边读徐则臣的《如果大雪封门》，一边等鸟儿来觅食。

小说不长，很快就读完了。感觉鸟儿来过了，我凝神那撒过米的地方，米好像少了些，雪上似乎也留下小鸟的爪印。

爪印不明显，若隐若现，若有若无。

有鸟来过，心里一动。

踏雪无痕，心里又一动。

四

有个微信好友给我推荐了一个"设计最前沿"的公众号，公众号上的很多文章图好文佳。没事时，我常常打开看看，养眼也养心。

有一回，看到一篇关于飘窗设计的文章。真的很有创意，有的将飘窗改造成一个小书房；有的将飘窗改造为一方休憩身心的小天地。根据设计者的思路，我将飘窗改造成一个小小的休息区。

飘窗上，一书，一杯，一靠枕。书一定是闲书，翻两页就可放下的那种。不是闲书就要在书房里，坐着读，是那种正襟危坐，不然对不住书中的至理名言。杯中一定是绿茶，杯子也有讲究，一定是透明的玻璃杯和质量好一些的白瓷杯。这样，阳光好的时候，端起杯，对着阳光欣赏，看杯中的嫩芽和茶汤，绿中带着一种明亮和欢喜。不亦人生一大快事哉。如果不是绿茶，如果不是玻璃杯和薄瓷杯，饮茶的乐趣可能要减半。

人的一生不短也不长，需要一点点癖好和讲究。不能多，多了太累；但也不能少，少了，人生太无趣。

不能再说了，一说就会错。

赵州禅师说："吃茶去。"

突然想到一首诗：七碗受至味，一壶得真趣。空持百千偈，不如吃茶去。

诗的作者好像是赵朴初先生，先生也是一位大师。

吃茶去。茶水的温度刚刚好，再不喝，真的就凉了。

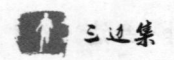

老娘土

一

2002年，已90高龄的五姑从香港回故乡参加敏之希望小学奠基，敏之是五姑的名讳。年前，我的几位表兄要给五姑做90大寿，被她老人家拒绝了，她说，别乱花钱了，把做寿的钱省下来，给老家盖一所小学吧。

于是就有了这所后来名叫敏之的希望小学。

奠基仪式很热闹，来了很多人。仪式结束后，五姑谢绝了地方领导的陪同，在几个晚辈的陪护下，来到了金家祖坟。

烧过纸钱，磕完头后，起风了，风吹起的纸钱像蝴蝶纷飞。我看见五姑的眼里噙满了泪水，五姑小时候就离开老家出外求学，后毕业于日本早稻田大学，1949年离开大陆。半个多世纪了，归乡的路是如此的漫长。

拜谒祖坟的仪式结束后，五姑拿出一个缝制得很精美的布袋，要我们把祖坟前的土装一些进去，并说这叫"老娘土"。五姑说，漂流在外的人，年老时都有一种叶落归根的念想，但能回来的毕竟是少数，大部分人都会终老于他乡。这老娘土就是书上说的根际土，也就是植物根部周围的土。植物在移栽时一般都要带一些根际土才好养活，人这株植物也不例外。当年姑父、姑母走得匆忙，没有来得及带一些老娘土。现在姑父不在了，一个人孤零零地留在海峡的那一边，姑母想带点老娘土回去陪伴他。姑母曾说过，对一些远在他乡的游子来说，有时候故土也就是故乡。

第三辑 身边

那天，我手捧这些乡土时，总感觉到手心黏乎乎的。这土在手心捂久了，就有了一丝热乎气，暖手。故乡的土质略带粘性，带着一点温度和湿度。我带着一颗虔诚的心，慢慢地把这些土捧进两个黄色的袋子里，像捧着姑母的夙愿。袋子很快就装满了，袋子的金黄在农历十月的阳光里有着耀眼的质感与光芒，拎在手里顿时有了一种沉甸甸的手感，仿佛照在上面的阳光也增添了它的重量。阳光下，五姑的满头白发像极了远处堰塘里的蒹葭苍苍。我突然有着流泪的感觉，苍老的不仅是我的五姑，还有身边的这个季节。

两年后，五姑就走了。接到表兄报丧的电话，我半天未回过神来，表兄说，五姑走得很安详，陪伴她的有那两袋老娘土。

二

十多年前，庐江金氏家族续修家谱。家谱续修快结束时，一位宗亲将《金氏宗谱续修前言》的未定稿拿给我，让我给看看，在文字上把把关。

读《金氏宗谱续修前言》我才知道，我们金家原是匈奴休屠王太子金日䃅之后。金氏一世祖名日䃅，字翁叔，是驻牧武威的匈奴休屠王太子，汉武帝时，武帝因获休屠王祭天金人之故赐其姓为金。金日䃅十四岁时，因父亲被杀，无所依归，便和母亲阏氏、弟弟今伦随浑邪王降汉，被安置在黄门署饲养马匹。金日䃅以忠诚笃敬、孝行节操而闻名。据史书记载，汉武帝病重时，托霍光与金日䃅等人辅佐太子刘弗陵，并遗诏封秺（dú）侯。昭帝即位后，他担起了辅佐少主的重任，忠心耿耿，鞠躬尽瘁，死后被封为敬侯，陪葬茂陵。金日䃅生前在维护国家统一和社会安定方面建立过不朽的功勋，是汉代历史上一位有远见卓识的少数民族政治家。他的子孙后代也因忠孝显名，七世不衰，历130多年，为巩固西汉政权，维护民族团结，

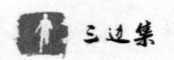

做出了重要贡献。

文学家、史学家班固在《汉书·霍光金日磾传》中曾大发感叹曰："金日磾夷狄亡国,羁虏汉庭,而以笃敬寤主,忠信自著,勒功上将,传国后嗣,世名忠孝,七世内侍,何其盛也! 本以休屠作金人为祭天主,故因赐姓金氏云。"

金日磾死后,葬在今陕西省兴平市南位镇道常村西北,其墓位于霍去病墓东侧,是全国重点文物保护单位。

金家原来有匈奴血统,怪不得我们家族的人鼻子都比较大。后来读陕西作家高建群的《最后一个匈奴》,我还很认真地对照了体貌特征。

有一年,电视剧《汉武大帝》热播。女儿看电视时,惊喜地告诉我剧里面有金家一世祖金日磾,要我赶紧来看。当我从书房里磨蹭着出来时,一集刚放完,只听到片尾曲韩磊那穿透力很强的声音:"明知辉煌,过后是黯淡,人们期待着把一切从头来过。"

三

庐江金氏有两支,我们这一支又叫"五大门金氏"。

关于五大门的来历,传说很多。其中一种说法流传较广。

相传金家乃百年旺族,家里人丁兴旺,于是,老祖宗就想盖一座大宅子。那时盖房子,都特别注重风水,特别是门的朝向,俗称门相的最为关键。据说这门相不但关系到这个家庭成员的生老病死,还关系到一个家族的荣辱兴衰。

我们金家既然造这样的大宅子,门相问题就成了盖房子中的首要问题。

离金家老宅大约三十公里处有一小山,名曰白石山。此山不高,但因有一出世高人隐居在此而出名。后世的文人骚客闲来无事,将此山以"白石冬雪"之雅名列入潜川八景之一。

我家老祖宗听说白石山上的这位高人是方圆百里有名的地仙，便亲自登门请高人给金家这座大宅子把把门相，高人答应三天后辰时前后到，因为三天后是黄道吉日。

也是凑巧。三天后我家老祖宗早早起来就沐浴更衣，一直在家等着高人的到来。这时，从祁门运回来的两车木材，几百里都未出事，偏偏要到家门口了就出了事。过永安桥时，拉车的马惊了，受惊的马拉着满车的木材狂奔。车毁了，幸好车夫只受了点轻伤。接到报信后，我家老祖宗匆忙出门处理这棘手的事，偏偏在这时候，这位高人一路云游刚好到了。

真是无巧不成书。

老祖宗出门了，只有几位老家人在家。老家人见门口站着一位衣冠不整的精瘦老者以为又来了一个要饭的。精瘦老者同老家人说他走了几十里路，已经一整天没有一粒米星下肚，问老家人能否施舍一碗粥为其充饥。老家人很不情愿地从灶间盛了一碗冷粥给他，连咸菜都懒得上。老者很快就喝完了那碗冷粥，放下筷子，抹抹嘴走了。

我家老祖宗处理完事匆匆忙忙赶回家时，已经过了同高人约定的时辰。一进门，祖宗就问家人，前一时辰家里是否来一高人，家人回答他高人没有来倒来了一个要饭的。祖宗立即问这要饭的长相，家人支支吾吾只能描述个大概。祖宗从家人的描述中断定来者是谁，问清楚高人走的方向，立即驱马前去追赶。

约莫追了十里路，追上了。祖宗立即下马，向高人作揖致歉，并请高人上马回府。高人告诉我家祖宗，说他有一规矩，不走回头路。并告诉祖宗，门相已经定好了，回去看看他筷子头所指的方位就行了。

祖宗明白了，千恩万谢的告辞回府。

当祖宗回到家中寻找高人留下的筷子时，碗筷早就被家人收拾干净了。祖宗立即找来家人，询问筷子的事。家人们哪里注意到这些细节，有的说筷子头朝东，有的说筷子头朝南，还有的说筷子头朝东南。一共说了五个方位。每个人都说得板上钉钉，让我家祖宗

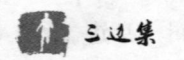

无所适从，无从选择。好在宅子够大，就五个方位都开一道门。

这就是五大门的来历。

一百多年后，我参与《美丽的汤池》一书的编写。那段时间，同几位朋友一道，足迹遍布汤池的山山水水。一次远行中，一位对方志和谱牒文化很有研究的朋友说了我们五大门金氏的来历。他说得是言之凿凿，我听得是将信将疑。那时父亲还健在，回家后我同父亲说过此事，父亲听后笑了笑，不置可否，我也就没有再深究下去。

父亲仙逝已十年了。这五大门金氏的来历就这样刻进我的生命里，一直伴随着我，直到生命的终结。

四

在我的老家，祖母金三奶奶名气不小。

祖母娘家姓张，是本埠的大姓。

2005年，许水涛先生送我一本他写的书，书名叫《岁月留痕》。许曾任《纵横》杂志主编，和我是校友，我比他高一届。

父亲生前比较喜欢读一些文史类的书，我就把这本《岁月留痕》推荐给父亲。父亲读完后，翻开其中一篇《多维人生》告诉我说，这篇你要好好看看，这里面写的张佛千，是你祖母的娘家侄子，你要喊表叔的。

这是父亲第一次主动和我说起我家复杂的社会关系。在我小时候，家里的亲戚是不大走动的，因为不想也不能牵连到别人。譬如我的八姑父是位军队干部，但因为八姑的社会关系一直不受重用，最后从部队转业到贵州。八姑的儿子、我的表哥改革开放后担任了六盘水水电站党委书记和省电力厅厅长的。

我在上小学时最怕填各种表格，因为在家庭成分一栏内要填写的是：地主。这两个字就像海丝特胸前佩戴着的鲜红的A字一样，成为我童年天空中最大的耻辱和阴霾。

吾生也晚。我出生时，父亲四十岁，母亲三十七岁，祖母也已经不在人世了。那时候，家里的财产都不在了。但父亲一直珍藏着一尊祖母从娘家带来的玉佛，那是祖母的陪嫁物。祖母去世后，父母更加看重这尊玉佛，因为此时它已经不仅仅是一个物件，而是父母的一种念想了。

直到"扫四旧"那年，父母两人忐忑不安地商量了大半夜。商讨的结论是，这玉佛一不能留在家中，留着就是祸事；二不能上交，上交了别人要问家中何以留有如此"四旧"，那就浑身是嘴也说不清了。于是决定偷偷扔掉了事。

第二天傍晚，堂姐抱着我，把那尊玉佛藏掖在我的棉衣里，走到环碧公园大观塘边，看四周无人，将玉佛扔进一池碧水里。玉佛激起的涟漪里，有碎成鳞状的血色残阳。

好多年后，我回老家去看望堂姐，已经满头银丝的堂姐说起这段往事时，还心疼不已。堂姐说那玉佛足有6寸多高，是上等的和田籽料。

我安慰堂姐说，人在，比什么都重要。世间的宝贝都叫浮财，浮财，浮财，财富这玩意儿，如同浮云，来也匆匆，去也匆匆。惟有亲情永恒。

听我这番话后，堂姐笑了。

这以后，我每次经过大观塘边都不由自主地朝那潭死水看看，大观塘波澜不惊地深绿着，让无数秘密深不见底。

五

1944年，在中学读书的父亲同几个同学一道报名参加了中国青年远征军。

1949年1月，北平和平解放。当时摆在父亲面前有两条路：一是参加解放军，留在部队；一是领几块大洋做路费，回家。父亲选择了后者。

北方的一月春寒料峭，父亲朝着老家的方向昼夜兼程。

一路向南。家是越来越温暖的呼唤。当年父亲选择回家有两个方面的原因，一是家境小康，回家的日子还是不错的，毕竟五年未回家了，也想念家乡与亲人了；二是当年投笔从戎报名参加了中国青年远征军是在"中华民族到了最危险的时候"，参军的初衷是响应"一寸山河一寸血，十万青年十万军"的号召，保家卫国。但在后几年，小日本降了，打的是内战，这多少也让父亲有些厌倦了。

当年只有25岁的父亲为人生中这次选择付出了近30年的代价。

因服装厂的大院和厂房是我家的祖产，新中国成立后父亲得以进厂里上班。再后来一顶"历史反革命"的帽子父亲一直戴到1978年。十年前，父母去世后，我整理父亲遗物。发现父亲的床头柜里有一个精致的推漆小盒子。小盒子里无他物，只有几张选民证和一张《地富反坏分子摘帽通知书》，通知书好像还是编号发放的，上面有不再戴反革命分子的帽子，恢复公民权等字样。那天，我把这小盒子同父亲生前的衣物一道一把火烧了。烈焰中，那几张纸片最早从火堆中逸出，像黑色的蝴蝶，越飘越远。

父亲享年83岁，除年轻时被炮弹震坏了耳朵，听力一直不好外，一生没得过大病。去世的前一天傍晚还外出散步，同街坊邻居聊天。父亲一直有早起的习惯，早上起床时，突然感到不适。于是自己躺到躺椅上，静悄悄地走完了一生。

2000年秋天，一位当年同我的父亲一道参军的叔叔到我工作的学校找到了我。老先生对我说，经过多方打听好不容易才找到我父亲的下落，好不容易才找到我的单位，并说他们曾是生死之交，现在都已进暮年，去日苦多，见一面的愿望近两年就越发强烈。那天晚上，两位从49年以后整整51年没有见过面的老友重逢，都老泪纵横，他们说起当年的学校的老师，说起一道参军的同学，那些人大多不在人世了，留下的也只有日见衰老的回忆。

那位叔叔是位局级离休干部。1949年，我父亲选择回乡，他选择留下来参加解放军。不同的选择，造就了不一样的人生。那天，两位老人还唱起当年的军歌："男儿应是重危行，岂让儒冠误此生。况乃国威若累卵，羽檄争驰无少停。弃我昔时笔，著我战时矜。"近一个甲子了，歌词还能记得如此清楚。我只能承认青春的热血一直流淌在他们生命的年轮里，生命不息，热血尚存。

此刻，我在灯下写这篇关于祖辈、父辈的文字，突然听见这苍老的歌声破空而来。有时候，有些东西确有一种穿透时光，穿透岁月的力量，在某一特殊的时段，一下子击中我们。

六

1949年，在南京国民党国防部工作的五姑父将庐江同乡会交他代管的纸币换成黄金带到了台湾。1986年，姑父逝世前，将此事作为后事交待家人，如果有机会，一定要将黄金带回故乡。大约八年后，敏之姑母将这些黄金带回故乡，交给了庐江县人民政府。

姑父半个世纪的心愿终于了结。他生前常和姑母说："这是故乡庐江人的金子，一定要带回去。"从姑父朴素的话语中，我看到了上一辈人金子般的心。

《庐江县志》记有此事。新版的《庐江人物》一书中收有姑父、姑母生平和行状，现摘录如下：

唐继达 金敏之　唐继达（1911～1986），字道五、兼善，号燮和，乐桥镇杨岗村（双桥）人。金敏之（1913～2004），女，庐城镇罗埠社区（申山）人，继达之妻。1933年二人同时留学日本早稻田大学。1937年抗日战争爆发后，与600余名留日学生同船回国投入抗日，共同参加庐山战干团训练。一年半后结业，继达服务于国民政府军队六战区，先后任少校、中校参谋，湖北民众视察指导第二团中校组长，《湖北日报》总编辑。抗日战争胜利后，任南京国防部民事局第三处少将副处长、处长；敏之于庐山战干团训练结业后，在军政部做对敌宣传工作，抗日战争胜利后辞职回南京居住。1949年春去台湾，敏之在家相夫教子。继达先后任台"国防部"总政治部办公室副主任、战士授田办事处主任，退役后在台曾文水库建设管理局工作，1977年退休，1986年病逝。1994年3月27日，敏之遵夫嘱，将保管40多年的庐江南京试馆租金四两三钱黄金，经多方联系转交给庐江县人民政府，上缴国库。2002年12月率子起麟、外甥女婉兰等回大陆探亲，共同捐资140.6万元人民币，建"罗埠乡敏之希望小学"。后其子起麟又捐资10万人民币和4万美元，在乐桥镇中心小学建图书馆一幢，名"继福楼"。

　　父辈那一代人大多不在人世了，他们这一代人年轻时沐浴过战火硝烟，中年以后又经历了骨肉分离、世事变迁，老年时，才获得了一种平和与宁静。他们这一代人比我们经历的人生要丰富得多，也复杂得多。不知这是一种幸运，还是一种不幸。其实幸运也好，不幸也罢，都随同他们的生命一道烟消云散了。留给我们的只有无尽的追思和缅怀，不多说了。愿他们在天之灵安息！